Gefahr und Begierde

Das Buch

Shanghai ist von den Japanern eingenommen. In einem Café wartet nervös eine junge Frau auf den Mann, mit dem sie ein Verhältnis hat: Lao Yi, der mächtige Geheimdienstchef der japanischen Marionettenregierung, soll in dieser Nacht sterben. Die junge Frau soll ihn verraten. Als er vor ihr steht, erkennt sie, dass sie ihn liebt. Sie warnt ihn, und er flieht rechtzeitig. Sie wird verhaftet und hingerichtet.
Die von Ang Lee verfilmte Erzählung *Gefahr und Begierde* fängt das Leben in einer besetzten Stadt ein – wie auch Eileen Changs andere Geschichten aus dem China der vierziger Jahre. Eileen Changs bildreiche, eindringliche Sprache und ihr schonungsloser Blick auf zwischenmenschliche Beziehungen machen sie zu einer Wegbereiterin der literarischen Moderne in China.

»Nun können sich also auch deutsche Leser ein plastisches Bild machen, warum diese Autorin heute im angloamerikanischen Raum von der chinesischen Exilgemeinde als dichtende Greta Garbo kultisch verehrt wird, warum sie überhaupt als eine der interessantesten Erzählerinnen der klassischen Moderne gilt.« *taz*

Die Autorin

Eileen Chang, eigentlich Zhang Ailing, geboren 1920 in Shanghai. Ihre literarische Karriere beginnt 1942 in der von Japanern besetzten Stadt. Es erscheinen zwei Erzählungsbände. Nach dem Sieg der Kommunisten verstummt die Autorin. 1952 geht sie zunächst nach Hongkong und Taiwan, veröffentlicht dort die beiden Romane *The Rice Sprout Song (Das Reispflanzerlied)* und *Naked Earth* und übersetzt amerikanische Autoren ins Chinesische, u. a. Hemingway. 1955 geht sie in die USA, wo sie an verschiedenen Universitäten unterrichtet. Sie stirbt 1995 in Los Angeles.

Eileen Chang

Gefahr und Begierde

Erzählungen

Aus dem Chinesischen von Susanne Hornfeck,
Wang Jue und Wolf Baus

Mit einem Nachwort von
Susanne Hornfeck

List Taschenbuch

Besuchen Sie uns im Internet:
www.list-taschenbuch.de

Susanne Hornfeck übersetzte mit Wang Jue die Erzählungen *Gefahr und Begierde*, *Spuren einer Liebe*, *Liebe in einer gefallenen Stadt*. Wolf Baus übersetzte *Straßensperre* und *Warten*.

FSC
Mix
Produktgruppe aus vorbildlich bewirtschafteten Wäldern und anderen kontrollierten Herkünften
www.fsc.org Zert.-Nr. GFA-COC-001223
© 1996 Forest Stewardship Council

Dieses Taschenbuch wurde auf FSC-zertifiziertem Papier gedruckt. FSC (Forest Stewardship Council) ist eine nichtstaatliche, gemeinnützige Organisation, die sich für eine ökologische und sozialverantwortliche Nutzung der Wälder unserer Erde einsetzt.

Ungekürzte Ausgabe im List Taschenbuch
List ist ein Verlag der Ullstein Buchverlage GmbH, Berlin.
1. Auflage Juni 2009

Die Erzählungen erschienen auf Chinesisch bei Crown Publishing Company, Ltd
Konzeption: semper smile Werbeagentur GmbH, München
Umschlaggestaltung: bürosüd° GmbH, München
(nach einer Vorlage von Sabine Wimmer, Berlin)
Titelabbildung: © Crown Publishing Ltd.
Satz: Pinkuin Satz und Datentechnik, Berlin
Gesetzt aus der Granjon
Papier: Munkenprint von Arctic Paper Munkedals AB, Schweden
Druck und Bindearbeiten: CPI – Clausen & Bosse, Leck
Printed in Germany
ISBN 978-3-548-60917-1

INHALT

Gefahr und Begierde

Über dem Mah-Jongg-Tisch brannte auch am Tag eine starke Lampe und ließ beim Mischen der Spielsteine die Diamantringe aufblitzen. Das weiße, an den Tischbeinen festgebundene Tischtuch war so straff gespannt, dass die schneeige Fläche die Augen blendete. Dieser harte Kontrast von Licht und Schatten brachte Jiazhis wohlgeformte Brust besonders gut zur Geltung; auch ihr Gesicht brauchte das erbarmungslos direkte Licht nicht zu scheuen. Die Stirn war fast ein wenig schmal, der Haaransatz ungleichmäßig, aber erstaunlicherweise gewann dieses schöne sechseckige Gesicht dadurch eher. Sie war nur leicht geschminkt; lediglich die fein geschnittenen schmalen Lippen waren leuchtend nachgezogen, ihr erlesenes Rot erinnerte an tropfendes Öl. Vorne war das Haar duftig hochfrisiert und reichte am Hinterkopf bis zu den Schultern. Sie trug einen knielangen, ärmellosen *qipao* aus stahlblauem

Satin, der in unregelmäßigem Moiré changierte. Der kleine, runde Stehkragen, nur knapp zwei Zentimeter hoch, gab dem Kleid ein westliches Gepräge. Die daran befestigte Brosche wies dieselbe Kombination aus Diamantsplittern und blauen Saphiren auf wie die runden Ohrstecker.

Die beiden Damen rechts und links von ihr trugen schwarze Wollcapes, deren Umlegkragen von einer schweren, zweifachen Goldkette gehalten wurde. Da Shanghai in diesen Kriegszeiten von der übrigen Welt abgeschnitten war, blühte die lokale Mode wieder auf. Der Goldpreis in den besetzten Gebieten war ins Absurde gestiegen, und derart massive Ketten kosteten ein Vermögen; trug man sie anstelle von Knöpfen, so konnte man auf diese Weise öffentlich Eindruck machen, ohne als ordinär oder gewöhnlich zu gelten. Sie wurden nachgerade zur Uniform der Damen im Umkreis der Regierung von Wang Jingwei. Vielleicht galten diese Capes ja auch deshalb als so würdevoll, weil ihre Trägerinnen nach wie vor unter dem Einfluss von Chongqing, dem Regierungssitz der Nationalisten, standen.

Frau Yi als Gastgeberin trug zwar keinen dieser glockenartigen Umhänge, doch da sie stark zugenommen hatte, saß sie selbst wie eine mächtige Glocke da. Sie hatte Jiazhi zwei Jahre zuvor in Hongkong kennengelernt. Das Ehepaar Yi war Wang Jingwei seinerzeit von Chongqing nach Hongkong gefolgt und hatte sich eine Zeit lang dort aufgehalten. Kurz zuvor war Zeng

Zhongming, ein Anhänger Wangs, in Hanoi ermordet worden, weshalb man in Hongkong sehr zurückgezogen lebte. Aber Frau Yi hatte natürlich dennoch das eine oder andere zu besorgen gehabt. Im Hinterland des Widerstandskriegs und in den besetzten Gebieten war das Warenangebot knapp, und sie konnte aus einem Einkaufsparadies wie Hongkong doch nicht mit leeren Händen nach Shanghai zurückkehren. Jemand hatte ihr Mai Jiazhi als Begleiterin bei ihren Einkäufen empfohlen, denn in Hongkong wurde selbst in den großen Kaufhäusern gehandelt, und wer nicht Kantonesisch sprach, hatte das Nachsehen. Ihr Mann, ein gewisser Herr Mai, war im Import/Export-Geschäft tätig, und wie alle Geschäftsleute suchte er die Freundschaft einflussreicher Beamtenkreise. Jedenfalls hatte sich Jiazhi rührend um sie bemüht, und Frau Yi war ihr dankbar. Nach Pearl Harbor war dann auch Hongkong von den Japanern besetzt worden, und Herrn Mais Geschäfte stagnierten. Seither verdiente sich Jiazhi ein bisschen nebenher, indem sie als Kleinhändlerin zwischen den Städten pendelte; jedes Mal, wenn sie nach Shanghai kam, brachte sie einen Vorrat an Armbanduhren, westlichen Medikamenten, Parfüms und Seidenstrümpfen mit. Frau Yi bestand darauf, dass sie dann bei ihnen wohnte.

»Gestern waren wir im *Shuyu* – diesem Sichuan-Restaurant, das Frau Mai noch nicht kannte«, berichtete Frau Yi einem der schwarzen Capes.

»Ach.«

»Und Sie, Frau Ma, sind ja schon ewig nicht mehr hier gewesen«, bemerkte das zweite schwarze Cape.

»Eine Familienangelegenheit«, murmelte die Angesprochene unter dem Klappern der Mah-Jongg-Steine.

»Erst Einladungen aussprechen und dann kneifen. Sie haben sich wohl gedrückt«, entgegnete Frau Yi lachend. Jiazhi hatte allerdings eher den Verdacht, dass Frau Ma eifersüchtig war. Seit ihrer Ankunft drehte sich nämlich alles um sie.

»Gestern hat Frau Liao eingeladen, weil sie die letzten beiden Tage eine Glückssträhne hatte«, erzählte Frau Yi weiter. »Im Lokal bin ich dann dem Kleinen Li und seiner Frau begegnet und habe die beiden an unseren Tisch gebeten, aber Herr Li sagte, er erwarte selbst Gäste. Darauf ich: ›Wie könnt ihr das ausschlagen, wo Frau Liao uns so selten freihält?‹ Li hatte selbst einen Tisch voll Leute eingeladen, und auch nachdem zusätzliche Stühle gebracht wurden, reichte es noch nicht, sodass Frau Liao hinter mir in der zweiten Reihe sitzen musste wie eine Animierdame. Da witzelte ich: ›Ist sie nicht reizend, die Kurtisane, die ich mir herbestellt habe?!‹ Und Frau Liao erwiderte: ›Jetzt bin ich so alt und muss mich noch veräppeln lassen.‹ – ›Tja, reife Äpfel bekommen leicht Flecken‹, warnte ich sie. Wir haben uns fast totgelacht, und prompt haben sich ihre weißen Pockennarben rot verfärbt.«

Alles lachte.

Während die Gastgeberin Frau Ma über die Neugkeiten der letzten beiden Tage informierte, erschien Herr Yi und begrüßte mit einem Kopfnicken die drei Besucherinnen seiner Frau.

»Heute haben Sie aber früh zusammengefunden.«

Er blieb hinter seiner Frau stehen und sah ihr beim Spiel zu. Die gegenüberliegende Wand war ganz mit einem dicken ockergelben Wollvorhang verhängt, der mit riesigen Stängeln ziegelroten Phönixschwanzgrases bedruckt war. Obwohl die Halme sich neigten, waren sie noch immer mannshoch. Im Haus von Zhou Fohai, dem Kanzler Wang Jingweis, gab es solche Vorhänge, weshalb auch die Yis unbedingt welche haben mussten. Im Westen war es derzeit Mode, mit solchen Vorhängen bodenlange Fenster vorzutäuschen. Um eine ganze Wand auf diese Weise zu verhängen, brauchte man mehrere Ballen Stoff, zumal man aufs Muster achten musste. Im kriegsgebeutelten Shanghai, wo es kaum importierte Vorhangstoffe gab, war dies allerdings kein leichtes Unterfangen.

Vor diesen Halmen aus dem Land der Riesen wirkte Herr Yi noch kleiner als sonst. Er trug einen grauen Anzug, der seine Gesichtszüge blass und distinguiert erscheinen ließ. Seine Stirn hatte sich bereits gelichtet, nur zwischen den tiefen Geheimratsecken war ein langer Haarstreifen stehen geblieben; seine Nase war spitz wie die einer Maus, was jedoch als Zeichen von Würde galt.

»Wie viel Karat hat denn Ihr Ring, Frau Ma? Drei?«, erkundigte sich Frau Yi. »Vor ein paar Tagen war diese

Pinfen wieder hier. Sie hatte einen Fünfkaräter dabei, aber der Schliff war bei weitem nicht so gut wie bei Ihrem hier.«

»Alle sagen, Pinfens Sachen seien besser, als alles, was man im Laden bekommt«, entgegnete Frau Ma.

»Und es ist so praktisch, wenn einem die Ware nach Hause gebracht wird. Außerdem kann man sie meist ein paar Tage zur Ansicht behalten«, sagte Frau Yi. »Manchmal hat sie Sachen, die in normalen Geschäften tatsächlich kaum noch zu kriegen sind. Den Feuerglanz-Diamant, den sie neulich brachte, hat man ihr ja leider nicht abgekauft«, fuhr sie mit einem ärgerlichen Seitenblick auf Herrn Yi fort. »Wie viel wird der jetzt wohl kosten? Lupenreine Feuerglanz-Diamanten werden mittlerweile für Dutzende Tael Gold pro Karat gehandelt. Und Pinfen sagte noch, dass rosafarbene und feuerglänzende Diamanten inzwischen auch für viel Geld nicht mehr zu haben seien.«

Lachend erwidert Herr Yi: »Das besagte Stück hatte mehr als zehn Karat. Das ist schließlich kein Taubenei. Auch Diamanten sind Steine. Mit so was könntest du beim Mah-Jongg keinen Finger mehr rühren.«

Im Grunde, dachte Jiazhi, war dieser Spieltisch nichts anderes als eine Schau der Ringe. Sie als Einzige hatte keinen Diamanten vorzuweisen und trug immer denselben Jadering. Ich sollte besser gar keinen tragen, überlegte sie. Auf diese Weise mache ich mich nur lächerlich. Tatsächlich betrachteten die anderen sie mit einer gewissen Herablassung.

»Erst kaufst du ihn nicht, und dann spottest du auch noch!«, schalt Frau Yi ihren Mann und warf den Stein ›Ringe 5‹ ab. Daraufhin legte Frau Ma, das schwarze Cape ihr gegenüber, mit lautem Klappern ihre Steine offen: »Mah-Jongg!« Augenblicklich brachen alle in Lachen, Stöhnen und Bedauern aus, das Geplauder fand ein jähes Ende.

Alle waren jetzt mit dem Zählen ihrer Punkte beschäftigt. Herr Yi nutzte das allgemeine Durcheinander, um Jiazhi mit dem Kinn diskret ein Zeichen zur Tür hin zu geben.

Jiazhi warf einen raschen Seitenblick auf die beiden schwarzen Capes. Glücklicherweise schien niemand etwas bemerkt zu haben. Sie beglich ihre Spielschulden, nahm einen Schluck Tee und sagte dann unvermittelt: »Wie dumm von mir! Ich habe um drei eine geschäftliche Verabredung. Fast hätte ich es vergessen. Was nun? Vielleicht könnte Herr Yi für mich einspringen. Nur für zwei Runden. Ich komme umgehend zurück.«

»Aber das geht nicht!«, schrie Frau Yi auf. »Auf gar keinen Fall. Warum hast du das nicht früher gesagt? Du kannst uns doch nicht einfach im Stich lassen.«

»Ausgerechnet jetzt, wo mein Glück sich wendet«, jammerte das schwarze Cape, das eben gewonnen hatte.

»Wir könnten Frau Liao kommen lassen. Ruft sie an«, schlug Frau Yi vor, und an Jiazhi gewandt: »Bleib wenigstens, bis sie da ist.«

»Herr Yi wird so lange für mich spielen«, sagte

Jaizhi mit einem Blick auf ihre Armbanduhr. »Ich bin spät dran, treffe mich mit einem Mittelsmann zum Kaffee.«

Doch Herr Yi erwiderte: »Heute bin ich leider beschäftigt. Aber demnächst werde ich einmal die ganze Nacht mit den Damen spielen.«

»Also wirklich, diese Wang Jiazhi!« Frau Yi fügte in der Anrede gern den Familiennamen hinzu, wie das unter alten Schulfreundinnen üblich ist. »Diesmal kommst du mir nicht ungestraft davon. Du musst uns alle einladen!«

»Wir können uns doch nicht von einer Auswärtigen einladen lassen«, warf Frau Ma ein. »Sie ist schließlich zu Gast in Shanghai.«

»Warum nicht? Wenn Frau Yi das sagt«, erwiderte das andere schwarze Cape.

Die beiden biederten sich an wie Höflinge und mussten offenbar Rücksichten nehmen. Frau Yi hätte vom Alter her leicht Jiazhis Mutter sein können, allerdings war nie die Rede davon gewesen, sie als Ziehtochter unter ihre Fittiche zu nehmen. Frauen in Frau Yis Alter haben einen schwierigen Stand; einerseits umgeben sie sich, wie alle alternden Damen, gern mit hübschen jungen Geschlechtsgenossinnen, die sie umkreisen wie Trabanten einen Stern, andererseits sind sie dann doch eifersüchtig.

»Na gut. Heute bin ich an der Reihe«, willigte Jiazhi ein. »Aber jetzt spielen Sie für mich, Herr Yi, sonst sind Sie heute Abend nicht mein Gast.«

»Herr Yi, Sie müssen uns aushelfen! Es wird Ihnen Unglück bringen, wenn Sie uns zu dritt am Spieltisch sitzen lassen! Fangen Sie schon mal an, Frau Ma telefoniert bereits nach einem Ersatz.«

»Ich habe wirklich zu tun.« Wenn er von offiziellen Dingen sprach, wurde seine Stimme leiser. »Ich erwarte noch Besuch«, murmelte er.

»Wusst' ich doch, dass Herr Yi keine Zeit haben würde«, bemerkte Frau Ma.

Jiazhi fragte sich, ob Frau Mas Äußerung einen Hintersinn hatte. Oder bildete sie sich das nur ein? Während sie in sein strahlendes Gesicht blickte, vermutete sie sogar, dass Frau Ma ihm damit schmeicheln wollte, so als wisse sie, wie gern er es andere wissen lassen und sich deswegen ein wenig von ihnen hänseln ließ. Schwer zu sagen, dachte Jiazhi. Selbst ganz beherrschten Menschen entglitt in ihrem Überschwang gelegentlich die Kontrolle über ihre Gesichtszüge.

Es wurde wirklich zu riskant. Wenn es heute wieder nicht klappte und sich die Sache noch länger hinzöge, käme ihnen Frau Yi womöglich auf die Schliche.

Er war bereits gegangen, während sie noch mit Frau Yi herumfeilschte. Endlich konnte auch sie sich loseisen und auf ihr Zimmer gehen. Zum Umziehen blieb keine Zeit, sie konnte sich nur rasch ein wenig zurechtmachen, da meldete das Dienstmädchen schon den Wagen. Er gehörte den Yis; Jiazhi wies den Chauffeur an, er solle sie zu einem Café bringen. Anschließend schickte sie ihn nach Hause.

Sie war früh dran, das Café noch kaum besetzt. Wandlampen mit plissierten Seidenschirmen im Ton reifer Aprikosen beleuchteten in Paaren den großen Raum. Überall standen kleine runde Tische mit weißen Damastdecken, in die ein Blumenmuster eingewebt war – ein typisches traditionelles Café. Sie ging an den Tresen, um zu telefonieren. Nach viermaligem Klingeln legte sie auf und wählte dann erneut. Da sie befürchtete, der Mann an der Kasse könnte sich darüber wundern, murmelte sie vor sich hin: »Hab mich wohl verwählt.«

Das war das verabredete Zeichen. Diesmal wurde abgenommen.

»Hallo?«

Zum Glück war es die Stimme von Kuang Yumin. Sie hatte sich schon gesorgt, Liang Runsheng könnte abnehmen, obgleich er sonst meist taktvoll den anderen den Vortritt ließ.

»Hallo, Zweiter Bruder.« Sie sprach jetzt Kantonesisch. »Alles wohlauf zu Hause?«

»Alles in Ordnung. Und selber?«

»Ich gehe heute Besorgungen machen, weiß aber noch nicht genau wann.«

»Kein Problem. Wir warten in jedem Fall auf dich. Wo bist du denn jetzt?«

»Avenue Joffre.«

»Alles klar, dann weiß ich Bescheid.«

Sie schwiegen einen Moment.

»Noch was?« Der Klang des Heimatdialekts hinterließ in ihr ein Gefühl von Wärme und Anhänglichkeit. Dennoch waren ihre Hände eiskalt.

»Nein, nichts weiter.«

»Vielleicht gehe ich doch lieber gleich los.«

»Das schaffen wir auch. Kein Problem. Bis später dann.«

Sie hängte auf. Dann ging sie nach draußen und winkte einer Fahrradrikscha.

Wenn es heute nicht klappte, konnte sie unmöglich weiter bei den Yis wohnen. Die Damen dort belauerten einen wie die Tiger. Vielleicht hätte sie gleich zu Anfang ihrer Beziehung eine Ausrede finden sollen. Er hätte ihr ein Apartment zur Verfügung stellen können. Die letzten beiden Male hatten sie sich ja auch in Apartments getroffen, immer woanders; Wohnungen von internierten Engländern oder Amerikanern. Aber das hätte alles womöglich noch komplizierter gemacht. Man wusste ja nie, wann er auftauchte; und wenn er kam, dann erschien er aus heiterem Himmel. Selbst bei Verabredungen kam meist etwas Unerwartetes dazwischen. Ihn telefonisch zu erreichen war sowieso unmöglich, seine Frau hatte ihre Augen überall und ließ ihn wahrscheinlich selbst im Büro bespitzeln. Ein Verdacht genügte, und man würde Frau Yi sofort Bescheid sagen; schon um sich bei ihr einzuschmeicheln. Andererseits durfte sie nicht lockerlassen, sonst käme er womöglich überhaupt nicht mehr. So ein Apartment konnte auch ein Abschiedsgeschenk sein. Ihm boten sich ja weit mehr Gelegenheiten, als er wahrnehmen konnte, und wer nicht ständig präsent war, wurde im Handumdrehen fallen gelassen. Sie würde ihn festnageln, und wenn sie ihm dazu mit den Brüsten vor der Nase herumwedeln müsste.

»Vor zwei Jahren waren sie noch nicht so«, hatte er gesagt, als er sie küsste und dabei ihren Busen berührte. Sein Kopf hatte an ihrer Brust geruht, sodass er nicht sah, wie sie errötete.

Wenn sie daran dachte, gab es ihr noch immer einen Stich. Sofort stand ihr wieder das Bild jener widerlichen Kerle vor Augen, die sie begafften und sich vielsagend zulächelten. Auch Kuang Yumin. Bloß Liang Runsheng tat so, als gehe ihn das alles nichts an. Er gab vor, nicht zu bemerken, dass sich ihr Busen in den letzten zwei Jahren vergrößert hatte. Wann immer sich dieses kleine Drama vor ihrem inneren Auge entfaltete, versuchte sie es zu verdrängen.

Bis in die Internationale Konzession war es ziemlich weit. Die Rikscha befand sich jetzt an der Kreuzung Bubbling Well und Seymour Road. Sie ließ den Fahrer vor einem kleinen Café halten. Vielleicht war sein Wagen ja schon da. Sie blickte die Straße entlang, sah aber weiter vorne nur ein Auto mit Holzvergaser stehen.

Dieses Café hatte vorwiegend Laufkundschaft und nur wenige Sitzkojen. Obwohl es schummrig war, fehlte dem Lokal jede Atmosphäre. Im Hintergrund stand eine gekühlte Glasvitrine mit westlichem Gebäck. Der dahinterliegende enge Korridor war so grell erleuchtet, dass man auf der unteren Hälfte der Wand, die kaffeebraun lackiert war, jede Unebenheit erkennen konnte. Neben einem kleinen Kühlschrank hing weiße Arbeitskleidung. Darüber war knapp unter der Decke eine Reihe Haken angebracht, an denen die Kellner ihre langen Übergewänder aus grobem Baumwollstoff aufhängten. Man hätte meinen können, beim Altkleiderhändler zu sein.

Er hatte ihr erzählt, dass dieses Café vom ehemaligen Oberkellner des Café Kiessling & Bader in Tianjin geführt wurde. Vermutlich hatte Herr Yi dieses Lokal ausgesucht, weil er nicht befürchten musste, hier Bekannte zu treffen. Außerdem lag es an einer zentralen Verkehrsader. Sollte er tatsächlich jemandem begegnen, wäre es hier weniger verdächtig als an einem abgelegenen Ort, wo man den Eindruck erweckte, etwas verheimlichen zu wollen.

Der Kaffee in der Tasse vor ihr war bereits eiskalt, aber sein Wagen noch immer nicht da. Als er sie letztes Mal in eines dieser Apartments bringen ließ, hatte sie dort fast eine Stunde auf ihn gewartet. Es hieß, Chinesen seien unpünktlich, aber chinesische Beamte waren mit Abstand die Schlimmsten. Wenn er sie noch lange warten ließe, würden die Läden schließen.

Schließlich war es seine Idee gewesen. »Heute ist ein denkwürdiger Tag für uns«, hatte er gleich bei der ersten Verabredung in diesem Apartment gesagt. »Lass uns einen Ring kaufen. Du sollst ihn dir selbst aussuchen. Wenn es heute nicht schon so spät wäre, würde ich jetzt gleich mit dir losgehen.« Beim zweiten Mal war die Zeit dann noch knapper gewesen. Später hatte er den Ring nie wieder erwähnt, konnte die Sache aber auch nicht einfach unter den Tisch fallen lassen. Wenn er heute nicht von selbst darauf zu sprechen kam, würde sie einen Weg finden müssen, ihn dezent zu erinnern. Aber würde das in seinen Augen nicht ihren Wert mindern und die Stimmung verderben? Bei jedem anderen Mann wäre das so, doch er als alter Fuchs musste sich fragen, was eine junge Frau wie sie an einem zu klein geratenen Mittvierziger wohl fand. Ginge es ihr nicht ums Geld, so wäre das nachgerade verdächtig. Schließlich haben alle Frauen eine Schwäche für Schmuck. Und sie war ja angeblich Händlerin. Dass sie also nebenbei etwas mitnahm, wenn sich Gelegenheit dazu bot, war nur natürlich. Er, der selbst im Geheimdienst tätig war, hielt sich auch ohne konkreten Verdacht immer einen Fluchtweg offen und ließ die Leute gern über seine Absichten im Unklaren. Sie musste sein Vertrauen gewinnen, deshalb traf sie sich mit ihm an Orten seiner Wahl. Doch heute würden sie an einen Ort gehen, den sie ausgesucht hatte.

Als er sie letztes Mal hier abgeholt hatte, war er ausnahmsweise pünktlich gewesen. Heute ließ er sie warten. Das sprach dafür, dass er selber kam. Umso besser: Wenn sie sich erst im Apartment trafen, würde es schwieriger sein, ihn noch einmal zum Ausgehen zu bewegen. Was, wenn er dort mit ihr zu Abend äße und bis Mitternacht bliebe …? Aber nicht einmal bei ihrem ersten Treffen hatten sie dort gegessen. Sicher würde er sich heute etwas mehr Zeit mit ihr nehmen, sie würden nach dem Essen nicht mehr in das Apartment zurückkehren, und sie musste befürchteten, dass in der Zwischenzeit die Läden schlossen. Ach, sie machte sich noch völlig verrückt. Sie konnte ihm ja schlecht sagen, er möge sich beeilen; schließlich war sie keine Hure.

Sie holte ihre Puderdose hervor, betrachtete sich im Spiegel und legte ein wenig Puder auf. Dass es später wurde, musste nicht heißen, dass er selber kam. War die anfängliche Begeisterung erst einmal verflogen, würde er sie vielleicht nicht mehr so wichtig nehmen. Wenn es heute nicht klappte, bekam sie womöglich keine weitere Gelegenheit mehr.

Wieder sah sie auf die Uhr. Das Vorgefühl des Versagens kroch kalt von der Ferse über die Wade hoch wie eine Laufmasche.

In der Nische gegenüber saß ein chinesisch gekleideter Mann, der sie aufmerksam musterte. Auch er war allein und las Zeitung. Da er vor ihr gekommen war, konnte er ihr nicht gefolgt sein. Vermutlich fragte er sich, was für eine Frau sie war und ob sie echten Schmuck trug. Wie eine Animierdame sah sie nicht aus, und wäre sie vom Film oder Theater gewesen, hätte er ihr Gesicht kennen müssen.

Sie hatte ja früher tatsächlich Theater gespielt, und auch jetzt spielte sie ihre Rolle wieder mit vollem Einsatz, nur dass das niemand ahnte. Sie würde damit nicht berühmt werden.

An der Universität hatte sie meist in mitreißenden,

patriotischen Historienstücken gespielt. Vor dem Fall Kantons war die dortige Lingnan-Universität nach Hongkong übergesiedelt, wo sie noch einmal einen öffentlichen Auftritt gehabt hatte. Die Aufführung war nicht schlecht besucht gewesen, und sie war anschließend so aufgedreht, dass sie nach der Vorstellung noch mit den anderen essen ging. Auch als die meisten schon gegangen waren, wollte sie noch immer nicht nach Hause und war mit zwei Kommilitoninnen eine Runde im kaum besetzten Oberdeck der Straßenbahn gefahren. Der Waggon schwankte auf seinen Schienen in der Straßenmitte, und aus der Dunkelheit flog ihr die Leuchtreklame wie kühlender Wind entgegen, dass sie sich schließlich ganz berauscht fühlte.

Der Unterricht hatte in den Räumen der Hongkong-Universität stattgefunden. Vor und nach den Vorlesungen drängte sich ein Meer schwarzer Köpfe durch die Gänge, und man kam kaum voran; alles war so unbequem und beengt, dass man sich zwangsläufig als unliebsamen Gast empfand. Die Gleichgültigkeit, die viele Hongkonger dem Schicksal des Landes gegenüber an den Tag legten, war empörend, und die Mehrzahl der Studenten fühlte sich – obwohl sie aus Kanton stammten und damit ganz in der Nähe zu Hause waren – wie Exilanten. Unter diesen Umständen hatte sich eine kleine Gruppe Gleichgesinnter zusammengefunden.

Auch Wang Jingwei war mit seinem Gefolge nach Hongkong gekommen. Wang selbst, seine Frau sowie Chen Gongbo und einige andere stammten ebenfalls aus Kanton. Einer seiner Adjutanten kam sogar aus demselben Dorf wie Kuang Yumin. Kuang hatte ihn aufgesucht, und die beiden waren sich nähergekommen. Dabei hatte er so manche Information aus Wangs Umfeld aufgeschnappt. Nach seiner Rückkehr wurde aufgeregt diskutiert, und schließlich hatten sie sich auf eine Strategie geeinigt: die schöne Frau als Lockvogel. Eine Studentin sollte sich Frau Yis Vertrauen erwerben, durfte sich allerdings nicht als solche zu erkennen geben. Studenten waren radikal und man misstraute ihnen. Sie musste als junge Frau eines Geschäftsmannes auftreten, das war passender, zumal im unpatriotischen Hongkong. Diese Rolle war selbstverständlich der Diva der Theatergruppe zugefallen.

Unter den Mitgliedern der Gruppe stammte nur Huang Lei aus reichem Hause. Deshalb wurde er dazu bestimmt, Geld aufzutreiben, ein Apartment zu mieten sowie ein Auto und entsprechende Kleidung zu borgen. Da er auch als Einziger Auto fuhr, spielte er den Chauffeur. Ouyang Lingwen fiel die Rolle des Herrn Mai zu, und Kuang Yumin als dessen Cousin sollte seine angeheiratete Cousine zum ersten Treffen mit Frau Yi begleiten, das der Adjutant eingefädelt hatte. Die Cousine sollte die Dame zum Einkaufen begleiten. Kuang Yumin war bei diesem ersten Besuch nicht ausgestiegen. Der Chauffeur hatte Kuang und den Adjutanten zum Haus der Yis gebracht – wobei der Adjutant vorne saß – und anschließend die beiden Damen zum Einkaufen in den Stadtteil Central gefahren.

Bei solchen Besuchen war sie Herrn Yi gelegentlich begegnet, doch er hatte ihr allenfalls kurz zugenickt. Als sie dann zum ersten Mal mit am Mah-Jongg-Tisch gesessen hatte, war ihr klar geworden, dass sie ihm nicht gleichgültig war, auch wenn er keinerlei Annäherungsversuch gewagt hatte. Mit zwölf, dreizehn Jahren hatte sie die ersten Verehrer gehabt und kannte sich aus. Natürlich musste er äußerst vorsichtig sein und stand unter enormem Druck: die Langeweile seines häuslichen Alltags, seine Schwermut und all die Sorgen, von denen er sich nicht einmal mit Alkohol ablenken konnte. Jederzeit musste er damit rechnen, dienstlich zu Wang gerufen zu werden. Zusammen mit einem Kollegen hatte er ein altes Haus gemietet, das die beiden Paare gemeinsam bewohnten. Ihr einziges Vergnügen war es, hinter verschlossenen Türen Mah-Jongg zu spielen.

Damals am Spieltisch hatte Herr Yi erwähnt, dass seine Frau ihm Stoffe für einige westliche Anzüge gekauft habe, von denen er sich zunächst einmal zwei nähen lassen wolle. Jiazhi hatte ihm einen Schneider ihres Vertrauens empfohlen. »Jetzt ist allerdings Hochsaison, und er ist mit den Touristen beschäftigt, da muss man oft Monate warten. Machen wir's am besten so: Wenn Sie Zeit haben, soll Ihre Frau mich anrufen. Dann bringe ich ihn her. Wir sind alte Kunden, da wird er sich wohl ein bisschen beeilen.«

Als sie ging, hinterließ sie ihre Telefonnummer. Er musste sich die Nummer notiert haben, während seine

Frau sie hinausbegleitete, denn ein paar Tage später rief er unter einem Vorwand bei ihr an – natürlich während der Arbeitszeit, als Herr Mai nicht zu Hause war – und fühlte ein wenig vor.

Es hatte genieselt an jenem Abend. Huang Lei hatte sie mit dem Wagen abgeholt, und sie gingen gemeinsam nach oben. Alle waren gespannt. Sie hatte ihre Rolle bestens gespielt, war zwar von der Bühne abgetreten, aber noch im Kostüm, und sonnte sich in ihrem Erfolg. Deshalb ertrug sie es nicht, dass die anderen schon aufbrachen, und wollte, dass sie mit ihr feierten. Aber es war schon nach Mitternacht, und Kuang Yumin und die anderen konnten ja nicht einmal tanzen. Schließlich fanden sie einen Imbiss, der die ganze Nacht geöffnet hatte, und aßen Reisbrei mit Beilagen. Selbst das war ihr recht gewesen. Im sanften Regen hatten sie den Weg nach Hause zu Fuß zurückgelegt, sie waren bis zum Morgengrauen völlig aufgedreht.

Nachdem sie alles noch einmal durchgesprochen hatten, waren die anderen zusehends stiller geworden, ein paar geflüsterte Sätze wurden gewechselt, spöttisches Lachen klang auf.

Sie kannte dieses Lachen. Nicht erst seit heute wurde hinter ihrem Rücken getuschelt.

»Anscheinend ist Liang Runsheng der Einzige mit sexuellen Erfahrungen«, hatte Lai Xiujin, neben Jiazhi die einzige Frau in der Gruppe, ihr anvertraut.

Ausgerechnet Liang Runsheng!

Natürlich er. Nur er war bei den Huren gewesen.

Aber nachdem sie einmal beschlossen hatte, sich zu opfern, konnte sie nicht verhindern, dass er seinen Vorteil daraus zog.

In jener Nacht ihres großen Auftritts war ihr selbst Liang Runsheng nicht mehr ganz so abstoßend vorgekommen. Das hatten wohl auch die anderen bemerkt und waren nacheinander verschwunden, bis sie mit ihm alleine blieb. Dann folgte der nächste Akt des Dramas.

Und nicht nur in jener Nacht. Herr Yi hatte in den folgenden Tagen nicht angerufen, worauf sie sich schließlich bei Frau Yi meldete, die ihr gleichgültig erklärte, sie sei dieser Tage sehr beschäftigt und gehe nicht einkaufen. Sie werde Jiazhi wieder anrufen.

Hatte sie Verdacht geschöpft? Hatte sie herausgefunden, dass ihr Mann ihre Telefonnummer kannte? Oder lag es an den schlechten Nachrichten von den Japanern? Jiazhi quälte sich wochenlang mit diesen Fragen herum, als Frau Yi plötzlich aufgeregt anrief, um sich zu verabschieden. Sie bedauere, so überstürzt aufbrechen zu müssen, leider könne man sich nicht mehr sehen. Sie bestand jedoch darauf, dass Jiazhi und ihr Mann sie in Shanghai besuchen und ein bisschen länger bleiben sollten. Dann könne man sich ausführlicher unterhalten und einen gemeinsamen Ausflug nach Nanjing unternehmen. Vermutlich hatten die Yis sich nur deshalb so still verhalten, weil der Plan, den Sitz der Regierung nach Nanjing zu verlegen, vorerst vereitelt war.

Inzwischen hatte Huang Lei den Buckel voller Schulden. Seine Eltern hatten erfahren, dass ihr Sohn in Hongkong ein Apartment gemietet hatte, in dem er angeblich mit einem Animiermädchen lebte. Natürlich wurde ihm daraufhin der Geldhahn zugedreht. Nun saß er in der Klemme.

Das Verhältnis zwischen Jiazhi und Liang Runsheng war von Anfang an schwierig gewesen. Jetzt, wo alle wussten, dass sie ihren Schritt bereute, gingen ihr die anderen aus dem Weg. Bei den gemeinsamen Debatten mied man ihren Blick.

»Wie dumm von mir«, sagte sie sich. »Ich war wirklich dumm.«

Hatten sie Hintergedanken gehabt, als sie ihr auch diesmal die Hauptrolle antrugen? Seither ging sie nicht nur zu Liang Runsheng, sondern auch zum Rest der Gruppe auf Abstand. Die neugierigen Blicke der anderen waren ihr zuwider.

Die Seeblockade, die nach dem Überfall auf Pearl Harbor verhängt wurde, war mittlerweile aufgehoben, und viele Studenten wechselten von Hongkong an die Universität nach Shanghai. Auch Shanghai war besetzt, aber dort konnte man wenigstens noch studieren. Jiazhi war nicht mit den anderen gefahren und hatte auch keinen Kontakt zu ihnen.

Lange Zeit war sie sich nicht sicher, ob sie sich womöglich eine schmutzige Krankheit geholt hatte.

In Shanghai hatte die Gruppe Verbindung zu einer Untergrundorganisation aufgenommen, und zwar mit einem gewissen Wu, was wohl kaum sein richtiger Name war. Angesichts ihrer wertvollen Kontakte hatte dieser Wu die anderen zum Weitermachen ermutigt. Dazu wiederum brauchten sie Jiazhi – ein Ansinnen, das sie nicht abschlagen konnte.

Tatsache war, dass sie sich nach jedem Zusammensein mit Herrn Yi gereinigt fühlte wie nach einem heißen Bad. Alle Sorgen und Bedenken waren wie weggewaschen, jetzt diente alles dem konkreten Ziel.

Vermutlich war am Eingang des Cafés ein Späher postiert. Sobald er Herrn Yi in seinem Wagen entdeckte, würde er die anderen benachrichtigen, dass alles schneller gehen müsse. Doch sie hatte beim Hereinkommen niemanden dort herumlungern sehen. Der ideale Ort dafür wäre das Ping'an-Filmtheater schräg gegenüber, im Schatten der Säulen am Eingang. Schließlich war es ganz normal, am Eingang eines Kinos auf jemanden zu warten. Vor dem Theater erstreckte sich jedoch ein großer freier Platz; man war zu weit entfernt, um einen Menschen im Fond eines Wagens erkennen zu können.

Ein dreirädriges Fahrrad zum Ausfahren von Waren stand nebenan vor dem Eingang des ausländischen Pelzgeschäfts. Offenbar war es kaputt, denn jemand reparierte daran herum. Der Mann war um die dreißig und hatte einen Bürstenschnitt. Da er den Kopf gesenkt hielt, konnte sie ihn nicht genau erkennen; er kam ihr jedenfalls nicht bekannt vor. Außerdem konnte dieses Rad wohl kaum das Fahrzeug der Kontaktperson sein. Aber es gab Dinge in der Gruppe, die man ihr nicht sagte und nach denen sie auch nicht fragte. Soweit sie wusste, waren die Mitglieder größtenteils noch dieselben. Durch die Unterstützung dieses Wu wäre es sogar möglich, dass ein Auto zur Verfügung stand. Wenn der Wagen mit dem Holzvergaser noch am Straßenrand parkte, wäre das vielleicht der Kontaktmann; dann müsste eigentlich Huang Lei hinter dem Steuer sitzen. Als sie das Café betreten hatte, konnte sie den Fahrer aber nur von hinten sehen, und er war ihr nicht bekannt vorgekommen.

Sie vermutete jedoch, dass dieser Wu ihnen nicht traute und fürchtete, sie könnten in ihrer Unerfahrenheit andere gefährden. Er war in Shanghai mit Sicherheit gut vernetzt, war aber Kuang Yumins einziger Kontakt geblieben.

Wu hatte versprochen, die Mitglieder der Gruppe in die Untergrundorganisation aufzunehmen. Sollte dies eine Prüfung sein?

»Wenn die jemanden erschießen, halten sie die Waffe direkt an seinen Körper«, hatte Kuang Yumin ihr einmal lächelnd erzählt. »Nicht aus großer Entfernung wie im Film.«

Damit hatte er sie wohl beruhigen wollen. Dennoch konnte es vorkommen, dass Unschuldige bei einer solchen Schießerei zu Schaden kamen. Auch wenn man nicht starb, war man danach womöglich lebenslang ein Krüppel. Dann lieber gleich tot.

Jetzt, wo die Sache unmittelbar bevorstand, sah alles anders aus.

Das Lampenfieber verflog, sobald sie die Bühne betrat.

Am quälendsten war das Warten. Männer konnten wenigstens rauchen. Sie fühlte sich völlig leer, spürte ihren Körper kaum noch. Sie öffnete die Handtasche und nahm einen Parfümflakon heraus. Mit dem am Verschluss befestigten Glasstäbchen tupfte sie sich Parfüm hinter das Ohrläppchen. Die leichte Kühle hatte etwas Kantiges, es war die einzige Berührung inmitten dieser großen Leere. Dann betupfte sie das andere Ohr. Es dauerte eine Weile, bis ein Hauch von Gardenien sie streifte.

Sie zog den Mantel aus und rieb sich etwas Parfüm in die Armbeugen. Sie hatte den Mantel noch nicht wieder angezogen, als sie durchs Schaufenster, zwischen den Lagen einer weißen dreistöckigen Hochzeitstortenattrappe hindurch, einen Wagen heranfahren sah. Auf den ersten Blick erkannte sie, dass es der seine war. Er hatte keinen dieser unansehnlichen Holzvergaser am Heck.

Sie griff nach Mantel und Handtasche und verließ das Café. Der Chauffeur hatte bereits den Schlag für sie geöffnet. Herr Yi saß im Fond.

»Ich bin zu spät, ich weiß«, murmelte er entschuldigend und deutete eine Verbeugung an.

Sie warf ihm einen Seitenblick zu und stieg ein. Sobald der Chauffeur wieder hinter dem Steuer saß, sagte Herr Yi: »Fergusson Road.« Dasselbe Apartment wie beim letzten Mal.

»Ich muss vorher noch bei einem Geschäft in der Nähe vorbei«, sagte sie leise zu ihm. »Mir ist ein Diamant aus dem Ohrring gefallen. Ich möchte ihn zum Reparieren bringen. Es ist ganz nah. Ich wollte schon hingehen, aber dann hätte ich dich womöglich verpasst. Stattdessen habe ich hier dumm rumgesessen.«

Lachend erwiderte er: »Entschuldige vielmals, heute habe ich mich wirklich verspätet. Ich war schon aus der Tür, als noch Leute kamen, die ich empfangen musste.« Und zum Fahrer vorgebeugt sagte er: »Wieder zurück.« Der Wagen hatte bereits die nächste Kreuzung erreicht.

»Immer ist es so umständlich, wenn wir uns treffen«, sagte sie schmollend. »Und bei dir zu Hause kann man kein Wort miteinander wechseln … Ich möchte nach Hongkong zurück. Kannst du mir eine halbwegs ordentliche Schiffspassage besorgen?«

»Du willst zurück? Hast du etwa Sehnsucht nach deinem Mann?«

»Hör bloß mit dem auf … ich bin stinksauer auf ihn!«

Sie hatte ihm einmal erzählt, dass sie sich an ihrem Mann rächen wolle, weil er sich mit einer Animierdame eingelassen habe.

Herr Yi hatte sich zurückgelehnt und die Arme verschränkt. Einer seiner Ellbogen berührte ihre Brust an der fülligsten Stelle. Das war einer seiner Tricks: Nach außen hin saß er völlig korrekt da, kostete aber gleichzeitig jeden Moment aus; es schien ihn zu erregen.

Sie drehte sich zum Fenster, damit der Chauffeur nicht zu weit fuhr. Bei der nächsten Kreuzung wendete der Wagen, fuhr zurück und machte dann noch einmal eine Kehrtwende. Sie passierten eine italienische Konditorei und das Ping'an-Kino. Es war das sauberste unter den zweitklassigen Filmtheatern; sein Gebäude aus grauroten und ockergelben Steinen vermittelte das Gefühl von Wärme, wie es von einem dicken Wollstoff ausgeht. Es bildete ein nach innen gewölbtes Halbrund, einen Neumond, der die Straßenecke abschnitt, davor der große freie Platz. Genau gegenüber lag das Café Kiessling, dann kam der Pelzladen »Sibirien« und daneben das Modegeschäft von Madam Grünhaus. Beide Geschäfte hatten je zwei große Schaufenster. Elegante hölzerne Schaufensterpuppen posierten hinter Neonschildern. Das kleinere Geschäft daneben fiel weniger ins Auge, seine Schaufenster waren leer. Obwohl »Jewellery« auf dem Schild stand, war es als Juwelierladen kaum zu erkennen.

Er ließ den Chauffeur halten, stieg aus und folgte ihr in den Laden. Auf ihren hohen Absätzen war sie fast einen halben Kopf größer als er. Wenn es ihn gestört hätte, würde sie keine so hohen Schuhe tragen, aber das tat es offenkundig nicht. Ihr war aufgefallen, dass große Männer sich oft zu kleinen, zierlichen Frauen hingezogen fühlten, kleine Männer hingegen zu Frauen, die größer waren als sie. Vielleicht der gegenseitigen Ergänzung wegen. Sie fühlte seinen Blick auf sich ruhen und ließ die Hüften noch weicher und verführerischer ausschwingen. Mit ihrer schmalen Taille tänzelte sie wie ein anmutiger Drache zwischen den Glasvitrinen hindurch.

Ein indischer Verkäufer in westlichem Anzug kam ihnen grüßend entgegen. Obwohl der Laden so klein war, erinnerte er in seiner Höhe und Helligkeit an einen leeren Iglu. Nur ganz hinten stand eine gedrungene Vitrine mit Horoskopsteinen – je nach Geburtsmonat sollten sie dem Träger Glück bringen: Halbedelsteine wie gelber Quarz, oder Rubine und Saphire, die allerdings aus Steinmehl hergestellt waren.

Aus ihrer Handtasche holte sie einen tropfenförmigen Rubinohrring. Einer der Diamanten an der blattförmigen Fassung fehlte.

»Den kann man ersetzen«, sagte der Inder, nachdem er sich das Stück angesehen hatte.

Sie erkundigte sich nach dem Preis, und wie lange es dauern würde. »Frag ihn, ob er auch wertvolle Ringe da hat«, sagte Herr Yi zu ihr. Er hatte in Japan studiert und vermied es, Englisch zu sprechen. Als ranghoher Beamter ließ er andere für sich dolmetschen.

Sie zögerte einen Moment und fragte dann: »Wieso?«

»Wir wollten doch einen Ring zur Erinnerung kaufen«, erwiderte er lächelnd. »Würde dir ein Diamantring gefallen? Es soll aber etwas Gutes sein.«

Wieder zögerte sie und lächelte dabei, als könne sie ihm das nicht abschlagen. »Haben Sie Diamantringe?«, fragte sie leise.

Der Inder legte den Kopf in den Nacken und rief etwas in seinem Kauderwelsch nach oben, das sie zusammenschrecken ließ. Dann geleitete er sie hinauf.

Die Trennwand zum Verkaufsraum war cremeweiß gestrichen, seitlich ging eine Tür ab, hinter der sich das Dunkel der Treppe auftat. Das Büro befand sich im Zwischengeschoss auf dem Treppenabsatz und bildete eine Art Galerie, von der aus man den Verkaufsraum im Blick hatte und alles überwachen konnte. An der Wand unmittelbar zu ihrer Linken hingen zwei Spiegel von unterschiedlicher Länge, deren Oberfläche mit bunten Vögeln und Blumen bemalt war. In goldenen Schriftzeichen stand auf dem einen: »Der Vogel Peng erhebt sich zehntausend Meilen in den Himmel – Chen Maokun gratuliert Herrn Bada zur Eröffnung seines Ladens.« Ein Geschenk zur Geschäftseröffnung. Ein weiterer großer querformatiger Spiegel mit farbigen Phönixen und Päonien lehnte an der Wand, da er keinen Platz unter der niedrigen Dachschräge fand.

Vorn an der Balustrade aus Ebenholz stand ein schmaler Schreibtisch mit Telefon und Tischlampe. Auf dem Beistelltischchen daneben befand sich eine Schreibmaschine mit zerschlissenem Wachstuchüberzug. Ein kleiner dicker Inder hievte sich an den Armlehnen aus seinem Schreibtischstuhl empor, begrüßte sie und rückte ihnen zwei Stühle zurecht. Er hatte ein flächiges dunkelhäutiges Gesicht mit breiter Löwennase.

»Sie möchten Diamantringe sehen. Nehmen Sie doch bitte Platz, nehmen Sie Platz.« Mit vorgestrecktem Bauch watschelte er gemächlich in die Ecke des Raumes, bückte sich und öffnete einen alten, mit grünem Filz ausgeschlagenen kleinen Tresor.

Das sollte ein richtiger Juwelierladen sein? Herr Yi ließ sich zwar nichts anmerken, aber Jiazhi fand es peinlich. Es sollte jetzt Geschäfte geben, die nur vortäuschten, welche zu sein; sie boten keine Waren an, sondern betrieben Schwarzhandel mit Gold oder US-Dollar. Wahrscheinlich hatte Wu diesen Laden wegen seiner Nähe zum Kiessling ausgesucht. Als sie die Treppe hinaufgingen, hatte sie noch gedacht, dass Yi hier in der Falle säße wie eine Schildkröte im Fass. Als Gentleman würde er natürlich vor ihr hinuntergehen. Und wenn er dann in den Verkaufsraum träte, wo seitlich die Vitrine stand, würden zwei weitere Kunden genügen, um ihm den Weg nach draußen zu versperren. Allerdings würden zwei erwachsene Männer, die nur billige Manschettenknöpfe, eine Krawattennadel mit Stein oder ein kleines Geschenk für die Freundin suchten, sich nicht so lange dort aufhalten können; Männer waren längst nicht so wählerisch wie Frauen. Der Zeitpunkt musste also genau abgepasst sein, sie durften weder zu früh noch zu spät erscheinen. Auch draußen vor der Tür konnten sie nicht auf und ab gehen. Dort saß der Chauffeur im Wagen und würde Verdacht schöpfen. Sie mussten exakt im richtigen Moment kommen. Allenfalls vor dem Schaufenster des Pelzgeschäfts könnten sie ein wenig verweilen, denn das lag ein Stück weit hinter dem parkenden Wagen.

Sie saß an der Schmalseite des Schreibtischs, drehte sich unwillkürlich um und sah hinab. Sie hatte aber nur das Schaufenster mit den leeren Glasstellagen im Blick.

Die Scheiben waren blank geputzt. Die Auslage verfügte nicht einmal über Neonbeleuchtung. Vor dem Schaufenster parkte am Bordstein der Wagen, dessen untere Hälfte sie gerade noch erkennen konnte.

Andererseits wären zwei Männer, die gleichzeitig den Laden beträten, zu auffällig. Nicht nur würde der Chauffeur auf sie aufmerksam, auch Herr Yi könnte sie von oben bemerken und Verdacht schöpfen. Daraufhin würde er vermutlich zögern, nach unten zu gehen, und es entstünde eine fatale Pattsituation.

Deshalb werden sie wohl gar nicht erst hereinkommen, überlegte sie, sondern ihn sich an der Türe schnappen. Dadurch wäre die Zeitplanung noch schwieriger. Schließlich konnten sie nicht im Laufschritt daherkommen, das würde den Chauffeur sofort misstrauisch machen – vermutlich fungierte er gleichzeitig als Leibwächter.

Sie stellte sich vor, wie die beiden rechts und links vom Eingang stünden. Vielleicht hatten sie Lai Xiujin dabei, und der eine betrachtete mit ihr die Auslagen von Madam Grünhaus' Modegeschäft. Hat sich eine Frau erst mal in ein unerschwingliches Kleid verguckt, so kann sie ewig dastehen und es betrachten. Ihr Freund würde dann allmählich ungeduldig werden, und es wäre nur verständlich, wenn er sich abwandte und sich ein wenig umsah.

Das alles malte sie sich aus, obwohl sie wusste, dass es sie letztlich nicht zu kümmern brauchte. Die Ungewissheit, was als Nächstes passieren würde, gab ihr das

Gefühl, dort oben wie auf einem Pulverfass zu sitzen. Ihre Knie wurden weich.

Der Verkäufer war wieder nach unten gegangen.

Besitzer und Verkäufer, der eine von dunkler, der andere von heller Hautfarbe, konnten kaum Vater und Sohn sein. Der Hellgesichtige hatte einen exakt gestutzten Vollbart, seine schweren Augenlider erweckten den Anschein, als seien die Augen nur halb geöffnet. Nicht groß, aber stämmig, war er vermutlich Verkäufer und Wachmann in einer Person.

Die Vitrine stand weit hinten im Raum, sodass das Schaufenster völlig leer wirkte. Offenbar befürchtete man, selbst am helllichten Tage ausgeraubt zu werden. Über Nacht wurden zusätzlich noch Eisengitter heruntergelassen. Es mussten also doch ein paar Wertgegenstände vorhanden sein, hoffentlich nicht bloß Gold- und Silberbarren oder US-Dollar.

Sie sah den Besitzer mit einem schwarzsamtenen Tablett herankommen, die Schmalseite war mit kleinen Schlitzen versehen, in denen ein Diamantring neben dem anderen steckte. Jiazhi beugte sich über den Tisch, um sie zu betrachten, neben ihr lehnte sich auch Herr Yi ein wenig vor.

Als sie keine Reaktion zeigten und keinen der Ringe zur Begutachtung herausnahmen, trug der Besitzer das Tablett wieder zum Tresor zurück und sagte: »Dann habe ich noch diesen hier.« Tief eingebettet in ein kleines dunkelblaues Samtkästchen steckte ein Ring mit einem rosafarbenen Diamant, groß wie eine Erbse.

Hieß es nicht, rosa Diamanten seien kaum noch zu bekommen? Sie war erstaunt und erleichtert zugleich, denn sie hatte nicht erwartet, dass ihr der Laden auf diese Weise doch noch Gesicht geben würde. Es hätte wirklich keinen sehr professionellen Eindruck gemacht, wenn sie ihn an einen derart schäbigen Ort geführt hätte, um ihn auszunehmen – eine kleine Kantonesin in Shanghai, eine echte Provinzlerin. Doch was zählte die Wahrung des Gesichts, wo der Schuss jetzt jeden Moment fallen musste und alles vor ihren Augen zerbersten würde? Sie wusste ja, was geschehen würde, wollte es bloß nicht wahrhaben, sträubte sich mit jeder Faser gegen das Kommende. Am besten nicht daran denken, denn ihre Gedanken wären ihr ins Gesicht geschrieben, und er könnte sie dort lesen.

Sie nahm den Ring heraus. Er betrachtete ihn in ihrer Hand, lachte leise und sagte: »Schon mal nicht schlecht.«

Plötzlich spürte sie einen kalten Hauch am Hinterkopf. Unten im Erdgeschoss öffnete sich die zwischen den beiden Schaufenstern eingelassene gläserne Eingangstür, schimmernd wie Kristall. Ihr schien, als könne die über zwei Etagen reichende Glasfront hinter ihr jeden Augenblick zerbersten. Zugleich wirkte der kleine Laden, in den der Straßenlärm nur von Ferne hereindrang, wie in tiefen Schlaf versunken. In diesen Kriegszeiten waren kaum Fahrzeuge unterwegs, und nur selten hupte eines. Die schläfrige Stimmung lag warm auf ihr, wie eine wattierte Decke, die man sich übers Gesicht zieht. Ein Teil von ihr schien fest zu schlafen, ihr Körper war in einen Traum entrückt. Dennoch wusste sie, dass gleich etwas passieren würde, und in ihrer Benommenheit würde sie dann annehmen, es geschähe im Traum.

Sie hielt den Ring unter die Tischlampe und drehte ihn prüfend hin und her. Von der dunklen Galerie aus wirkte die helle Glasfläche hinter ihr wie eine Filmleinwand, auf der ein schwarzweißer Actionfilm lief, dessen blutrünstigen Szenen und gewaltsamen Verhören sie den Rücken kehrte. Schon als Kind hatte sie so etwas nicht mit ansehen können und sich auf ihrem Balkonplatz jedes Mal angstvoll von der Leinwand abgewandt.

»Sechs Karat. Streifen Sie ihn doch mal über«, sagte der Besitzer.

Sein gemütlicher kleiner Adlerhorst lud zum Verweilen ein. Der große an der Wand lehnende Spiegel zeigte ihre Füße, die durch Päonien zu schreiten schienen. Sie glaubte sich in einen Basar in Tausendundeiner Nacht versetzt, wo es ungeahnte Schätze zu entdecken gab. Den Ring mit dem rosafarbenen Diamant am Finger, drehte sie die Hand, um ihn von allen Seiten betrachten zu können. Neben dem Rot ihres Nagellacks wirkte er blasser, besaß aber den wunderbaren Glanz eines außergewöhnlichen Sterns, und sein zartes Rot schien ein Geheimnis zu bergen. Auch die Größe war genau richtig. Schade bloß, dass er eine unbedeutende Requisite bleiben würde, nur für einen kurzen Auftritt bestimmt.

»Wie findest du ihn?«, fragte Herr Yi.

»Was meinst du?«

»Ich versteh nichts davon. Dir muss er gefallen.«

»Sechs Karat. Ich kann nicht sagen, ob er eine Trübung hat. Jedenfalls ist mir nichts aufgefallen.«

Sie sprachen leise miteinander, lächelten sich zu. Sie war in der Provinz zur Schule gegangen. Obgleich Kanton schon früh ein wichtiger Handelshafen war, legte man in den dortigen Schulen nicht so viel Wert aufs Englische wie in Hongkong. Wenn sie gezwungen war, englisch zu sprechen, tat sie es leise und zögerlich. Der indische Besitzer hatte das Verkaufsgespräch wegen der Verständigungsschwierigkeiten aufgegeben. Mit wenigen Sätzen einigte man sich auf den Preis: elf große Goldbarren, die am nächsten Tag vorbeigebracht werden sollten; wenn deren Gewicht nicht dem Standard entsprach, würde man noch drauflegen müssen, andernfalls etwas zurückbekommen.

Es war tatsächlich wie in Tausendundeiner Nacht. Auch dass hier mit Gold gezahlt wurde, kam ihr wie im Märchen vor.

Sie befürchtete jetzt, dass alles zu schnell gegangen war. Die anderen würden wohl kaum annehmen, dass sie den Laden so rasch wieder verließen. Von der Bühne her wusste sie, dass der Dialog die meiste Zeit in Anspruch nahm.

»Sollte er dir nicht eine Quittung ausstellen?«, fragte sie. Doch der Besitzer schrieb sie bereits aus. Sie streifte den Ring vom Finger und legte ihn zurück.

Unwillkürlich empfand sie Erleichterung, wie sie jetzt entspannt zurückgelehnt nebeneinander saßen. In diesem Moment schienen nur sie beide zu existieren. Lächelnd sagte sie: »Inzwischen werden nur noch Goldbarren genommen. Nicht mal eine Anzahlung ist mehr nötig.«

»Zum Glück. Ich habe nie Bargeld dabei, wenn ich ausgehe.«

Sie kannte ihn lange genug, um zu wissen, dass er seine Rechnungen von Bediensteten begleichen ließ, Privilegierte wie er zahlten nicht aus eigener Tasche. Und zu ihrem heimlichen Stelldichein hatte er seinen Adjutanten natürlich nicht mitgebracht.

Im Englischen sagt man, Macht sei ein Aphrodisiakum. Sie wusste nicht, ob das stimmte, denn sie selbst blieb davon völlig unberührt.

Ein anderes Sprichwort lautete: »Der Weg zum Herzen eines Mannes geht durch den Magen.« Männer liebten gutes Essen, und wenn eine Frau sie gut bekochte, waren sie leicht zu ködern. Ebenso hieß es: »Der Weg zum Herzen einer Frau führt durch die Scheide.« Dieser Ausspruch wurde einem Gelehrten zu Beginn der Republikzeit in den Mund gelegt, an dessen Namen sie sich nicht erinnern konnte. Jedenfalls hatte er gut Englisch gekonnt und außerdem folgenden berühmten Satz zur Verteidigung polygamer Chinesen geprägt: »Zu einer Teekanne gehören mehrere Schälchen. Wo gäbe es eine Kanne mit nur einer Schale?«

Sie mochte einfach nicht glauben, dass ein berühmter

Gelehrter etwas *so* Vulgäres geäußert hatte. Auch bezweifelte sie die Richtigkeit dieses Satzes über den Weg zum Herzen der Frau. Er traf allenfalls auf alternde Lebedamen zu, die noch dafür bezahlten, oder auf lustige Witwen. Was sie selbst betraf, so war ihr der ohnehin unsympathische Liang Runsheng anschließend noch widerwärtiger gewesen.

Aber das war wohl kein passender Vergleich. Liang Runsheng war immer schon unbeliebt gewesen, es mangelte ihm an Selbstvertrauen, und er war ihr gegenüber unsicher, schien fast Angst vor ihr zu haben.

Sollte sie sich tatsächlich ein wenig in Yi verliebt haben? Nicht eben wahrscheinlich, aber auszuschließen war es nicht. Sie hatte ja noch nie geliebt, konnte also nicht wissen, wie sich das anfühlte. Seit sie fünfzehn oder sechzehn war, hatte sie Annäherungsversuche aller Art abwehren müssen. Mädchen wie sie stürzten nicht so leicht in den Strom der Gefühle, sie leisteten Widerstand. Eine Zeit lang hatte sie gemeint, Kuang Yumin zu mögen, doch später hasste sie ihn, hasste ihn, weil er war wie die anderen.

Die beiden Male mit Yi war sie voller Angst und Unruhe gewesen; zu angespannt, um sich fragen zu können, was sie dabei empfand. Zurück im Haus der Yis musste sie ständig auf der Hut sein, witterte überall Gefahr. Die Yis gingen spät zu Bett, und wenn sie endlich auf ihr Zimmer gehen konnte, nahm sie nur rasch ein Schlafmittel, um wenigstens ein bisschen Schlaf zu bekommen. Kuang Yumin hatte ein Fläschchen besorgt, ihr aber abgeraten, etwas einzunehmen. Ihr Kopf sollte klar bleiben für den Fall, dass etwas passierte. Aber ohne das Mittel konnte sie nicht einschlafen; dabei hatte sie früher nie Schlafprobleme gehabt.

Erst jetzt, wo sie zum Zerreißen gespannt in diesem beengten Raum auf der Galerie vor dem Hintergrund eines leeren weißen Himmels saß und der Inder neben ihnen am Tisch den Eindruck nur verstärkte, dass sie beide ganz allein unter dieser Lampe saßen, da waren sie plötzlich innig miteinander verbunden und befangen zugleich – ein Zustand, wie sie ihn nie zuvor erlebt hatte. Und dennoch war es müßig, sich gerade jetzt zu fragen, ob sie ihn liebte, vielmehr ...

Er sah sie nicht an. Sein Lächeln wirkte fast ein wenig betrübt. Er hatte wohl nicht zu hoffen gewagt, in seinem Alter noch einmal eine so wunderbare Begegnung zu haben. Er verdankte sie dem Zauber der Macht. Ebenso der Tatsache, dass Macht und Person nicht voneinander zu trennen sind. Auch mit Geschenken ließen Frauen sich gewinnen, doch wer zu früh schenkt, kann leicht herablassend wirken. Er aber kannte die Spielregeln; im Grunde war es schade, dass man ihn dieses selbstherrliche Gefühl nicht ein wenig länger auskosten ließ.

Er als alter Fuchs war bestimmt nicht das erste Mal mit einer Kokotte beim Einkaufen. Wie unbeteiligt stand er dabei, doch das Lächeln, das auf seinem Gesicht spielte, hatte nichts Ironisches, es wirkte bloß ein wenig traurig. Die Lampe hob sein Profil hervor: Er hielt den Blick gesenkt, sodass die Wimpern wie die Flügel reisfarbener Motten auf den schmalen Wangen ruhten, und sie meinte, einen Ausdruck von Sanftmut und Mitleid darin zu erkennen.

Dieser Mann liebt mich wirklich, durchfuhr es sie plötzlich, und ihr Herz krampfte sich zusammen, als hätte sie etwas verloren.

Es war zu spät.

Der Ladenbesitzer hatte ihm die Quittung bereits ausgehändigt, er steckte sie ein.

»Schnell weg!«, flüsterte sie ihm zu.

Sein Gesicht erstarrte. Er begriff sofort, sprang auf und rannte hinaus, obgleich niemand im Türrahmen stand. Sich am Geländer festhaltend, stürzte er das enge, dunkle Treppenhaus hinunter. Sie hörte seine raschen Schritte, die mehrere Stufen auf einmal nahmen. Die Treppe knarrte.

Zu spät. Sie hatte es zu spät erkannt.

Der Besitzer war völlig verdattert. Möglich, dass auch die beiden Ladenbetreiber Mitglieder der Gruppe waren. Sie konnte nichts anderes tun, als auf ihrem Platz sitzen zu bleiben und sich den Blick nach unten zu versagen. Schritte knallten auf dem Linoleum, dann erst kam er in ihr Blickfeld, stieß die Tür auf und schoss wie eine Kanonenkugel ins Freie. Der Verkäufer rannte ihm nach, und sie befürchtete schon, man würde ihn packen und fragen, was passiert sei. Die kleinste Verzögerung konnte alles vereiteln. Aber offenbar hatte der Wagen mit dem offiziellen Kennzeichen den Inder eingeschüchtert, denn er hielt seinen Kunden nicht auf, sondern blieb, sich umblickend, in der Tür stehen und versperrte mit seiner riesenhaften Statur den Eingang. Danach hörte sie nur noch das Quietschen von Reifen draußen auf der Straße. Der Wagen schien sich aufzubäumen, dann wurde eine Tür zugeschlagen. Oder war es ein Schuss? Schlingernd fuhr das Fahrzeug davon.

Wenn sie geschossen hätten, dann sicher nicht nur einmal.

Allmählich wurde sie ruhiger. Sie hatte keine weiteren Schüsse gehört.

Erleichtert atmete sie auf. Sie war todmüde, total erschöpft. Auf den Tisch gestützt erhob sie sich, nahm Mantel und Handtasche und nickte lächelnd. »Bis morgen dann«, sagte sie, und leiser: »Er hatte vergessen, dass er noch eine Verabredung hat. Es war knapp, deshalb ist er schon mal vorgegangen.«

Der Besitzer hatte sich die Lupe vors Auge geklemmt und vergewisserte sich, nachdem er sie scharf gestellt hatte, dass der Ring nicht vertauscht worden war. Dann erhob er sich lächelnd und geleitete sie zur Treppe.

Man konnte ihm sein Misstrauen nicht verübeln. Zu rasch hatten sie sich auf einen Preis geeinigt.

Sie eilte die Treppe hinunter. Als der Verkäufer sie bemerkte, zögerte er, sagte aber nichts. An der Tür hörte sie noch, wie die beiden sich über das halbe Stockwerk hinweg etwas zuriefen.

Draußen stand gerade keine Fahrradrikscha. Sie ging in Richtung Seymour Road. Der Attentäter und seine

Verbindungsleute waren bestimmt längst geflohen. Als sie ihn panisch zu seinem Wagen rennen sahen, wussten sie, dass die Sache aufgeflogen war. Dennoch war ihr bange zumute. Allenfalls die Wache an der Hintertür könnte noch da sein. Aber was konnte man ihr schon anhaben? Selbst wenn der Mann an der Hintertür ihr misstraute, würde er sie niemals direkt zur Rede stellen. Der Verdacht allein genügte nicht, ohne genaue Kenntnis des Hergangs konnten sie nichts gegen sie unternehmen.

Es erstaunte sie, dass es noch nicht dunkel war, sie schien in diesem Geschäft jegliches Zeitgefühl verloren zu haben. Auf dem Gehweg herrschte reges Treiben; eine Rikscha nach der anderen kam die Straße entlang, alle waren besetzt. Autos glitten wie Wasser vorüber. Die dahinströmenden Menschen schienen wie durch eine Glasscheibe von ihr getrennt, genau wie die Schaufensterpuppen in ihren Pelzmänteln und silberdurchwirkten Kleidern mit den modischen Fledermausärmeln. Sie nahm sie wahr, konnte aber keinen Kontakt zu ihnen aufnehmen. Alle wirkten ruhig und gelassen, nur sie stand außerhalb, allein und fassungslos.

Vor Wagen mit Holzvergasern musste sie sich in Acht nehmen: Ein solcher könnte plötzlich anhalten, die Tür sich öffnen und man würde sie hineinzerren.

Der Platz vor dem Ping'an-Kino lag verlassen, die Vorstellung war noch nicht zu Ende, weshalb dort auch keine Rikschas auf Kunden warteten. Sie zögerte, verlangsamte ihren Schritt und sah, als sie sich umdrehte, wie in Gegenrichtung eine daherkam. Schon von Weitem konnte man das rot-grün-weiße Windrad erkennen, das am Lenker befestigt war. Der Fahrer, ein hochgewachsener junger Mann, kam ihr in diesem Augenblick wie ein Ritter auf seinem Schimmel vor. Er bemerkte ihr Winken, trat schneller in die Pedale und wendete. Das kleine Windrad drehte sich, als wollte es fortfliegen.

»Zur Yuyuan-Lu«, sagte sie und stieg ein.

Zum Glück hatte sie bei diesem Besuch in Shanghai nur wenig Kontakt zu ihrer Gruppe gehabt und keinem erzählt, dass sie Verwandte in der Yuyuan-Lu hatte. Dort würde sie ein paar Tage bleiben und abwarten können, was geschah.

Die Rikscha hatte den Jing'an-Tempel noch nicht erreicht, als sie ein Pfeifen hörte.

»Straßensperre«, sagte der Fahrer.

Ein Mann mittleren Alters in kurzer Jacke und Hose überquerte mit einem Seil in der Hand die Straße, im Mund hatte er eine Trillerpfeife. Ein ebenso gekleideter Kollege auf der gegenüberliegenden Straßenseite hielt das andere Ende des Seils. Sie spannten es und sperrten damit die Straße ab. Ein dritter schwang lustlos eine Glocke, deren Klang über die breite Straße drang, als schlügen dünne Metallplatten gegeneinander. Der Ton vibrierte in der Luft, trug aber nicht weit und hörte sich an, als käme er aus großer Ferne.

So leicht gab der Rikschafahrer nicht auf. Er fuhr ganz dicht an die Absperrung heran, konnte aber schließlich nicht weiter und schubste das Windrad ungeduldig mit dem Finger an. Als es sich wieder zu drehen begann, wandte er sich um und lächelte ihr zu.

Um den Spieltisch saßen inzwischen drei schwarze Capes. Die neu hinzugekommene Frau Liao hatte niedliche weiße Pockennarben auf der Nase.

»Herr Yi ist zurück«, verkündete Frau Ma lachend.

»Schaut euch diese Wang Jiazhi an. Auf sie ist wirklich kein Verlass. Lädt uns alle zum Abendessen ein und ist bis jetzt nicht zurück!«, bemerkte Frau Yi, und Frau Ma erwiderte: »Wenn wir auf die warten, werden wir Hungers sterben!«

»Herr Yi«, sagte Frau Liao lachend. »Ihre Frau hat heute eine glückliche Hand. Sie hat versprochen, uns morgen auszuführen.«

»Tja, und im Gegensatz zu Ihnen, Herr Yi, hält sie ihre Versprechen«, fiel Frau Ma ein. »Hatten Sie uns nicht ein Abendessen versprochen, als Sie neulich gewonnen haben? Da ist noch eine Rechnung offen, das sollte Ihnen langsam peinlich sein. Ihnen eine Mahlzeit abzuringen ist wirklich nicht leicht.«

»Herr Yi, Sie müssen uns wirklich mal freihalten. Unseren Einladungen folgen Sie ja ohnehin nicht«, kommentierte das dritte schwarze Cape.

Zu alldem lächelte er nur. Das Dienstmädchen hatte seinen Tee gebracht. Er schnippte Zigarettenasche in den Unterteller der Teeschale und sein Blick fiel auf den dicken Wollvorhang, der die ganze Wand bedeckte.

Wie viele Attentäter konnten sich dahinter verbergen! Er war noch immer ziemlich erregt.

Er durfte morgen nicht vergessen, ihn abnehmen zu lassen. Seine Frau würde nicht einverstanden sein. Wie konnte man einen so teuren Stoff ungenutzt herumliegen lassen, würde sie einwenden.

Überhaupt war alles ihre Schuld. Hatte es nicht damit angefangen, dass sie sich die falschen Freunde aussuchte? Wenn man bedachte, dass dieser schöne Lockvogel schon vor zwei Jahre in Hongkong auf ihn angesetzt worden war. Alles war minutiös eingefädelt gewesen, doch in letzter Minute hatte die Schöne den Plan durchkreuzt und ihn entkommen lassen. Sie hatte ihn tatsächlich geliebt, seine erste echte Herzensfreundin. Nie hätte er gedacht, dass ihm in seinem Alter noch eine solche Begegnung vergönnt sein würde.

Wäre es anders gelaufen, dann hätte er sie behalten können. Aber es hieß zu recht, dass Spione keine Familie haben. Außerdem war sie Studentin. Ihrer Gruppe hatte nur ein einziger professioneller Agent aus Chongqing angehört, der jedoch entkommen war – das einzig Bedauerliche an diesem Vorfall. Vermutlich hatte er die erste Hälfte der Vorstellung im Kino verbracht, dann das Theater verlassen und war, als das Attentat misslang, wieder dorthin zurückgekehrt. Bei den Kontrollen an der Absperrung konnte er seine Eintrittskarte vorweisen und sich so durchmogeln. Ein Junge, der dort neben ihm wartete, hatte die abgerissene Eintrittskarte gesehen, die dieser Typ aus seiner Zigarettenschachtel zog und dann wieder einsteckte. Sie mussten vorher abgesprochen haben, dass die im Fluchtwagen wartende Kontaktperson ihn ignorieren sollte. Dann hatte er sich allein zurück ins Filmtheater geschlichen. Schon bei der leichtesten Folter hatten diese Grünschnäbel alles ausgeplaudert.

Herr Yi stand hinter seiner Frau und beobachtete das Spiel. Seine Zigarette hatte er ausgedrückt und nippte am Tee, der aber noch zu heiß war. Früh ins Bett wäre am besten, dachte er, aber er war zu aufgewühlt und würde ohnehin nicht schlafen können. Der heutige Tag war anstrengend gewesen. Die ganze Zeit hatte er neben dem Telefon gesessen und auf Nachricht gewartet, nicht einmal zum Essen war er gekommen. Kaum in Sicherheit, hatte er mit einem Anruf die Absperrung des gesamten Viertels veranlasst. Alle waren sie ins Netz gegangen, und kurz vor zehn Uhr abends hatte man sie bereits erschossen.

Als das Ende nahte, hatte sie ihn gewiss gehasst. Doch echte Männer müssen zur letzten Konsequenz bereit sein, und wäre er kein solcher, dann hätte sie ihn nicht geliebt.

Außerdem hatte er keine andere Wahl gehabt. Nicht nur wegen der japanischen Militärpolizei; Zhou Fohai hatte seine eigenen Spitzel. Er betrachtete das Innenministerium, dem Herr Yi und sein Geheimdienst unterstellt war, als überflüssige Institution und überwachte jede seiner Aktionen. Wie stünde er da, wenn Zhou eines Tages erführe, dass eine Informantin der

Attentäter Gast im Hause der Yis gewesen war. Wie konnte ausgerechnet der Chef des Geheimdienstes so nachlässig sein?

Nun würde Zhou ihm nichts mehr anhaben können. Und falls er behauptete, er habe alle töten lassen, um sie zum Schweigen zu bringen, so hätte er gute Gegenargumente: Das waren bloß Studenten und keine professionellen Agenten, aus denen man wertvolle Informationen hätte herausholen können. Eine Verzögerung hätte den Vorfall nur unnötig publik gemacht. Es hätte geheißen, patriotische Studenten hätten einen Kollaborateur töten wollen. Man wollte schließlich keine Märtyrer.

Was den Kriegsausgang betraf, war er wenig optimistisch. Genauso wenig wusste er, was ihn persönlich erwartete. Doch wer einmal die Liebe einer solchen Frau erfahren hatte, konnte dem Tod ohne Bedauern entgegensehen. Er spürte, dass ihr Schatten ihn auf ewig begleiten und trösten würde, auch wenn sie ihn zuletzt gehasst hatte. Hauptsache war, dass sie ihn einst geliebt hatte. Ihre Beziehung war die eines vorzeitlichen Jägers zu seiner Beute, die Beziehung eines Tigers zu seinem unerlösten Opfer. Die höchste Form der Inbesitznahme. Auf diese Weise war sie im Leben sein Geschöpf und im Tod sein Dämon und Schutzgeist.

»Führen Sie uns zum Essen aus, Herr Yi!«, insistierten die drei schwarzen Capes jetzt unisono. »Sie haben es uns versprochen!«

»Das hat Frau Ma auch getan«, entgegnete Frau Yi

lachend. »Aber kaum war sie ein paar Tage nicht da, hat sie die Einladung mit keinem Wort mehr erwähnt.«

»Die gnädige Frau kommt seiner Majestät zu Hilfe!«, lachte Frau Ma. »Herr Yi, da sehen Sie mal, wie Ihre Frau Sie beschützt!«

»Was ist denn nun, Herr Yi? Laden Sie uns ein?«

Frau Ma sah ihn schmunzelnd an: »Sie können gar nicht anders, Herr Yi.« Sie wusste, dass eine Einladung fällig war, denn er hatte ganz offensichtlich eine neue Konkubine. Heute waren die beiden plötzlich verschwunden, und dann war diese Frau nicht mehr aufgetaucht. Jetzt war er zwar wieder da, wirkte aber abwesend. Sein Gesichtsausdruck verriet, dass etwas vorgefallen war, er schien wie vom Frühling gestreift. Vermutlich waren sie heute das erste Mal zusammen gewesen.

Ich darf nicht vergessen, meiner Frau zu sagen, dass sie mit ihren Äußerungen vorsichtig sein muss, ermahnte er sich selbst. Man würde verbreiten lassen, dass die sogenannte »Frau Mai« aus familiären Gründen umgehend nach Hongkong habe zurückkehren müssen. Schließlich war seine Frau es gewesen, die diese Wölfin ins Haus geholt hatte. Gleich nach Jiazhis Auftauchen, so würde er ihr sagen, habe er Informationen erhalten, dass sie verdächtig sei, und jemanden auf sie angesetzt. Auf diese Weise sei es ihm gelungen, ein ganzes Netz von Chongqing-Spionen auszuheben; die Untersuchungen seien noch im Gange. Als er jedoch erfahren habe, dass auch die Militärpolizei davon wusste, habe er umgehend handeln müssen, damit nicht die anderen den Erfolg einheimsten und womöglich entdeckten, dass seine eigene Frau dieser Studentin die Tür geöffnet und ihm damit geschadet habe. Er würde ihr ordentlich Angst einjagen, um zu verhindern, dass diese Frau Ma später irgendwelchen Klatsch verbreitete und seine Frau ihm eine Szene machte.

»Herr Yi, laden Sie uns ein! Ihre Frau allein zählt nicht!«

»Frau Yi gibt ihre eigenen Einladungen. Mit ihr sind wir für morgen verabredet.«

»Wir wissen ja, dass Sie ein viel beschäftigter Mann sind. Sagen Sie einfach, wann es Ihnen passt. Außer morgen geht es bei uns immer.«

»Ja, laden Sie uns ein. Gehen wir ins *Laixi*.«

»Im *Laixi* sind nur die Vorspeisen gut.«

»Ach, deutsches Essen schmeckt doch nicht. Da gibt's immer nur kalte Platten. Gehen wir lieber in dieses Hunan-Restaurant, das ist mal was anderes.«

»Dann besser gleich Sichuan-Küche. Frau Ma war ja gestern nicht dabei.«

»Ich bin für das *Jinru*. Da sind wir schon lange nicht mehr gewesen.«

»Hat Frau Yang nicht neulich dorthin eingeladen?«

»Schon, aber Frau Liao war an jenem Abend nicht dabei, die stammt doch aus Hunan. Und wir wussten natürlich nicht, was wir bestellen sollten.«

»Immer diese Hunan- und Sichuan-Gerichte. Alles so furchtbar scharf!«

»Wir können ja sagen, dass wir es nicht so scharf mögen.«

»Wer nicht scharf isst, spielt auch nicht scharf.«

Inmitten von Lachen und Geschrei verließ er still den Raum.

Straßensperre

Der Straßenbahnfahrer steuerte die Straßenbahn. Unter der prallen Sonne wirkten die Schienen wie zwei glänzende Regenwürmer, die sich aus dem Wasser geringelt hatten und sich nun voranbewegten, indem sie sich abwechselnd streckten und wieder zusammenzogen – geschmeidig-glitschige lange Regenwürmer, die schier kein Ende nehmen wollten ... Der Straßenbahnfahrer fixierte die beiden sich windenden Geleise, verlor aber nicht den Verstand darüber.

Nur eine Straßensperre hätte sie je am Weiterfahren hindern können. Nun war sie da, die Straßensperre. Ein Geklingel hob an. Klingelingeling. All diese Klingeltöne wie lauter kalte Tröpfchen, die sich miteinander zu einer imaginären Linie verbanden und Raum und Zeit zerschnitten.

Die Bahn hielt an. Die Leute auf der Straße begannen zu rennen, von links nach rechts, von rechts nach links.

Vor die Geschäfte wurden rasselnd die Gittertüren gezogen. Ein paar Matronen versuchten, sie wieder aufzuziehen, und riefen: »Lasst uns ein, nur für einen Moment! Hier sind doch Kinder und Alte!« Aber die Gitter blieben fest verschlossen. Die hinter den Türen und die vor den Türen starrten einander an, hasserfüllt …

Die Leute in der Bahn nahmen das ziemlich gelassen. Sie hatten einen Sitz zum Sitzen, und war die Ausstattung auch ein bisschen primitiv, so war es hier immer noch deutlich komfortabler als bei den meisten von ihnen zu Hause. Auf der Straße kehrte allmählich wieder Ruhe ein, zwar keine absolute Stille, doch klangen die Stimmen der Menschen in der Ferne immer verschwommener, wie das Rascheln in dem mit Schilfblüten gefüllten Kopfkissen, das einen in den Schlaf begleitet.

Die gewaltige Stadt döste jetzt im Sonnenschein vor sich hin, ließ den Kopf auf die Schultern der Menschen gleiten und ihren Speichel langsam über deren Kleidung hinab auf die Erde fließen; ein unvorstellbares Gewicht lastete auf jedem ihrer Bewohner. Shanghai war wohl noch nie so ruhig gewesen – und das am helllichten Tag! Ein Bettler nutzte diese absolute Stille, um lauthals vor sich hin zu psalmodieren: »Gibt's hier denn wohl ehrwürdige Herren und Damen und Fräuleins, die Gutes tun und einen armen Teufel retten? Gibt's hier denn …«

Doch bald hielt er inne, eingeschüchtert von der ungewohnten Ruhe.

Ein anderer Bettler, aus Shandong, war mutiger,

durchbrach die Stille kurzerhand. Voll und kehlig klang es, als er sang: »Elend ist es auf der Welt für den Menschen ohne Geld.« Unvergänglich dieses Lied, von einem Jahrhundert ins nächste gesungen. Sein Rhythmus steckte den Straßenbahnfahrer an. Auch er stammte aus Shandong. Er tat einen tiefen Seufzer, lehnte sich mit verschränkten Armen gegen die Tür und stimmte in den Gesang ein: »Elend ist es auf der Welt für den Menschen ohne Geld.«

Einige Fahrgäste stiegen aus. Unter denen, die blieben, wurden vereinzelt ein paar Sätze gewechselt. In der Nähe der Tür fuhren Leute, die gerade aus dem Büro kamen, in ihrer Unterhaltung fort. Einer entfaltete mit einem Knall seinen Fächer und resümierte: »Zusammenfassend lässt sich sagen: Man kann ihm nichts vorwerfen. Wenn er in Schwierigkeiten kommt, dann nur, weil er sich nicht zu benehmen weiß.« Da schnaubte ein anderer und lachte kalt auf: »Sich nicht zu benehmen weiß? Aber wie er seine Vorgesetzten zu nehmen hat, das weiß er recht gut!«

Ein Ehepaar in mittleren Jahren, das eher wie ein älterer Bruder mit seiner jüngeren Schwester wirkte, stand, die Hände in der ledernen Halteschlaufe, mitten im Wagen. Plötzlich rief sie: »Pass auf, dass du dir nicht die Hose schmutzig machst!« Er schrak zusammen und hob die Hand mit dem Räucherfischpäckchen ein wenig an. Behutsam achtete er darauf, dass die öltriefende Papiertüte zwei Zoll Abstand zu seiner Anzughose hielt. Aber die Frau lamentierte weiter: »Weißt du, wie teuer heutzutage die Reinigung ist? Wie viel es kostet, eine Hose machen zu lassen?«

Lü Zongzhen, Buchhalter in der Huamao-Bank, saß in einer Ecke und dachte beim Anblick des Fisches daran, wie seine Frau ihm aufgetragen hatte, am Nudelstand in der Nähe der Bank spinatgefüllte Teigtaschen zu kaufen. So waren sie nun mal, die Weiber! Für sie gab es die besten und günstigsten Teigtaschen immer in den verwinkeltsten und entlegensten Gassen! Verschwendeten keinen Gedanken darauf, wie viel Mühe das für ihn bedeutete. – Und wie peinlich: Ein so adretter Mann im westlichen Anzug, der eine Brille mit einem Karettschildkrötengestell trug, dazu eine lederne Aktentasche, lief hier mit in Zeitung eingewickelten dampfend heißen Teigtaschen durch die Straßen. Nun ja, sollte diese Straßensperre andauern und sich das Abendessen verzögern, könnten sie sich noch als nützlich erweisen. Er schaute auf seine Uhr. Erst halb fünf. Spielten ihm die Nerven einen Streich, wenn er jetzt schon Hunger verspürte? Vorsichtig schlug er die Zeitung an einer Ecke auf und warf einen Blick ins Innere.

Da lagen sie, einer neben dem anderen, schneeweiß und leicht nach Sesamöl duftend. Hier und da klebte Papier daran, das er behutsam entfernte. Zurück blieb auf ihnen jedoch der Abdruck von Schriftzeichen, alle seitenverkehrt wie in einem Spiegel, aber er war geduldig genug, um mit gesenktem Kopf eines nach dem anderen zu entziffern: *Todesanzeige … Antrag auf …*

Börsentendenzen … Einladung zur feierlichen Premiere …, alles ganz unentbehrliche Ausdrücke, und er hätte selber nicht sagen können, warum sie, kaum dass sich ihr Abdruck auf den Teigtaschen fand, so lächerlich erschienen. Vielleicht weil im Vergleich zu einer so wichtigen Sache wie dem Essen alles andere zum Witz wird? Doch Lü Zongzhen lachte nicht, dafür war er zu fein. Sein Blick wanderte vom Text auf den Teigtaschen zum Text in der Zeitung. Allerdings drohten, als er eine halbe Seite gelesen hatte und umblättern wollte, die Teigtaschen herauszufallen; wohl oder übel musste er die Lektüre beenden.

Während er gelesen hatte, hatten es ihm alle hier im Wagen gleichgetan: Wer eine Zeitung hatte, las darin, wer keine hatte, las Quittungen, las in irgendwelchen Satzungen, las Visitenkarten. Wer gar nichts Gedrucktes bei sich führte, las die Firmenschilder entlang der Straße. Irgendwie musste man ja diese schreckliche Leere füllen – sonst hätte sich der Verstand womöglich noch in Bewegung gesetzt. Und Denken tut weh.

Nur ein alter Mann, der Lü Zongzhen direkt gegenübersaß, rieb in einer Hand kichernd zwei blitzblanke Walnüsse gegeneinander; die so rhythmische wie unauffällige Bewegung ersetzte ihm das Denken. Er trug den Kopf kahl geschoren, seine Haut war gerötet, das Gesicht glänzte fettig, und der ganze Kopf sah selber wie eine Walnuss aus. Sein Hirn glich dem Walnusskern, süß, ein wenig feucht und doch ein bisschen fad.

Rechts von dem Alten saß Wu Cuiyuan; wie eine verheiratete junge Frau aus irgendeiner christlichen Sekte sah sie aus, war aber noch unverheiratet. Sie trug einen *gipao* aus weißer importierter Baumwolle, der von einem sehr schmalen blauen Saum eingefasst war. Tiefblau und weiß – der Beigeschmack von Trauerkleidung. Dazu trug sie noch einen blau-weiß karierten kleinen Sonnenschirm bei sich. Um nur ja keine Aufmerksamkeit zu erregen, hatte sie ihr Haar zu einer Allerweltsfrisur gekämmt. Es bestand aber keine übertriebene Gefahr, dass sie jemandem aufgefallen wäre. Sie war zwar nicht hässlich, doch hatte ihre Schönheit etwas Ambivalentes. Als fürchtete sie sich, fremder Schönheit zu nahe zu treten, blieb alles in ihrem Gesicht blass, schlaff und konturlos. Nicht einmal ihre Mutter hätte zu sagen gewusst, ob dieses Gesicht nun länglich war oder rund.

Zu Hause war sie eine gute Tochter, in der Schule eine gute Schülerin gewesen. Nach dem Examen hatte sie gleich eine Stelle an ihrer Universität akzeptiert, und zwar als Assistentin in der Englischabteilung. Jetzt wollte sie die Zeit der Straßensperre nutzen, um Prüfungsbögen zu korrigieren. Der erste, den sie aufschlug, stammte von einem Mann, der eifernd die Sünden des Großstadtlebens anprangerte; voll gerechtem Zorn, in holperigen, grammatikalisch nicht ganz korrekten Sätzen schimpfte er auf »Frauen, die sich die Lippen rot schminken und sich verkaufen … Vergnügungsstätten wie die *Große Welt* … drittklassige Tanzhallen und Bars«. Cuiyuan murmelte etwas vor sich hin, zog dann ihren Rotstift heraus und bewertete das Ganze mit der Note A.

Normalerweise ging ihr die Benotung leicht von der Hand, doch heute hatte sie zu viel Zeit zum Nachdenken, und unwillkürlich machte sie sich Gedanken, warum sie ihm wohl eine so gute Note gegeben hatte. Hätte sie sich das nicht gefragt, wäre alles in Ordnung gewesen; nun, da sie sich die Frage gestellt hatte, errötete sie. Denn dieser Student war der einzige Mann gewesen, der den Mut gehabt hatte, sich ihr gegenüber so rückhaltlos über dieses Thema auszulassen.

Er sah in ihr den Menschen von Welt, sah sie wie einen Mann an, wie einen Vertrauten. Er respektierte sie. In der Universität hatte Cuiyuan immer das Gefühl, dass alle sie verachteten, angefangen vom Rektor über die Professoren und Studenten bis hinab zu den Bediensteten … Vor allem die Studenten gerieten ihretwegen in Rage: »Es wird immer schlimmer hier an der Shenguang-Universität, mit jedem Tag schlimmer! Schlimm genug, dass ein Chinese hier Englisch unterrichtet, nun auch noch jemand, der nie im Ausland war!«

In der Universität wurde Cuiyuan gedemütigt, ja selbst zu Hause wurde sie gedemütigt. Die Wus waren eine moderne Musterfamilie mit religiösem Hintergrund. Man scheute keinen Aufwand, ermunterte die Tochter, eifrig zu studieren, sich Schritt für Schritt voranzuarbeiten, bis ganz hinauf auf die Spitze des Gipfels: eine gut zwanzigjährige Tochter, die schon an der Universität unterrichtete! Ein neuer Rekord für Frauen auf dem Felde der Berufstätigkeit! Trotzdem hatte ihr das Familienoberhaupt mit der Zeit immer weniger Aufmerksamkeit geschenkt; ihm wäre es lieber gewesen, sie hätte ihre Unterrichtsverpflichtungen nicht ganz so ernst genommen und sich stattdessen Zeit genommen, sich nach einem reichen Schwiegersohn umzusehen.

Sie war eine gute Tochter, war eine gute Studentin gewesen. In ihrer Familie gab es nur gute Menschen; man wusch sich täglich, las die Zeitung und hörte, wenn man das Radio einschaltete, keine Shanghaier Lokalopern, keine Possen, Pekinger Singspiele oder dergleichen, sondern ausschließlich Sinfonisches von Beethoven oder Musik von Wagner, auch wenn man davon nichts verstand. Es gab wohl doch mehr gute als echte Menschen auf der Welt …

Cuiyuan war nicht glücklich.

Das Leben war wie die Heilige Schrift, aus dem Hebräischen ins Griechische, aus dem Griechischen ins Lateinische, aus dem Lateinischen ins Englische, aus dem Englischen ins Hochchinesische übersetzt. Wenn Cuiyuan in ihr las, übersetzte sie sich das Hochchinesische noch einmal in den Shanghai-Dialekt. Wobei die Sprache unvermeidlich an Prägnanz verlor.

Sie legte den Prüfungsbogen beiseite und stützte das Gesicht in beide Hände. Die Sonne brannte ihr auf den Rücken. Direkt neben ihr saß eine Amme, in den Armen ein Kind, dessen Fußsohlen sich fest gegen Cuiyuans Schenkel stützten. Die winzigen roten Schühchen mit dem Tigerkopfmuster hüllten geschmeidige und feste Füßchen ein … zumindest das war echt.

Ein Medizinstudent holte einen Malblock hervor und besserte emsig an der Skizze eines Knochengerüsts herum. Die anderen Fahrgäste dachten, er skizziere den Mann ihm gegenüber, der gerade eingenickt war. Und da niemand etwas zu tun hatte, rückten sie, einer nach dem anderen, immer näher und standen, die Hände in die Hüften gestützt oder hinter dem Rücken verschränkt, um ihn herum und sahen ihm beim Zeichnen zu. Der Mann mit dem Räucherfisch in der Hand meinte leise zu seiner Frau: »Ich kann mich an diese jetzt so populären Kubisten und Impressionisten einfach nicht gewöhnen!« Und seine Frau flüsterte ihm ins Ohr: »Deine Hose!«

Gewissenhaft ergänzte der Medizinstudent den Namen eines jeden Knochens, jedes Nervs und jeder Sehne. Jemand, der auf dem Heimweg vom Büro war, bemerkte, das Gesicht halb hinter dem Fächer verborgen, leise erläuternd zu seinem Kollegen: »Da zeigt sich der Einfluss der chinesischen Malerei. Auch in der westlichen Malerei kommt es jetzt in Mode, den Bildern Schriftzeichen hinzuzufügen, wahrlich: der Ostwind bläst gen Westen.«

Lü Zongzhen hielt sich da heraus. Einsam und verlassen saß er auf seinem angestammten Platz. Er entschloss sich, Hunger zu haben. Doch ausgerechnet in dem Moment, als alle wieder auseinandergegangen waren und er seelenruhig seine Spinatteigtaschen verspeisen wollte, fiel sein flüchtiger Blick auf einen Verwandten, den Sohn einer Cousine seiner Frau, der in der dritten Wagenklasse saß. Er war ihm durch und durch verhasst, dieser Dong Peizhi. Ein armer Schlucker voller hochfliegender Pläne, dessen ganzes Trachten darauf zielte, eine junge Dame mit etwas Vermögen zu freien. Lü Zongzhens Tochter war in diesem Jahr gerade dreizehn geworden, doch Peizhi schielte schon nach ihr, machte sich die dreistesten Hoffnungen und schaute nur umso häufiger bei ihnen zu Hause vorbei. Mit einem Auge behielt Lü ihn im Blick, verwünschte dabei heimlich sein Pech und fürchtete nur, der junge Mann könnte ihn sehen und die überaus günstige Gelegenheit nutzen, um ihm in dieser Angelegenheit zuzusetzen. Mit diesem Dong Peizhi im selben Raum eingeschlossen – ein Albtraum! Eilig raffte er Aktentasche und Teigtaschen zusammen, hastete wie ein Windstoß auf die gegenüberliegende Sitzreihe und ließ sich dort nieder.

Wie es der Zufall wollte, war es ausgerechnet Wu Cuiyuan, die nun neben ihm saß und ihn vor den Blicken dieses angeheirateten Verwandten schützte; ausgeschlossen, dass der ihn jetzt noch sehen konnte. Cuiyuan wandte ihm das Gesicht zu und streifte ihn mit einem leicht verärgerten Blick. Verdammt noch mal! Bestimmt dachte diese Frau, er führe was im Schilde, wenn er so einfach und ohne Grund den Platz wechselte. Er kannte diese Maske, die Frauen aufsetzen, wenn sie sich angemacht fühlen – dann erstarrt das Gesicht bis zur völligen Regungslosigkeit, kein Lächeln spielt um die Augen, kein Lächeln um die Mundwinkel, nicht einmal um die kleinen Vertiefungen neben den Nasenflügeln, und dennoch – irgendwo nistet zitternd ein feines Lächeln, das sich jederzeit über das ganze Gesicht ausbreiten kann. Wer sich selber für allerliebst hält, hält es nicht durch, nicht zu lächeln.

Zum Teufel mit ihm! Dong Peizhi hatte ihn schließlich doch entdeckt und kam nun auf die erste Wagenklasse zugesteuert, devot, sich von Weitem schon verbeugend, ein frisches Rot überzog sein schmales Gesicht. Er trug eine graue Robe aus Kattun, die ihm etwas von der Aura eines buddhistischen Mönches verlieh; ein Entbehrungen gewohnter junger Mann, der auf seinen tadellosen Ruf hielt, ein schlichtweg idealer Schwiegersohn mit glänzenden Perspektiven.

Blitzschnell entschloss sich Zongzhen, aus der bedrohlichen Situation seinen Vorteil zu ziehen und die Gunst der Stunde zu nutzen. Er streckte einen Arm aus, ließ ihn hinter Cuiyuans Rücken auf die Fensterbank sinken und tat so lautlos seine Absicht kund, mit ihr anzubändeln. Er wusste, dass er so Dong Peizhi nicht würde zum Rückzug bewegen können; in dessen Augen war er ohnehin ein zu jeder Schandtat bereiter alter Mann. Jeder über dreißig war für ihn ein alter Mann, und alle alten Männer waren verdorben bis in die Knochen. Wenn er ihn nun heute mit eigenen Augen bei einem derart primitiven Verhalten ertappte, würde er fraglos seiner, Zongzhens, Frau in allen Einzelheiten davon berichten – und es käme ihm, Zongzhen, nur zupass, wenn die sich darüber richtig ärgerte. Wer hatte sie denn aufgefordert, ihn mit solcher Verwandtschaft auszustatten?! Geschah ihr recht, wenn sie sich ärgerte.

Sonderlich sympathisch war ihm die Frau nicht, die nun neben ihm saß. Zwar waren ihre Arme weiß, aber weiß wie ausgequetschte Zahnpasta. Der ganze Mensch sah wie ausgequetschte Zahnpasta aus und hatte einfach keinen Pfiff.

Er lächelte sie an und sagte leise: »Wie lästig, diese Straßensperre! Wann sie wohl aufgehoben wird?« Cuiyuan erschrak und blickte ihn an. Als sie sah, dass sein Arm hinter ihr ruhte, erstarrte sie einen Moment, doch konnte Zongzhen es sich jetzt unmöglich gestatten, den Arm dort wieder wegzuziehen. Schließlich sah sein Neffe gerade mit leuchtenden Augen zu ihm herüber, um seine Lippen spielte ein verständnisvolles Lächeln. Würde er, so in der Klemme, das Bürschchen jetzt mit Blicken fixieren, würde es vielleicht verlegen den Kopf senken, mit der Grazie einer verschämten Jungfer. Oder ihm wissend zuzwinkern? Wer weiß.

Er knirschte mit den Zähnen und setzte zu einer erneuten Attacke auf Cuiyuan an. »Finden Sie's auch so langweilig? Könnten wir uns nicht einfach ein bisschen unterhalten? Wir … plaudern wir doch!«

Unwillkürlich hatte seine Stimme einen flehenden Ton angenommen. Wieder erschrak sie und warf ihm einen Blick zu. Da erinnerte er sich, wie er Zeuge jenes winzigen Moments geworden war, in dem sie – ein Moment mit allen Qualitäten eines Theaterauftritts – in die Bahn gestiegen war, ein Theatereffekt, der sich eher zufällig ergeben hatte und den man ihr nicht gutschreiben konnte. Mit gedämpfter Stimme meinte er: »Wissen Sie, ich habe gesehen, wie Sie eingestiegen sind. Aus der Werbung, die da vorn an der Scheibe klebt, ist ein Stück herausgerissen. Durch die Lücke habe ich Ihr Profil gesehen, allerdings nur das Kinn.« Eine Milchpulverreklame, darauf das Bild eines dicken Kindes, und unter dem Ohr des Kindes war nun plötzlich das Kinn dieser Frau erschienen, schon ein bisschen einschüchternd, dieses Kinn, wenn man es genauer bedachte.

»Erst später, als Sie den Kopf senkten und aus Ihrer Handtasche Geld holten, sah ich Ihre Augen, die Brauen, das Haar.« Wenn er sie so zerlegte, so Detail für Detail betrachtete, hatte sie doch ihren ganz eigenen Charme.

Cuiyuan lächelte. Man sah dem Kerl nicht an, dass er so gut Süßholz raspeln konnte, sie hätte ihn eher für einen biederen Kaufmann gehalten. Sie musterte ihn noch einmal mit einem knappen Blick. Die Sonne schien rot durch den Knorpel unterhalb seiner Nasenspitze. Die Hand, die auf dem in Zeitungspapier eingewickelten Paket ruhte, wirkte sensibel – ein echter Mensch! Nicht sehr redlich, auch nicht sehr intelligent, und doch: ein echter Mensch! Eine jähe Leidenschaft, ein jähes Glücksgefühl ergriff sie. Und das Gesicht von ihm abwendend, wisperte sie: »Hören Sie bitte auf damit!«

»Hm?« Zongzhen hatte längst vergessen, was er gesagt hatte. Er fixierte den Rücken seines Verwandten – der taktvolle junge Mann spürte, dass er hier überflüssig war, wollte seinen Onkel nicht verärgern, schließlich würde man später ja noch miteinander zu tun haben und konnte die schönen Bande der Verwandtschaft nicht blindlings durch einen raschen Schnitt zertrennen. So zog er sich überraschend in die dritte Wagenklasse zurück. Kaum war er dort verschwunden, zog Zongzhen seine Hand zurück, auch seine Ausdrucksweise wurde wieder seriöser. Mit einem Blick auf das Übungsheft auf ihren Knien versuchte er, ein Gespräch mit ihr anzuknüpfen: »Shenguang-Universität … Sie studieren an der Shenguang?«

Hielt er sie für so jung? Für eine Studentin? Sie lächelte und schwieg.

»Ich habe mein Examen an der Huaji gemacht. An der Huaji.« An ihrem Hals war ein kleines braunes Mal, wie der Abdruck eines Fingernagels. Unbewusst knetete er die Finger seiner Linken mit den Fingern der Rechten, hüstelte und schloss die Frage an: »Und was ist Ihr Fach?«

Cuiyuan merkte, dass sich seine Hand nicht länger hinter ihr befand. Sie führte diesen Wandel in seiner Haltung auf ihre korrekte Sprödigkeit zurück, die subtil auf ihn eingewirkt haben musste. Wie die Dinge standen, meinte sie aber, ihm eine Antwort zu schulden, und so sagte sie: »Geisteswissenschaften. Und Sie?«

»Handel«, sagte er. Und da er plötzlich das Gefühl hatte, dass ihr Dialog ein bisschen zu neokonfuzianisch-bieder gerate, meinte er: »Damals hab ich an der Uni viel mitgemischt in der Studentenbewegung. Nach dem Examen hab ich mich dann darum gekümmert, dass ich was zu beißen hatte. Viel studiert hab ich da nicht.«

»Sie haben im Büro viel zu tun?«

»So viel, dass ich gar nicht mehr weiß, wo mir der Kopf steht. Morgens nehme ich die Straßenbahn ins Büro, nachmittags fahre ich mit der Straßenbahn heim, ohne dass ich sagen könnte, warum ich eigentlich ins Büro fahre und warum wieder zurück. Meine Arbeit interessiert mich nicht die Bohne. Man sagt ja, man tue das alles des Geldes wegen, aber ich weiß nicht mal, für wen ich dieses Geld verdienen sollte.«

»Jeder hat so seine familiären Verpflichtungen.«

»Sie wissen ja nicht – bei mir zu Hause – na ja, reden wir nicht davon!«

Insgeheim sagte sich Cuiyuan: Dachte ich's mir doch! Seine Frau hat gar kein Mitgefühl mit ihm. Wie es aussieht, braucht ein Mann zusätzlich zu seiner Ehefrau noch eine Frau, die mit ihm fühlt.

Zongzhen zögerte einen Augenblick, dann meinte er stockend und schrecklich verlegen: »Meine Frau – hat gar kein Mitgefühl mit mir.«

Cuiyuan runzelte die Stirn, ihr Blick verriet umfassendes Verständnis.

»Ich begreife einfach nicht«, sagte Zongzhen, »warum ich täglich, wenn es so weit ist, wieder nach Hause fahre. Ja, wohin fahre ich denn? Im Grunde bin ich doch ein Obdachloser.« Er nahm die Brille ab, hielt sie gegen das Licht und wischte mit einem Taschentuch die Flecken ab. »Nun ja, man muss eben einfach so weiterleben, nur nicht nachdenken – man darf eben nur nicht drüber nachdenken!«

Cuiyuan empfand es als etwas obszön, wenn ein Kurzsichtiger in aller Öffentlichkeit die Brille absetzte, es war ihr, als entledigte er sich vor aller Welt seiner Kleider, ein Verstoß gegen alle guten Sitten.

»Ich …«, fuhr er fort, »Sie wissen ja nicht, was für eine Frau das ist!«

»Nun, Sie müssen sie doch anfangs …«

»Ich war von Anfang an dagegen. Meine Mutter hat das in die Wege geleitet. Natürlich wollte ich selber meine Wahl treffen, aber … sie war früher mal sehr schön … und ich war damals so jung … Sie wissen, junge Leute …«

Cuiyuan nickte.

»Dass sie sich später so sehr verändern würde … Selbst meine Mutter hat sich mit ihr zerstritten und wirft mir nun vor, dass ich sie geheiratet habe! Sie … ist immer so aufbrausend und grob … nicht einmal einen Grundschulabschluss hat sie.«

Cuiyuan musste unwillkürlich lächeln. »Dieses Zeugnis scheint Ihnen sehr viel zu bedeuten. Dabei ist, was Mädchen an Ausbildung mitbekommen, so großartig ja auch wieder nicht.« Sie wusste selber nicht, warum sie sich zu dieser Bemerkung hatte hinreißen lassen, mit der sie sich doch nur selber kränkte.

»Aber selbstverständlich«, meinte Zongzhen, »als Nichtbetroffene können Sie sich leicht darüber mokieren, Sie haben ja eine tadellose Ausbildung genossen; Sie wissen ja nicht, was für eine Person sie ist ...« Er hielt einen Moment lang inne, schnappte nach Luft und nahm die Brille, die er sich eben wieder aufgesetzt hatte, erneut ab, um die Gläser zu putzen.

Cuiyuan sagte: »Finden Sie nicht, dass Sie übertreiben?«

Zongzhen hielt die Brille zwischen den Fingern und meinte mit einer Geste, die Ratlosigkeit verriet: »Sie wissen ja nicht, wie diese Frau ...«

»Doch, ich weiß, ich weiß«, versicherte Cuiyuan eilig. Sie wusste, das Paar harmonierte nicht, und dafür konnte man unmöglich allein die Frau verantwortlich machen, er selber war ja auch ein wenig einfach gestrickt. Was er brauchte, war eine nachsichtige, versöhnliche Frau.

Auf der Straße entstand plötzlich Unruhe. Rumpelnd fuhren zwei Lastwagen, mit Soldaten beladen, vorbei. Zongzhen und Cuiyuan reckten gleichzeitig die Hälse und sahen hinaus, und dabei kamen sich beider Gesichter unversehens ganz nahe. Aus nächster Nähe sieht jedes Gesicht anders aus, angespannt, wie in einer Großaufnahme. Plötzlich war ihnen, als sähen sie einander zum ersten Mal. In Zongzhens Augen erschien ihr

Gesicht wie die blasse, flüchtige Skizze einer Päonienblüte, wie Staubgefäße die zerzauste Strähne seitlich der Stirn.

Er blickte sie an, sie errötete. Als er sah, wie sie so über und über errötete, war er unübersehbar hocherfreut. Das ließ sie noch heftiger erröten.

Nie hätte Zongzhen für möglich gehalten, dass eine Frau seinetwegen erröten, lächeln, das Gesicht abwenden und wieder zu ihm hinblicken könnte. Hier war er nun ein Mann. Normalerweise war er Buchhalter, Vater von Kindern, Familienoberhaupt, Straßenbahnfahrgast, Kunde in Geschäften, Bürger. Aber für diese Frau, der alle Einzelheiten seines Lebens unbekannt waren, war er einfach nur ein Mann.

Sie waren nun verliebt. Er erzählte ihr vieles: Wie es bei ihnen in der Bank zuging, mit wem er sich am besten verstand und wer ihm gegenüber nur freundlich tat, was es in seiner Familie an Zank und Streit gab, sein heimliches Leid, seine Ambitionen aus Studententagen ... Er konnte gar kein Ende finden, aber das verdross sie ganz und gar nicht. Schon immer haben verliebte Männer gern geredet, und immer haben verliebte Frauen ihnen gern zugehört. Anders als sonst sprechen Frauen nicht gern, wenn sie verliebt sind, denn ihr Unterbewusstsein sagt ihnen: Hat ein Mann eine Frau erst einmal gründlich verstanden, wird er sie nicht länger lieben.

Zongzhen kam zu dem Schluss, dass Cuiyuan eine liebenswerte Frau sei – weiß, zerbrechlich und wohltemperiert, wie Atem, den man in die Winterluft haucht. Will man sie nicht mehr, löst sie sich, sacht wie ein Hauch, im Winde auf. Sie ist ein Teil von dir, versteht alles und entschuldigt großzügig alles. Sagst du die Wahrheit, leidet sie für dich. Lügst du, so lächelt sie, als wollte sie sagen: »Wie du reden kannst!«

Für einen Moment verstummte er. Dann meinte er plötzlich: »Ich beabsichtige, mich neu zu verheiraten.«

Cuiyuan setzte unverzüglich eine bestürzte Miene auf und sagte: »Sie wollen sich scheiden lassen? Das … aber geht denn das so einfach?«

»Ich kann mich nicht scheiden lassen. Ich muss an das Glück meiner Kinder denken. Meine Älteste ist in diesem Jahr dreizehn geworden und hat gerade erst mit einer sehr ordentlichen Leistung die Aufnahme zur Mittelschule bestanden.«

Was hat das mit dem Problem von eben zu tun?, fragte sich Cuiyuan insgeheim und bemerkte kühl: »Oh, Sie planen also, sich eine Nebenfrau zu nehmen.«

»Ich bin bereit, sie der Ehefrau gleichzustellen. Ich … sie wird sich in ein gemachtes Nest setzen können, alles wird seine Schicklichkeit haben.«

»Damit wird sie, fürchte ich, als Tochter aus gutem Hause nicht unbedingt einverstanden sein, oder? Allein die juristischen Unannehmlichkeiten …«

Zongzhen seufzte. »Stimmt, Sie haben recht. Das steht mir nicht zu. Ich sollte an so was besser gar nicht denken … bin auch zu alt dafür. Ich bin schon fünfunddreißig.«

»Heutzutage gilt das noch nicht als alt«, meinte Cuiyuan mit Bedacht.

Zongzhen schwieg. Erst nach einer Weile fragte er: »Und … wie alt sind Sie?«

Cuiyuan senkte den Kopf. »Fünfundzwanzig.«

Einen Moment lang zögerte Zongzhen, dann sagte er: »Sie sind noch ungebunden?«

Cuiyuan antwortete nicht.

»Sie sind es nicht. Das heißt, selbst wenn Sie einverstanden wären, wäre es doch Ihre Familie nicht, stimmt's?«

Cuiyuan presste die Lippen aufeinander. Ihre Familie. Alle so makellos. Wie sie sie hasste! Man hatte sie genug an der Nase herumgeführt, wollte, dass sie einen reichen Schwiegersohn heimbrächte. Zongzhen hatte kein Geld, stattdessen eine Frau – es würde sie auf die Palme bringen. Und es geschähe ihnen recht!

Die Zahl der Fahrgäste nahm wieder zu. Draußen kursierte wohl das Gerücht, die Straßensperre werde aufgehoben. Einer nach dem anderen stieg ein und setzte sich, sodass Zongzhen und Cuiyuan immer enger aneinandergepresst wurden, enger, immer enger.

Sie wunderten sich, wie sie eben noch so verwirrt gewesen sein konnten, dass sie nicht von selber näher aneinandergerückt waren. Zongzhen hatte das Gefühl, dass Cuiyuan sich allzu sehr darüber freute; es erschien ihm unverzeihlich, da nicht Einspruch zu erheben. Und so wandte er sich ihr mit leidgeprüfter Stimme zu und sagte: »Ausgeschlossen! Es ist ganz ausgeschlossen. Ich darf nicht zulassen, dass Sie mir Ihre Zukunft opfern. Sie stammen aus besseren Kreisen, haben eine großartige Ausbildung genossen … Ich, ich habe auch nicht viel Geld, ich darf Sie nicht ins Unglück stürzen!«

Genau! Das leidige Geld! Er hatte ja recht. Schluss! Aus!, dachte Cuiyuan. Bestimmt würde sie später einmal heiraten, aber niemals einen Mann, der so nett wäre wie dieser hier, auf den sie getroffen war, als wären zwei Wasserlinsen aufeinander zugetrieben, zwei Leute in der Straßenbahn während einer Straßensperre …

So natürlich und wie von selbst würde sich das nie wieder abspielen, so nie wieder. Ach dieser Kerl, dieser Esel! So ein Esel! Nur einen Teil seines Lebens hatte sie für sich gewollt, den, den sonst niemand an ihm zu schätzen wusste. Ohne Grund hatte er sein Glück mit Füßen getreten. Was für eine idiotische Verschwendung! Sie weinte. Aber es war nicht jenes kultivierte Weinen, wie es züchtige junge Mädchen zu weinen pflegen; es war, als spuckte sie ihm ihre Tränen ins Gesicht.

Er war ein braver Kerl – wieder mal ein Braver zu viel auf der Welt!

Warum ihm das noch erklären? Eine Frau, die, um einen Mann zu rühren, Zuflucht zu Worten nehmen muss, kann einem nur leid tun.

Zongzhen brachte vor Aufregung kein Wort hervor, rüttelte nur immer wieder an dem Sonnenschirm, den sie umklammert hielt. Sie beachtete ihn nicht. Da zog er an ihrer Hand und sagte: »Ich meine ... ich meine ... hier sind noch andere Leute! Nicht doch! Hören Sie auf zu weinen. Wir besprechen das alles gleich am Telefon. Sagen Sie mir Ihre Nummer.«

Cuiyuan reagierte nicht.

Er insistierte: »Sie müssen mir unbedingt Ihre Nummer geben.«

»75369«, platzte es aus ihr heraus.

»75369?«

Wieder schwieg Cuiyuan.

»75369«, murmelte Zongzhen und suchte in allen Taschen nach seinem Füller, erfolglos. Cuiyuan hatte zwar einen Rotstift in ihrer Handtasche, aber den rückte sie absichtlich nicht heraus. Ihre Telefonnummer sollte er sich schon merken können, wenn sie ihm etwas bedeutete. Wenn nicht, dann liebte er sie auch nicht, dann gab es auch nichts mehr zu besprechen.

Die Straßensperre war aufgehoben. Die Klingel ertönte. Klingelingeling. All diese Klingeltöne wie lauter kalte Tröpfchen, die sich miteinander zu einer imaginären Linie verbanden und Raum und Zeit durchschnitten.

Jubelnd fegte eine Bö durch die große Stadt. Die Bahn setzte sich bimmelnd in Bewegung. Unvermittelt erhob sich Zongzhen, zwängte sich durch die Menge und war verschwunden.

Cuiyuan wandte sich ab und tat, als habe sie es nicht bemerkt. Er war fort. Damit war er für sie gestorben. Die Bahn beschleunigte. Im Abenddämmerlicht setzten

Tofu-Verkäufer ihre Lasten auf dem Bürgersteig ab. Ein Wahrsager hielt mit beiden Händen sein mit den acht Diagrammen verziertes Kästchen in die Höhe und schwenkte es mit geschlossenen Augen hin und her. Eine mächtige Blondine, der ein großer Strohhut über den Rücken baumelte, entblößte ihre großen Zähne, lächelte einen italienischen Matrosen an und machte irgendeine scherzhafte Bemerkung. Indem Cuiyuan all diese Leute bemerkte, schenkte sie ihnen Leben, wenigstens diesen einen Moment lang. Und während die Bahn bimmelnd weitereilte, starben sie wieder, einer nach dem anderen.

Verdrossen schloss sie die Augen. Wenn er sie anriefe, verlöre sie bestimmt die Kontrolle über ihre Stimme und wäre sehr, sehr herzlich zu ihm; es wäre ja, als würde jemand lebendig, der schon einmal gestorben war.

Als in der Bahn die Lichter angingen, sah sie mit einem Blick, dass er in einiger Entfernung auf seinem ursprünglichen Platz saß. Sie zuckte zusammen. Er war also gar nicht ausgestiegen! Nun verstand sie: Alles, was während der Straßensperre passiert war, sollte gewissermaßen gar nicht stattgefunden haben. Ganz Shanghai war nur einmal eingenickt und in einen frivolen Traum versunken.

»Elend ist es auf der Welt für den Menschen ohne Geld!«, sang der Fahrer aus voller Kehle, »elend ist es.«

Eine armselige konfuse Alte streifte bei ihrem Versuch, quer über die Fahrbahn zu laufen, das Führerhaus der Straßenbahn. »Blöde Sau!«, schrie der Fahrer.

Lü Zongzhen gelangte noch gerade rechtzeitig zum Abendessen nach Hause. Während er aß, studierte er gleichzeitig das Zeugnis seiner Tochter, das eben mit der Post gekommen war. Zwar erinnerte er sich noch des Vorfalls in der Straßenbahn, aber Cuiyuans Gesicht war schon ein wenig verblasst; es war eben ein Gesicht, das ganz darauf angelegt war, vergessen zu werden. Er erinnerte sich nicht mehr, was sie gesagt hatte, doch seiner eigenen Worte erinnerte er sich genau, seines zärtlichen: »Wie alt sind Sie denn?«, und wie er sie feurig beschworen hatte: »Ich kann nicht zulassen, dass Sie mir Ihre Zukunft opfern!«

Nach dem Essen ließ er sich ein heißes Tuch reichen und fuhr sich damit übers Gesicht, schlenderte ins Schlafzimmer und drehte das Licht an. Ein pechschwarzer Käfer krabbelte vom einen Ende des Raumes zum anderen und drückte, kaum dass das Licht angegangen war, auf halbem Weg den Bauch gegen die Dielen und rührte sich nicht. Stellte sich tot? Hing irgendwelchen Gedanken nach? Fand ja wohl sonst kaum Zeit zum Nachdenken, wenn er den ganzen Tag hin und her krabbeln musste. Aber am Ende bringt das Nachdenken doch nur Schmerzen.

Als Zongzhen das Licht löschte und nach dem Telefonhörer griff, war seine Handfläche feucht; Schweiß sickerte ihm in dicken Perlen aus dem Leib, kroch ihm wie ein Insekt juckend über die Haut. Er drehte noch einmal das Licht an. Der Käfer war verschwunden, in seinen Unterschlupf zurückgekehrt.

Spuren einer Liebe

Es war November und im Haus brannte ein Feuer, ein kleines Kohlebecken mit glühenden Holzkohlen in einem Nest schneeweißer Asche. Die Kohlen waren einst Bäume gewesen, dann waren die Bäume gestorben, und jetzt wurden ihre Körper durch das glutrote Feuer wieder zum Leben erweckt. Sie lebten, würden aber bald zu Asche werden. Ihre erste Existenz war grün, die zweite dunkelrot. Dem Becken entstieg der Geruch von Kohle, warf man jedoch eine rote Dattel hinein, so verströmte sie beim Verbrennen den süßen Duft von Reissuppe mit acht Kostbarkeiten. Die zischelnden Explosionen der Kohle erinnerten an das Rascheln von zerstoßenem Eis.

Eine Heiratsurkunde hing gerahmt an der Wand. Die beiden oberen Ecken wurden von zwei Engelchen mit rosafarbenen Flügeln in Prägedruck geziert, die ein goldenes Band hielten. Darunter schwamm auf dem hellgrünen Wasser einer Flussbiegung ein buntes Entenpaar. In der Mitte stand in ordentlicher Kanzleischrift:

Mi Jingyao aus Wuwei in der Provinz Anhui, derzeit in seinem 59. Jahr, geboren zwischen 9 und 11 Uhr morgens am 11. Tag des 1. Monats im 11. Jahr der Regierung Guangxu.

[25. Februar 1885]

Chunyu Dunfeng aus Wuxi in der Provinz Jiangsu, derzeit in ihrem 36. Jahr, geboren zwischen 3 und 5 Uhr nachmittags am 9. Tag des 3. Monats im 36. Jahr der Regierung Guangxu.

[9. April 1908]

Dunfeng stand des besseren Lichtes wegen unter diesem Bilderrahmen und zählte, ein Knie auf das Sofa gestützt, die Maschen ihres Strickzeugs. Mi Jingyao verließ eben das Zimmer, um seinen Mantel zu holen. »Ich geh noch mal kurz weg«, murmelte er verlegen.

Dunfeng hielt den Kopf gesenkt und bewegte stumm die Lippen, sie war ganz aufs Zählen konzentriert. Schon halb im Mantel blickte Mi Jingyao mit ratlosem Lächeln zu ihr hinüber, bis sie endlich aufsah. »Hmm?« Dann wandte sie sich wieder der Wolle zu, die grau war und eingesponnene kleine weiße Flusen hatte.

»Bin bald zurück«, sagte Herr Mi. Es fiel ihm schwer, die richtigen Worte zu finden. Wenn er sagte: ›Ich gehe dorthin‹, dann war das zu sehr ein Hier und Dort. Sagte er aber: ›Ich gehe in die Xiao Shadu Lu‹, so hätte man annehmen können, er habe ein Anwesen in jener Straße und eines hier. Früher hatte er, wenn von seiner Frau die Rede war, immer nur von ›ihr‹ gesprochen, bis Dunfeng eines Tages erklärt hatte: »Wie kann man denn so reden?« Seither bediente er sich, falls er sie überhaupt erwähnte, einer möglichst unpersönlichen Wendung.

Jetzt zum Beispiel sagte er: »Ist ziemlich krank. Ich muss mich kümmern.«

»Geh nur«, erwiderte Dunfeng kurz angebunden.

Aber ein gewisser Unterton in ihrer Stimme hielt Mi Jingyao zurück. Auf die Fensterbank gestützt sah er hinaus und sagte wie zu sich selbst: »Ob es regnen wird?«

Dunfeng indes zeigte Anzeichen von Ungeduld. Sie wickelte das Wollknäuel auf, steckte es in einen geblümten Stoffbeutel und machte ihrerseits Anstalten zu gehen. An der Tür hielt Herr Mi sie auf, versuchte zu erklären: »So viele Jahre schon … diesmal steht es wirklich schlecht und keiner kümmert sich … ich kann doch nicht …«

Das machte Dunfeng nur noch ärgerlicher. »Wozu erzählst du mir das! Was sollen die Leute denken, wenn sie uns hören?« Zhang Ma, die hinter der halb geöffneten Badezimmertür die Wäsche wusch, wusste als alte Hausangestellte ohnehin Bescheid, aber womöglich dachte sie, Dunfeng wolle ihn nicht zu seiner kranken Frau gehen lassen. Das wäre nun wirklich lächerlich!

Schon in der Tür rief sie Zhang Ma zu sich und gab ihr Anweisungen: »Wir sind zum Abendessen nicht da.

Die zwei vegetarischen Gerichte brauchst du nicht aufzuheben, und den Tofu kannst du zum Einfrieren auf den Balkon legen. Vergiss nicht, die Kohlen im Becken mit Asche zuzudecken, ja?«

Wenn sie mit Dienstboten sprach, nahm Dunfengs Stimme eine tiefe, gewichtige Färbung an, die sie älter erscheinen ließ; es klang, als habe sie schlechte Laune, doch zugleich hatte ihre Stimme das Klebrige einer Bordellmutter. Sie schob dann ihren nahezu kinnlosen Unterkiefer nach oben, was ihr volles weißes Gesicht nach unten sacken ließ; die Lider waren halb geschlossen. Ihre schöne griechische Nase zeigte ebenfalls nach oben, was die eleganten kleinen Nasenlöcher besonders zur Geltung brachte. Dunfeng stammte aus einer sehr wohlhabenden Familie, einem der ersten und traditionsreichsten Handelshäuser Shanghais. Man hatte sie bereits mit sechzehn verheiratet, ihr Mann starb, als sie dreiundzwanzig war, und nach mehr als zehnjähriger Witwenschaft hatte sie Herrn Mi geheiratet. Nun war sie glücklich, wenn auch nicht übermäßig; schließlich war sie eine erfahrene Frau.

Prüfend berührte sie ihr Haar, das vorn über einer Rolle Baumwollwatte hochfrisiert und am Hinterkopf in Reihen wohlgeordneter Löckchen gelegt war, ebenso exakt und vernünftig wie die Gedanken in ihrem Kopf. Dann griff sie nach Handtasche und Einkaufsnetz und schlüpfte in den Mantel. Fest in mehrere Schichten Kleidung gehüllt, ließ ihr draller weißer Körper an ein in klarem Wasser gekochtes *zongzi* denken – ein in

Bambusblätter gewickeltes Päckchen aus Klebreis. Ihr *qipao* war elegant geschnitten, nicht zu eng und doch so prall gefüllt, als trüge sie darunter ein Stahlkorsett.

Herr Mi folgte ihr und fragte: »Gehst du auch aus?«

»Ich besuche meine Tante«, erwiderte Dunfeng. »Wenn du zum Essen nicht zurück bist, kann man sich das Kochen sparen. Die Gerichte waren für dich gedacht – Feuertopf und Fischsülze, das mag ich sowieso nicht.«

Herr Mi ging ins Wohnzimmer zurück und trat an den Schreibtisch. Dort lag zwischen Sandelholz-Deckeln ein Stapel Steinabreibungen. Er rückte sie ein wenig zurecht. Daneben standen in ordentlicher Reihe ein grünes Jadedöschen mit Stempelfarbe, ein Pinselhalter in Craqueléglasur, ein Wasserbehälter und ein Kupferlöffel; die Gegenstände fühlten sich kalt an. An einem trüben Tag wie diesem fiel umso mehr auf, wie sauber und aufgeräumt es in diesem Haushalt war.

Während er sich am Schreibtisch zu schaffen machte, erschien Dunfeng noch einmal. Er stand leicht vorgebeugt, denn er war bereits im Mantel und außerdem in jenem Alter, wo einem der Bauch im Weg ist.

»Bist du immer noch da?«, bemerkte Dunfeng gleichgültig. Statt einer Antwort lachte er nur. Mit Handtasche und Netz ging sie hinaus, er folgte ihr. Sie tat, als sähe sie ihn nicht, und wollte rasch die Straße überqueren. Doch dann befürchtete sie, dass er außer Atem kommen und hinter ihr herkeuchen könnte. Auch wenn sie wütend auf ihn war, wollte sie vermeiden, dass sein

Alter offenkundig wurde. Sie zögerte daher absichtlich, bis einige Autos kamen, und ging erst hinüber, als sie vorbei waren. Auf diese Weise blieb ihm etwas Zeit.

Sie war bereits ein gutes Stück gegangen, als sie merkte, dass es regnete. Ein leichtes Nieseln nur, das sich wie kalter Frosthauch und nicht wie richtiger Regen anfühlte. Da Dunfeng um ihren Pelzkragen fürchtete, machte sie Anstalten, den Mantel auszuziehen, hatte aber keine Hand frei.

Herr Mi kam ihr zu Hilfe und nahm ihr die Handtasche, das Netz und den geblümten Beutel mit dem Strickzeug ab. »Wie? Du willst den Mantel ausziehen?«, fragte er, und in einem Nachsatz: »Du darfst dich nicht erkälten, lass uns eine Fahrradrikscha nehmen.« Nachdem er einen Zweisitzer herangewinkt hatte, bemerkte sie: »Aber wir haben nicht denselben Weg.«

»Ich begleite dich.«

Hinter dem struppigen schwarzen Pelzkragen hervor musterte Dunfeng ihn mit halbherzigem Lächeln. Sie war bei der alten Konkubine ihres Vaters aufgewachsen und hatte nach ihrer ersten Heirat im Hause ihres Mannes auch wieder mit Konkubinen zusammengelebt; so hatte sie sich den Charme angeeignet, der in altmodischen Shanghaier Bordellen gepflegt wurde.

Sie saßen nebeneinander in der Rikscha, die nun weich in die Straße eines Wohnviertels einbog. Am Straßenrand stand ein kleines schwarzbraunes Haus im westlichen Stil, umgeben von einem Grundstück mit schwarzem Kies und bräunlichem Gras. Seine hellblau gestrichenen Fensterläden waren schon ein wenig verblasst. Es wirkte eigentümlich fremdländisch, wie es da so still im Regen stand. Herrn Mi erinnerte es an seine Studienzeit im Ausland. Als er sich noch einmal umdrehte, sah er auf dem Kies einen schwarzen Hund mit winzigen lockigen Ohren sitzen. Auch das nasse schwarze Fell war leicht gelockt. Das Tier hatte den Oberkörper aufmerksam vorgestreckt, ohne dass man hätte ahnen können, was es hörte oder bewachte. Herr Mi musste an das Markenzeichen auf den alten Grammophonen denken und erinnerte sich an die Tanzmusik, die sie gespielt hatten, an die Körperwärme und den Duft aus den tiefen Dekolletees westlicher Frauen. Dann fiel ihm der kleine grüne Glashund ein – ein Spielzeug seines Erstgeborenen. Die Figur war nur drei, vier Zentimeter hoch, hatte aber in eben dieser Haltung dagesessen, die Augen zwei rote Kristallkügelchen. Der Gedanke an den fast durchsichtigen grünen Glashund verursachte ihm ein unangenehmes Gefühl an den Zähnen. Vielleicht hatte er beim Spiel mit dem Kind einmal auf das Figürchen gebissen oder dem Kind verboten, es in den Mund zu nehmen, worauf seine eigenen Zähne so reagiert hatten. Er wusste es selbst nicht mehr genau.

Sein erstes Kind war im Ausland zur Welt gekommen. Seine Frau, die aus Kanton stammte, hatte er beim Studium kennengelernt. Damals waren nur sehr wenige Chinesinnen zum Studium ins Ausland gegangen; es war Liebe auf den ersten Blick gewesen, und sie hatten bald darauf geheiratet. Schon immer hatte sie zum Jähzorn geneigt, aber über die Jahre war sie noch cholerischer geworden und hatte sich sogar mit den eigenen Kindern zerstritten. Sie studierten inzwischen und lebten alle im Landesinneren, weshalb es wenig Anlass zu Konflikten gab. Er selbst war in den letzten Jahren nur selten mit ihr zusammengetroffen, doch auch als sie sich noch gut verstanden, war ihnen die Zeit in hastiger Verworrenheit verflogen. Er konnte sich eigentlich nur an Streitereien erinnern, in seinem Gedächtnis war kaum etwas Schönes aufbewahrt. Und doch hatten jene Jahre voll jugendlicher Schmerzen und Ängste sein Herz in besonderer Weise berührt. Wenn er jetzt, in diesem Winterwetter mit dem staubfeinen Nieselregen, daran zurückdachte, stiegen ihm Tränen der Wehmut in die Augen.

Herr Mi riss sich zusammen. Er schob seine Goldrandbrille nach oben und lehnte sich wohlig zurück. Die Kälte draußen ließ einen die Wärme und Sauberkeit hier drinnen umso deutlicher empfinden. Dieses Regenwetter war wie ein schwarzer Hund, zottig und triefend, der einem mit seiner eiskalten schwarzen Schnauze im Gesicht schnüffelte.

Dunfeng war unterdessen ausgestiegen und hatte eine Tüte mit Esskastanien gekauft, die mit Zucker geröstet waren. Während sie ihre Handtasche öffnete, um zu bezahlen, gab sie ihm die Tüte zum Halten. Das Papier in seinen Händen war glühend heiß, und die plötzliche Hitze verwirrte ihn. Durch mehrere Lagen Kleidung hindurch konnte er Dunfengs Schultern spüren – durch die Schulterpolster seines Mantels und die Schulterpolster ihres Mantels fühlte er seine jetzige Frau, sanft, erlesen und bis vor wenigen Jahren noch eine echte Schönheit. Diesmal hatte er sich nicht voreilig in eine Heirat gestürzt, er hatte Erkundigungen eingezogen und alles genau geplant, um in seinen späten Jahren noch ein wenig ruhiges Glück an der Seite einer schönen Frau genießen zu können, als Ausgleich für die vorangegangene Unbill. Und dennoch ...

Lächelnd gab er ihr die Tüte mit den Kastanien zurück. Sie nahm zwei heraus, schälte sie und aß. Im Widerschein der schwarzen, regennassen Straße, umrahmt vom Braun der Bäume, schien ihr Gesicht rot und maskenhaft, die Augen und Augenbrauen wirkten flach und wie aufgemalt, obwohl sie kein Make-up trug. Lächelnd betrachtete er sie. Mit seiner ersten Frau hatte er sich gestritten und geschlagen, doch zu ihr musste er hin und wieder »Verzeihung« oder »Danke« sagen; dabei blieb es dann auch: Danke, Verzeihung.

Dunfeng warf die Kastanienschalen weg, klopfte sich die Hände ab und schlüpfte wieder in ihre Handschuhe. Seite an Seite mit ihrem Mann zu sitzen gab ihr ein Gefühl von Frieden. Draußen auf der Straße hatte ein Mann sein langes Überkleid hochgerafft, um zu pinkeln. War dem denn nicht kalt?

Die Fahrradrikscha fuhr jetzt am Postamt vorbei. Gegenüber stand ein altmodisches graues Haus im westlichen Stil, auf dessen Balkon für gewöhnlich ein großer Papagei auf einer Stange saß und erbärmlich kreischte. Jedes Mal wenn sie hier vorbeikam, fühlte sie sich an das Haus ihres früheren Mannes erinnert. Eigentlich hatte sie Herrn Mi auf den Vogel aufmerksam machen wollen, aber da sie sich heute ein wenig über ihn geärgert hatte, ließ sie es sein. Sie blickte hinauf und sah den alten grau-weißen Papagei auf seiner Stange hin- und herhumpeln. Heute schrie er nicht. Auf dem Balkongeländer standen zwei Töpfe mit vertrockneten roten Chrysanthemen; eine alte Bedienstete beugte sich hinaus, um die Glastüren zu schließen.

Der Weg, den sie vom Haus jenes früheren Mannes zu dem des Herrn Mi zurückgelegt hatte, war voll unerwarteter Wendungen gewesen. Dunfeng war eine Frau mit Gefühl und Pflichtbewusstsein, aber ihr Lebensweg war verschlungen. Schon die Tatsache, dass ein herzloser Schneider das Kleid, das sie sich bei ihm machen ließ, verpfändet hatte, konnte sie in einen Strudel widersprüchlicher Gefühle stürzen. Wie sah es da erst in ihrer Ehe aus?

Sie hatte die Tüte mit den Kastanien in ihr Einkaufsnetz gesteckt. Diese war aus altem Zeitungspapier zusammengeklebt und ließ sie an eine Zeitung aus Nordchina denken, die ihr kürzlich in die Hände gefallen war; irgendetwas war darin eingewickelt gewesen. Sie enthielt Kinowerbung für einen Film mit dem Titel »Lebenslanger Ehekrieg«. Beim Lesen hatte sie das sofort auf sich bezogen. Über ihre Ehe hatte sie dem einen dies, dem anderen jenes erzählt und mittlerweile selber schon keine klare Vorstellung mehr, was eigentlich vorgefallen war. Inzwischen pflegte sie nur noch seufzend zu sagen: »Ach, das ist eine lange Geschichte.« Dazu lächelte sie. Selbst nachdem alles schon geregelt war, hatte ein Schwager von ihr, ein erwiesener Gauner, sie noch zu erpressen versucht. Er hatte gedroht, Herrn Mi zu erzählen, dass ihr erster Mann an Syphilis gestorben sei. Natürlich war das eine Lüge. Aber genau genommen war in dieser Familie jeder junge Herr mit 606 – einem damals verbreiteten Mittel gegen Geschlechtskrankheiten – behandelt worden. Ihre Tante hatte später in dieser Sache vermittelt und den Schurken mit Geld zum Schweigen gebracht.

Zu ihrer zahlreichen Verwandtschaft hatte sie, mit Ausnahme der Familie ihres Onkels, kaum noch Kontakt. Ihre Brüder, alles Söhne der alten Konkubinen, hatte Herr Mi bislang nicht kennengelernt. Da seine frühere Frau noch lebte, hätte man auch gar nicht gewusst, wie man sich anreden sollte. Auch Dunfeng selbst war sich in ihrem Verhalten ihnen gegenüber unsicher: Wenn sie zu reich wirkte, würden sie sofort Geld von ihr borgen wollen, und wenn sie von ihren Kümmernissen berichtet hätte, würden sie sie womöglich auslachen. Diejenigen, die sich seinerzeit um die Anbahnung ihrer Ehe bemüht hatten, hoben nun ständig ihre Verdienste hervor. Allen voran Frau Yang, die Ehefrau ihres Cousins. Sie trieb es so weit, dass Dunfeng es manchmal kaum ertragen konnte. Frau Yangs Schwiegermutter war Dunfengs Tante. Diese Tante und der Cousin waren die Einzigen unter all den Verwandten, mit denen sie noch verkehrte. Und wäre ihr nicht so schrecklich langweilig gewesen, dann hätte sie wohl auch die Yangs nicht besucht.

Die Yangs bewohnten ein Haus der gehobenen Mittelklasse in einer Seitenstraße. Frau Yang saß im Esszimmer und spielte Mah-Jongg. Da es um diese Jahreszeit früh dunkel wurde, brannte bereits um drei Uhr nachmittags Licht. Der viereckige Spieltisch, ein altes Stück, war mit Leder bespannt und hatte Kanten aus Metall. Bei den Yangs war man schon immer fortschrittlich gewesen; bereits zu Zeiten von Frau Yangs Schwiegervater wurden die Kinder auf moderne Schulen geschickt und dazu angehalten, Englisch zu lernen. Frau Yangs Ehemann, damals gerade aus dem Ausland zurück, war noch radikaler. Er hatte seine Frau unmittelbar nach der Geburt ihres ersten Kindes gezwungen, Obst zu essen und bei offenem Fenster zu schlafen. Wegen dieser Verstöße gegen die hergebrachten Sitten hatte er sich prompt mit seiner Schwiegermutter verkracht. Angespornt von ihrem Mann entwickelte sich Frau Yang zu einer lebhaften Gastgeberin; ihr Wohnzimmer hatte die Atmosphäre eines Salons, und nach der Art französischer Damen ließ sie sich Blumen oder Süßigkeiten schenken, was ihr enorm schmeichelte. Auch einige verheiratete Männer verkehrten dort; sie nutzten diese Besuche, um sich gelegentlich über ihre Ehefrauen zu beklagen. Einer von ihnen war Herr Mi. Da er zu Hause kaum Trost fand, schätzte er die Gesellschaft verheirateter Damen und war schon froh, wenn er mit ihnen plaudern und scherzen konnte. Frau Yang war daher überzeugt, dass sie es gewesen sei, die Dunfeng Herrn Mi überlassen habe.

Unter der Lampe wirkte Frau Yangs Gesicht länglich. Zwei Streifen Rouge verliefen von den Augenwinkeln zum Unterkiefer; sie leuchtete rot und weiß wie eine Blume im Frühlingswind. Die Augen waren zusammengekniffen und hinter den Strähnen ihres Ponys verborgen. Selbst im Haus hatte sie sich einen abgetragenen unechten Persianermantel um die hochgezogenen Schultern gelegt, den sie vorn zusammenhielt, damit er nicht herunterrutschte. Mit der freien Hand ergriff sie die von Dunfeng und sagte lachend: »Ach, Cousine, Herr Mi, lange nicht gesehen. Wie geht's denn?«

Als sie Herrn Mi begrüßte, schlug sie die Augen nieder, wie um etwaige Zweifel zu zerstreuen. Dabei behielt sie Dunfengs Hand fest in der ihren und erkundigte sich noch einmal mit leiser, herzlicher Stimme: »Wie geht es dir?« Sie musterte Dunfeng hingebungsvoll von Kopf bis Fuß, als sei sie ihr persönliches Machwerk. Das war es, was Dunfeng so an ihr hasste.

»Ist Cousin zu Hause?«, fragte sie.

»Wann käme der je so früh heim?«, entgegnete Frau Yang mit leisem Seufzen. »Du hast ja keine Ahnung, Cousine. Unsere Familie kann man kaum noch als solche bezeichnen.«

Dunfeng lachte und erwiderte: »Ihr seid mir vielleicht welche! So lange verheiratet und führt euch noch immer auf wie zwei Jungvermählte. Ständig wird gezankt.«

Dunfeng und Herr Mi hatten sich bei den Yangs kennengelernt. Auch damals hatten Gastgeber und Gastgeberin sich in aller Öffentlichkeit gestritten, ganz wie ein westliches Liebespaar. In grundloser Eifersucht hatte Herr Mi danebengestanden und war wütend gewesen. Er hatte sich absichtlich intensiv mit Dunfeng unterhalten, um dadurch seinerseits Frau Yang eifersüchtig zu machen. Am Ende hatte er Dunfeng sogar in seinem Wagen nach Hause gebracht. So hatte alles begonnen. Aber natürlich konnte Dunfeng nicht zugeben, dass eine solche Lappalie der Auslöser gewesen war – das hätte ihren Stolz zu sehr verletzt. Andererseits konnte man auch nicht behaupten, Frau Yang hätte keinen Anteil daran gehabt. Jedenfalls war Dunfeng überzeugt, ihre Eifersucht sei begründet gewesen.

Sie erinnerte sich noch genau an jenen Abend. Man hatte um den lederbezogenen Tisch mit den Metallkanten gesessen und Mah-Jongg gespielt. Dunfeng konnte es sich eigentlich nicht leisten zu verlieren, durfte das aber nicht zeigen. Jetzt, wo sie wohlhabend war, konnte sie ruhig ein wenig knauserig sein, doch als arme Verwandte hatte sie verhaltene Großzügigkeit an den Tag legen müssen. Ihr ging es gut, aber die Yangs bekamen, wie viele andere Familien auch, diese schweren Zeiten täglich mehr zu spüren. Da Frau Yang nicht auf ihre Mah-Jongg-Partien verzichten wollte, hatte sich die Zusammensetzung der Mitspieler entsprechend verändert.

Es waren nun vermehrt junge Männer von fragwürdigem Ruf darunter, denen Dunfeng nicht in die Augen sehen mochte. Einer von ihnen trug unter seinem schwarzen Jackett nicht einmal eine Weste. Hinter Frau Yang sitzend sagte er: »Tante Yang, ich geh mal eben telefonieren. Würden Sie sich an einem Seifenkauf beteiligen, falls ich welche kriege?«

Frau Yang reagierte nicht. Der Mantel war ihr von den Schultern gerutscht, und der Kerl strich ihr mit dem Zeigefinger über den Rücken. Sie schien nicht kitzelig zu sein und überhaupt nichts zu bemerken. Doch als er sich abwandte und ausspuckte, nahm sie einen Spielstein und fuhr ihm damit über den Rücken.

»He, zwischen Männern und Frauen sollte eine klare Trennlinie gezogen werden!«

Alle lachten. Frau Yang war bekannt für ihre scharfe Zunge. Früher, in besserer Gesellschaft, hätte solches Verhalten als witzig und dreist gegolten, doch vor diesem Publikum wirkte es nur ordinär, fand Dunfeng.

Im Nebenzimmer spielte jemand Flöte. Um ihre Verlegenheit zu überspielen, ging Dunfeng zur Tür und sah nach. Frau Yangs Tochter Yue'e saß am Tisch; sie hatte das Textbuch einer chinesischen Oper vor sich und sang mit gesenktem Kopf leise vor sich hin. Ihr Begleiter saß neben ihr.

»Lernt Yue'e jetzt Kun-Oper?«, erkundigte sich Dunfeng. Und Herr Mi fügte hinzu: »Das klingt ja sehr kultiviert.«

»Demnächst werden wir zusammen auftreten«, erklärte Frau Yang, »und zwar in dem Stück ›Die Geschichte des Pferdehändlers‹; ich singe die weibliche Hauptrolle, sie die männliche.«

»Sie sind so unternehmungslustig wie eh und je, Frau Yang«, bemerkte Herr Mi.

»Ich mach das ja nur zum Spaß, aber die Jugendlichen aus der Kun-Opern-Studiengesellschaft sind mit Feuereifer bei der Sache. Auch das Fräulein Tochter von Wang Shuting und die Herren Söhne von Gu Baosheng sind mit von der Partie. Ich würde Yue'e ja nie teilnehmen lassen, wenn das kein ordentlicher Umgang wäre.«

Vom Spieltisch her fragte jemand: »Frau Yang, ihre Kinder haben alle das Zeichen ›Hua‹ im Namen. Wie kommt es, dass die Älteste ›Yue‹ heißt wie der Mond?«

»Ganz einfach, weil sie am Mondfest geboren ist«, antwortete Frau Yang. Dunfeng hatte alle Geburtstage der Verwandtschaft genau im Kopf, denn je ärmer man ist, desto mehr muss man auf solche sozialen Anlässe achten, um nicht ins Gerede zu kommen. Deshalb warf sie nun ein: »Aber wieso denn? Yue'es Geburtstag ist doch im April.«

Frau Yang kicherte. Sie zog ihren Mantel fester um die Schultern und verbarg den Hals darin. Dann schob sie sich dicht an Dunfeng heran, sah sie mit verschleiertem Blick an und flüsterte vertraulich: »Na ja, geboren ist sie im April, aber die erste Spur ihres Lebens entstand am Abend des 15. Tages des achten Monats, am Mondfest.«

Jeder hatte es gehört, alle lachten und riefen durcheinander: »Ach Tante Yang!« – »Ach Tante Yang!«

Dunfeng war das ungeheuer peinlich. Damit Herr Mi nicht noch mehr zu Ohren käme, was der Familienehre schaden könnte, sagte sie rasch: »Ich gehe nach oben, die alte Dame besuchen.« Mit einem kurzen Nicken in Frau Yangs Richtung verließ sie das Zimmer.

»Geht nur schon voraus«, sagte Frau Yang. »Ich komme gleich nach.«

Auf der Treppe ging Dunfeng vor Herrn Mi. Sie wandte sich zu ihm und starrte ihn verächtlich lächelnd an, als wollte sie sagen: »Und so eine hast du früher angehimmelt!« Herr Mi behielt sein reserviertes Lächeln bei. Ein paar Kinder des Haushalts erschienen auf dem Treppenabsatz und riefen »Tante«, verschwanden aber gleich wieder.

Die alte Madam Yang hielt sehr auf Sauberkeit und Ordnung, weshalb sich die Kinder nur selten in ihr Zimmer wagten. Auch jetzt waren sie den beiden nicht gefolgt. Das Zimmer war mit einem Schreibtisch, einem Lehnstuhl und einem Aktenschrank möbliert, alles aus graugrünem Metall, außerdem gab es einen Kühlschrank und ein Telefon. Die Familie Yang war bekannt für ihre Aufgeschlossenheit, selbst die alte Dame hatte ein Faible für moderne, westliche Dinge. Trotz allem konnte man sich des Eindrucks nicht erwehren, im Zimmer eines alten Menschen zu sein, da der Raum dunkel und schlecht gelüftet war. Die alte Dame hatte das Opiumrauchen längst aufgegeben, nur ihr Opiumbett stand noch da. Dort lag sie auf einer geblümten Bettdecke und las Zeitung. Durch den Schlitz ihres wattierten *qipao* blitzte eine Strickhose in Lila und Rosa, den Farben eines Blutergusses. Sie wurde an den Knöcheln von Bändern zusammengehalten wie eine Pluderhose.

Die alte Dame setzte sich auf, um sie zu begrüßen, und zupfte ihre Hosenbeine zurecht. »Wie ich wieder aussehe!«, sagte sie mit entschuldigendem Lächeln. »Dieses Jahr ist es so früh kalt geworden. Ich wollte mir eigentlich eine mit Seide wattierte Hose nähen lassen, aber die kosten inzwischen genauso viel wie ein *qipao*! Also muss ich mir hiermit behelfen.«

»Wir haben zu Hause ein Kohlebecken, aber wenn es richtig kalt wird, genügt auch das nicht«, bemerkte Herr Mi.

»Er meint, ich soll mir ein pelzgefüttertes Überkleid machen lassen«, warf Dunfeng ein. »Ich habe nämlich noch zwei alte mit Pelzfutter, allerdings für Männer. Jetzt überlege ich, ob man sie nicht umarbeiten könnte.«

»Das ist ja noch besser«, meinte die alte Dame. »Alte Pelze sind feiner und stabiler als alles, was man heutzutage bekommt.«

»Ich fürchte nur, dass das Material nicht ausreichen wird«, sagte Dunfeng.

»Überkleider für Männer sind doch normalerweise groß. Warum sollte das nicht reichen für dich?«, antwortete die alte Dame.

»Meine beiden sind sehr schmal in der Hüfte.«

»Dann werden es wohl deine eigenen gewesen sein«, lachte die alte Dame. »Ich weiß noch genau, wie du früher immer Männerkleider trugst. Sogar eine Schiebermütze hattest du auf, und darunter kam der lange Zopf hervor – wie bei Schauspielern.«

»Nein, es waren nicht meine«, entgegnete Dunfeng. Sie schob ihr weiß gepudertes Gesicht vor und lächelte seelenruhig, so als sei ihre bewegte Vergangenheit etwas Selbstverständliches.

Ihr verstorbener Mann war klein und schmächtig gewesen. Die alte Dame wusste genau, dass Dunfeng von seinen Kleidungsstücken sprach. Auch Herr Mi wusste das und es bereitete ihm Unbehagen. Er erhob sich und betrachtete, die Hände hinter dem Rücken verschränkt, ein paar Schriftrollen an der Wand. Dabei bemerkte er ein kleines Mädchen, das den Kopf zur Tür hereinstreckte. Er ging zu ihm und beugte sich hinunter, um mit ihm zu scherzen.

Die alte Dame fragte das Kind: »Wieso begrüßt du unseren Gast nicht? Kennst du ihn etwa nicht? Wer ist denn das?« Als das Kind verschüchtert schwieg, dachte er bei sich, dass es außer »Herr Mi« keine passende Anrede für ihn gäbe. Doch die alte Dame insistierte weiter, und nun fing auch Dunfeng an: »Sag ihm guten Tag. Dann bekommst du auch Kastanien von mir.«

Herr Mi, dem das Ganze lästig wurde, unterbrach sie: »Ja, wo sind eigentlich die Kastanien?« Dunfeng holte ein paar aus ihrem Netz.

»Genug, genug«, sagte die alte Dame.

»Möchten Sie nicht auch welche, Madam Yang?«, fragte Herr Mi, doch Dunfeng fuhr rasch dazwischen: »Tante nascht nicht. Das weiß ich noch von früher.«

Herr Mi bot ihr weiter von den Süßigkeiten an, bis es der alten Dame peinlich wurde. »Keine Umstände, bitte. Ich esse wirklich keine Süßigkeiten.«

Auf dem Teetischchen neben dem Opiumbett lag nun aber ausgerechnet ein Häufchen leere Kastanienschalen; rasch breitete die alte Dame ihre Zeitung darüber.

»Jetzt verkaufen sie Kastanien und Erdnüsse schon stückweise«, bemerkte Dunfeng seufzend.

»Sie sind teuer und nicht mal gut«, ergänzte die alte Dame. »Man nennt sie Zuckerkastanien, aber da beim Rösten am Zucker gespart wird, schmecken sie überhaupt nicht mehr süß.« Dunfeng schien der Widerspruch in den Äußerungen der alten Dame nicht aufzufallen.

»Haben Sie Ihre Zuckerration schon abgeholt?«, erkundigte sich Herr Mi.

»Nein. In der Zeitung stand heute nichts darüber. Wir haben die Zeitung nur abonniert, um Informationen über die Reis- und Zuckerrationen zu bekommen. Wenn ich mich nicht selbst um diese Dinge kümmere, tut es keiner in diesem Haushalt! Ach, ich hätte nie gedacht, dass ich das noch erleben muss! Ich sollte wirklich mal zur Wahrsagerin gehen und mir mein Jahreshoroskop stellen lassen.«

»Eben wollte ich dir davon erzählen, Tante. Vorgestern haben wir uns bei einem Wahrsager an der Straße die Zukunft deuten lassen.«

»Und? Hat er was getaugt?«

»Es war bloß zum Spaß. Er hat nur fünfzig Yuan verlangt.«

»Das ist wirklich preiswert. Was hat er denn gesagt?«

»Er sagte …« Dunfeng sah zu Herrn Mi hinüber und fuhr dann fort: »Er sagte, dass mit mir und ihm später alles zum Besten stünde und dass er noch zwölf Jahre auf dieser Welt bleiben könne.«

Sie sagte das so fröhlich, als sei es ein unerwartetes Glück. In Herrn Mis Ohren klangen diese zwölf Jahre allerdings recht befremdlich, ein kalter Schauer überlief ihn. Madam Yang, die ja auch schon ein gewisses Alter hatte, empfand das ähnlich und meinte, Dunfeng hätte nicht so unbedacht reden dürfen. Sie beeilte sich, ihre Nichte zu unterbrechen.

»Früher bist du doch immer zu Zhang, dem Eisenmund, gegangen. Wie ich höre, ist er jetzt sehr gefragt.«

Dunfeng winkte ab. »Da kann man nicht mehr hingehen. Selbst mit Voranmeldung dringt man kaum zu ihm durch.«

»In letzter Zeit hast du mir ohnehin kaum noch von Wahrsagern erzählt«, bemerkte die alte Dame lachend. »Wie schon das Sprichwort sagt: ›Die Armen lassen sich die Zukunft deuten, die Reichen verbrennen Räucherstäbchen.‹«

Dunfeng hörte das nicht gern, achtete aber nicht weiter darauf, denn ihr Augenmerk galt Herrn Mi. Er war auf dem Weg zurück zu seinem Platz vor dem Kamin stehen geblieben und betrachtete die Uhr, die in dieser Umgebung eher altmodisch wirkte. Sie hatte ein rechteckiges Gehäuse aus rotem Leder, die vergoldete Vorderfront war bereits nachgedunkelt. Ihre außergewöhnlich schlanken Zeiger bewegten sich surrend, die Uhrzeit konnte man allerdings nur undeutlich ablesen. Dunfeng wusste, dass er wieder an seine kranke Frau dachte.

»Gibt es im Ausland auch Wahrsager?«, erkundigte sich die alte Dame bei Herrn Mi.

»Ja. Manche arbeiten mit dem Geburtsdatum, andere mit einer Kristallkugel oder mit Karten«, antwortete er.

Dunfeng machte eine abfällige Handbewegung. »Diese ausländischen Wahrsager hab ich auch schon ausprobiert. Die taugen nichts. Ich war mal bei einer ganz bekannten Frau, damals, als ich mich ständig mit meinem verstorbenen Mann gestritten habe. Das zumindest hat sie richtig gesehen. Sie sagte, ich verstünde mich nicht mit meinem Ehemann. ›Und was kann ich dagegen tun?‹, hab ich sie gefragt. Da antwortete sie, ich solle ihn herbringen, sie würde mit ihm reden, und alles wäre gut. Das ist doch wohl ein Witz. Zu Hause haben alle vergeblich auf ihn eingeredet. Was sollte sie da ausrichten können? ›Das geht nicht‹, hab ich zu ihr gesagt. ›Wir vertragen uns nicht, also tut er auch nicht, was ich sage.‹ Darauf sie: ›Dann bringen Sie eben einen Freund von ihm.‹ Das ist doch wirklich absurd! Was sollte das nützen? Ich bin nie wieder hingegangen.«

Madam Yang bemerkte, wie unangenehm es Herrn Mi war, dass Dunfeng ständig auf ihren früheren Mann zu sprechen kam. Er saß mit übereinandergeschlagenen Beinen da, die Hände ruhten auf dem Bauch, den Mund hatte er zu einem gequälten Lächeln verzogen. Wieder unterbrach sie Dunfeng, indem sie sagte: »Wolltet ihr nicht einen neuen Koch einstellen? Unser alter Wang sagte damals, er könne euch jemanden empfehlen, aber inzwischen ist er selbst gegangen. Er betätigt sich jetzt als Schwarzhändler.«

»Derzeit ist es schwierig, Hausangestellte zu bekommen«, bemerkte Herr Mi.

»Tante hat wohl auch nicht genug Hilfe?«, erkundigte sich Dunfeng.

Madam Yang sah sich vorsichtig um, und als sie sicher war, dass niemand vor der Tür stand, sagte sie leise: »Ehrlich gesagt wär's mir lieber, wenn ich ein paar Leute weniger hätte. Die stehen doch alle bloß um den Mah-Jongg-Tisch herum und bedienen deine angeheiratete Cousine. Schwere Arbeiten wie Holzhacken lasse ich inzwischen vom Nachtwächter erledigen. Lieber gebe ich ihm ein bisschen extra. Aber erst heute hat deine Cousine herausgefunden, dass wir ihm Geld geben. Da musste sie sich natürlich sofort als Hausherrin aufspielen und ihn zum Zigarettenholen schicken! Was sagst du dazu?«

Dunfeng konnte sich ein Lachen nicht verkneifen. »Werden bei ihren Mah-Jongg-Partien noch immer Mahlzeiten und Snacks serviert?«

»Das kann man sich doch heutzutage nicht mehr leisten«, erwiderte Madam Yang. »Zur Essenszeit gehen alle nach Hause. Deswegen kommen jetzt nur noch Nachbarn zum Spielen. Die wird man leichter wieder los.«

Unterdessen hatte Madam Yang einige Antiquitäten hervorgeholt, die sie verkaufen wollte, und bat Herrn Mi um sein Urteil. Darunter auch ein großes Rollbild. Die alte Dame hielt das obere Ende, Herr Mi das untere, und so betrachteten sie es gemeinsam. Dunfeng saß auf einem Schemel vor dem Opiumbett, die drallen Arme um die drallen Knie geschlungen, und fühlte sich wieder wie ein kleines Mädchen, zufrieden und glücklich in der Obhut der Erwachsenen. Die Welt veränderte sich; ihre Tante musste sogar schon Wertsachen verkaufen, um über die Runden zu kommen, während die Frau ihres Cousins weiterhin wahllos mit Männern flirtete, Mah-Jongg spielte und die große Dame markierte; in Wahrheit aber war die Situation der Familie beklagenswert. Dunfeng dagegen war nach dem Abenteuer ihrer ersten Ehe nun wieder in den Händen eines verlässlichen Mannes, so als sei dies nie anders gewesen.

Nachdem Herr Mi das Bild eingehend betrachtet hatte, sagte er: »Das ist ein He Shisun, mit Sicherheit echt. Inzwischen ist ja so viel von ihm im Umlauf …«

Madam Yangs Blick ruhte auf Herrn Mi und sie dachte bei sich: Ein angesehener Aktienmakler und kennt sich mit so vielem aus, egal ob neu oder alt, zudem ist er höflich und liebenswürdig – da hat Dunfeng wirklich einen guten Fang gemacht. Sie ist ja auch nicht mehr die Jüngste, hat aber keinerlei Gespür. Sobald sie den Mund aufmacht, tut sie ihm weh. Zum Glück nimmt er es klaglos hin. Die Zeiten haben sich geändert, heutzutage lassen Männer sich so etwas gefallen. Früher hätte es das nicht gegeben. Ausgerechnet Dunfeng, die doch selbst ihre bitteren Erfahrungen gemacht hat. Sie weiß gar nicht, was sie an ihm hat. Dieser Mi dürfte um die sechzig sein. Mein Alter. Warum habe ich so ein hartes Los und bin mit dieser riesigen Familie geschlagen? Eine Schwiegertochter, die sich nicht zu benehmen weiß, ein Sohn, der aus Ärger über sie kaum noch nach Hause kommt. Alles lastet auf meinen Schultern. Die hat es gut: Wohnt allein mit ihrem Mann friedlich in einem kleinen westlichen Haus. Und ich alte Frau möchte doch bloß noch einige Zeit sorglos und in Frieden leben, an etwas anderes denke ich ja gar nicht …«

Madam Yang rollte das Gemälde wieder zusammen und sagte: »Morgen habe ich einen Termin mit dem Kunsthändler. Jetzt, wo Sie sich die Sachen angesehen haben, Herr Mi, bin ich beruhigt.«

Es waren ganz gewöhnliche Sätze, aber das liebevolle Vertrauen, das darin zum Ausdruck kam, wirkte anrührend. Herr Mi, der von Frauen lebenslang wenig Mitleid erfahren hatte, nahm bereits geringste Spuren davon wahr. Lächelnd erwiderte er: »Sie müssen in nächster Zeit einmal zum Essen zu uns kommen, Madam Yang. Ich habe auch ein paar Kleinigkeiten, die Sie interessieren könnten.«

»Bei diesem kalten Wetter gehe ich ungern aus«, antwortete die alte Dame.

»Nimm eine Fahrradrikscha. Das geht ganz schnell«, warf Dunfeng ein. »Sobald wir einen Koch eingestellt haben, komme ich dich abholen, Tante.«

Daraufhin sagte die alte Dame zu und dachte bei sich: Die kann ruhig die Rikscha für mich bezahlen. Wenn sie mich nicht abholt, muss jemand anders mich begleiten, und dann hat sie einen Esser mehr, es kommt also letztlich aufs Gleiche heraus.

»So eine Fahrradrikscha ist eigentlich nur passend, wenn zwei Frauen darin sitzen. Zwei erwachsene Männer nebeneinander, das sieht irgendwie albern aus, und ein Mann und eine Frau, das ist erst recht peinlich.«

Amüsiert erwiderte die alte Dame: »Wenn man neben einem Fremden sitzt, ist das wirklich ungehörig. Aber du und Herr Mi, was soll daran peinlich sein?«

»Trotzdem ist es mir unangenehm«, sagte Dunfeng. An Herrn Mis Seite fühlte sie sich als bemerkenswerte Schönheit. Er dagegen glich, abgesehen von seiner Brille, eher einem Baby. Mit seiner kleinen Nase und den winzigen Äuglein wirkte er wie ein Kind, das sich nicht entscheiden kann, ob es weinen soll oder nicht. Er trug einen westlichen Anzug und hielt sich sehr gerade, was ihm das Aussehen eines besonders straff gewickelten

Säuglings verlieh. Dunfeng warf ihm einen raschen Blick zu. Kopf und Gesicht waren so glatt und ebenmäßig wie bei einem optimal aufgegangenen Dampfbrötchen, das mit rationiertem Mehl der Güteklasse drei gebacken ist, und dieses Dampfbrötchen ruhte feierlich auf dem Hemdkragen. Über ihren ersten Mann konnte man viel Schlechtes sagen, aber immerhin hatte sie sich seiner in der Öffentlichkeit nicht zu schämen brauchen. Nie war es ihr peinlich gewesen, ihn ihren Mann zu nennen. Er war erst fünfundzwanzig, als er starb, und hatte ein schmales Gesicht mit feinen Zügen. Wenn er lachte, sah man das Verruchte in seinen Augen.

Herr Mi streckte den Arm nach der Zeitung aus; die alte Dame reichte sie ihm und sagte beiläufig: »Seid ihr in letzter Zeit mal im Theater gewesen? Derzeit läuft das Stück ›Sechs Kapitel aus einem Wanderleben‹. Meine Enkelinnen haben es gesehen und fanden es sehr gut. Besonders die traditionelle Hochzeit, die darin vorkommt, hat ihnen gefallen.«

»Ich war auch drin«, sagte Dunfeng kopfschüttelnd. »Aber diese Szene ist doch völlig unrealistisch. Als wir seinerzeit geheiratet haben, gab's so was nicht.«

»Die lokalen Sitten sind eben verschieden«, sagte die alte Dame.

»Aber so groß kann der Unterschied nicht sein«, gab Dunfeng zurück.

Die alte Dame sah verstohlen zu Herrn Mi hinüber. Er saß gelangweilt da und überflog die Zeitung. Dann legte er sie zusammen und warf über die gefaltete Zeitung hinweg einen Blick auf die Uhr. Dunfeng bemerkte frostig: »Wenn es dir zu spät wird, kannst du ja schon vorgehen.«

»Ich habe keine Eile«, erwiderte er lachend. »Ich warte auf dich.«

Dunfeng schwieg. Immer wieder schaute er auf die Uhr; ihre Blicke trafen sich. Die alte Dame wunderte sich insgeheim. In den Mienen ihrer Besucher las sie, dass etwas nicht in Ordnung war, und überlegte, ob sie taktvollerweise unter einem Vorwand das Zimmer verlassen sollte, damit die beiden ungestört reden konnten. Doch dazu war sie zu faul. Außerdem hatten die beiden selbst Schuld. Schließlich waren sie den lieben langen Tag zusammen und hatten ausführlich Gelegenheit, sich zu sagen, was sie vor anderen nicht äußern konnten. Warum ausgerechnet dann mit bedeutungsvollen Blicken um sich werfen, wenn man anderswo zu Besuch ist?

Da man sich zuvor übers Theater unterhalten hatte, begann Herr Mi nun, von ausländischen Opern- und Theateraufführungen und von balinesischem Tanz zu erzählen. »Sie sind wirklich viel in der Welt herumgekommen«, sagte die alte Dame, worauf Herr Mi von den berühmten kambodschanischen Tempeln berichtete, deren Fußboden mit fünf Zentimeter dicken Silberplatten bedeckt war, und von einem großen, gänzlich vergoldeten Buddha, dessen Gürtel mit roten und blauen Edelsteinen besetzt war. Doch Dunfeng hatte nur verächtliche Blicke für ihn; sie hasste ihn, weil er in diesem Moment so intensiv an seine Frau dachte und weil er neben ihr in der Fahrradrikscha kein passableres Bild abgab.

»Früher bin ich viel unterwegs gewesen«, sagte Herr Mi, »aber jetzt ist Reisen nicht mehr möglich.«

»Wenn dieser Krieg erst einmal vorbei ist, wird es wieder leichter sein«, sagte Madame Yang.

»Ja, Dunfeng sagte schon, wenn ich das nächste Mal verreise, soll ich sie unbedingt mitnehmen.«

»Na, da wird sie sich aber freuen«, bemerkte die alte Dame.

Aber Dunfeng seufzte nur. »Wer kann schon sagen, was die Zukunft bringen wird. Dazu müssten wir beide noch am Leben sein …«

Selbst sie spürte, dass diese Äußerung verletzend gewesen war. Diesmal war sie zu weit gegangen und hatte nun ein schlechtes Gewissen, weshalb sie eilends hinzufügte: »Ich meine, keiner weiß, ob du zuerst stirbst oder ich …« Und um die Peinlichkeit zu vertuschen, lachte sie gezwungen.

Inmitten der allgemeinen Verlegenheit stand Herr Mi auf, nahm seinen Hut und verkündete lächelnd, er müsse jetzt gehen. Die alte Dame versuchte, ihn zum Bleiben zu bewegen, aber Dunfeng sagte: »Er hat noch einen anderen Besuch zu machen. Lassen wir ihn ruhig vorgehen.«

Nachdem Herr Mi gegangen war, erkundigte sich Madam Yang bei Dunfeng: »Wo geht er denn hin?«

Dunfeng trat an das Opiumbett, setzte sich dicht neben die alte Dame und flüsterte: »Seine Alte ist krank, er geht nach ihr sehen.«

»Oh, was hat sie denn?«, wollte die alte Dame wissen.

»Die Ärzte sind nicht sicher, ob es Bronchitis oder etwas anderes ist. In letzter Zeit ist er täglich bei ihr gewesen.« Während sie das sagte, blies sie indigniert die Wangen auf. Ihre Hände lagen auf den Knien, die eine war zur Faust geballt und klopfte leicht, die andere rieb auf dem Knie hin und her; ein Abbild von Schmerz und Bitterkeit.

»Lass ihn gehen«, riet die alte Dame. »Du weißt doch, dass er zu dir steht.«

»Natürlich lasse ich ihn gehen. Erstens neige ich nicht zur Eifersucht und außerdem empfinde ich kaum etwas für ihn.«

»Das sagst du nur, weil du dich über ihn geärgert hast.«

Dunfeng starrte die alte Dame aus großen Augen an. Diese Augen waren das einzig Harte in dem rosigen, fleischigen Gesicht. Sie wirkten so leer, als seien die Augäpfel nach oben gerollt. Dennoch lächelte sie, während sie sagte: »Dir brauche ich ja nichts vorzumachen, Tante. Es ging mir nur darum, versorgt zu sein.«

»Aber nun seid ihr doch ein Ehepaar …«

»Mit dir kann ich offen reden, Tante«, fuhr Dunfeng dazwischen. »Wenn es mir um einen Mann zu tun gewesen wäre, hätte ich mich gewiss nicht für Herrn Mi entschieden.« Sie errötete, rückte noch näher an ihre

Tante heran und flüsterte: »Wir sind nicht oft als Mann und Frau zusammen, alle paar Monate, wenn's hochkommt.« Sie sah ihr Gegenüber unvermindert lächelnd an. Die alte Dame, die darauf nichts zu erwidern wusste, lächelte ebenfalls. Dunfeng, die Madam Yangs Gedanken erraten hatte, beeilte sich hinzuzufügen: »Natürlich beschränkt sich die Zuneigung eines Ehepaars nicht allein darauf. Aber es ist nicht einfach, Gefühle für ihn aufzubringen.«

»Dabei behandelt er dich doch so gut, und soweit ich sehe, kümmerst auch du dich um ihn.«

»Das schon. In meinem eigenen Interesse. Passende Kleidung, ordentliches Essen ... ich muss ihn gut füttern, damit er mir noch eine Weile erhalten bleibt.« Dunfeng musste über ihren eigenen Scherz lachen.

»Zum Glück ist Herr Mi bei guter Gesundheit, seine sechzig Jahre sieht man ihm wirklich nicht an«, sagte die alte Dame.

»Ich hab doch vorhin den Wahrsager erwähnt, Tante. Aber solange er hier war, konnte ich dir nicht alles erzählen. Der Wahrsager hat nämlich noch gesagt, Herr Mi sei eine wichtige Persönlichkeit des Geschäftslebens und hätte mehr als eine Frau. Und eine davon, so meinte er, würde er in diesem Jahr verlieren.«

»Oh ... dann wird sie sich von dieser Krankheit also nicht mehr erholen?«

»Ich habe natürlich sofort gefragt, wer sterben wird. Und der Wahrsager sagte: ›Nicht Sie. Für Sie wendet sich alles zum Guten.‹«

»Diese Frau sollte wirklich besser tot sein«, bemerkte die alte Dame.

Dunfeng hielt den Kopf gesenkt, klopfte und massierte weiter ihre Knie und sagte mit stillvergnügtem Lächeln: »Du sagst es.«

Eine Bedienstete kam herein und meldete: »Der Mann vom Heißwasserladen bringt das Badewasser.«

»Heute Morgen habe ich es bestellt und jetzt kommt er! Ausgerechnet wenn ich Besuch habe«, klagte die alte Dame.

»Aber Tante, ich bin doch kein Gast. Nimm ruhig dein Bad, ich bleibe so lange allein hier sitzen.«

Ein alter Kuli vom Heißwasserladen schleppte zwei Eimer Wasser an einem Tragejoch durchs Zimmer, wobei er einiges verspritzte. Die alte Dame folgte ihm ins Badezimmer und wies ihn an, das Wasser in die Wanne zu schütten und dabei auf keinen Fall mit seinem Joch das große Badetuch schmutzig zu machen.

Dunfeng saß nun allein im Zimmer, in dem es plötzlich ganz still geworden war. Aus dem Nachbarhaus drang das Klingeln eines Telefons herüber, doch in der Stille hätte man meinen können, es läute direkt neben ihrem Ohr. »Ge-ling …ling … ge-ling …ling!« So ging es in einem fort, aber niemand nahm ab. Es war, als hätte jemand unendlich viel zu sagen, bekam aber nicht die Gelegenheit dazu – ein verstörendes, eindringliches, anrührendes Drama. Völlig grundlos fühlte sich Dunfeng davon tief ergriffen. Sie dachte daran, wie beunruhigt Herr Mi in den letzten Tagen gewesen war. Sie hatte kein Verständnis für seinen Kummer, wollte einfach kein Verständnis für ihn aufbringen. Sie erhob sich, verschränkte die Hände vor der Brust und starrte streitlustig die Wand an. »Ge-ling …ling! Ge-ling …ling!« Das Telefon klingelte weiter, klang immer trostloser. Auch dieses Haus wirkte plötzlich verlassen.

Da kam unter den wachsamen Augen von Madam Yang der Wasserträger aus dem Badezimmer zurück. Dunfeng wandte sich um und sagte: »Das Telefon von nebenan kann man hier ganz deutlich hören.«

»Dieses Haus ist schlecht gebaut. Die Wände sind dünn«, erklärte die alte Dame.

Sie bezahlte den Wasserträger mit einem Bündel Banknoten, die abgezählt auf dem Kamin bereitlagen, dann gab sie ihm noch zehn Yuan Trinkgeld. Der Mann wischte sich den Rotz von seinem Schnurrbart, dankte und ging.

»Wer bedankt sich heutzutage noch für einen Zehner Trinkgeld?«, seufzte die alte Dame. »Dieser Kuli ist wirklich ein Gentleman alter Schule.«

Dunfeng stimmte in ihr Lachen ein.

Dann verschwand Madam Yang im Badezimmer. Kurz darauf kam Frau Yang herauf und fragte schon beim Eintreten: »Nimmt die alte Dame ihr Bad?«

Dunfeng nickte.

»Ich habe noch eine rosenfarbene Strickjacke hinter der Tür hängen. Die sollte ich wohl besser herausholen, bevor der heiße Dampf die Farbe ausbleicht«, sagte

Frau Yang, während sie versuchte, die Badezimmertür aufzuschieben.

»Vermutlich hat sie abgeschlossen.«

Frau Yang ließ sich auf dem Opiumbett nieder und zog ihren falschen Persianer enger um sich. Jetzt, wo keine Männer mehr zugegen waren, hatte sie ihre Lebhaftigkeit gänzlich eingebüßt.

»So früh schon fertig? Wie viele Runden habt ihr denn gespielt?«, fragte Dunfeng.

»Zwei Spieler hatten noch zu tun und mussten früher gehen«, antwortete Frau Yang.

Dunfeng grinste sie an und sagte: »Du bist die Einzige, die sich noch amüsieren kann und sich um nichts zu kümmern braucht.«

»Alle verachten mich deswegen, dabei sind die Einsätze beim Mah-Jongg gar nicht der Rede wert. Anders als bei deinem Cousin. Der kommt nach der Arbeit erst gar nicht nach Hause, und da, wo der sich rumtreibt, muss man schon fürs Herumsitzen bezahlen. Alle sagen, es sei meine Schuld, dass er nicht heimkommt. Deshalb hat Madam jetzt das Heft in der Hand.« Frau Yang beugte sich vor und senkte die Stimme. »Aber in diesen Zeiten ist es nicht damit getan, dass die alte Dame ständig meckert und hier und da ein bisschen spart. Du brauchst nicht meinen, dass ich bloß Mah-Jongg spiele. Hier in der Gasse wohnen ein paar Leute, die kleine Geschäfte machen und großes Geld damit verdienen. Wenn die uns gelegentlich an ihren Transaktionen beteiligten, sähe die Sache anders aus.«

»Dann hast du in letzter Zeit wohl gut verdient«, lachte Dunfeng.

Frau Yang lehnte sich zurück, stützte die Arme auf und sagte mit verächtlichem Lachen: »Tja, um da einsteigen zu können, müsste man erst mal investieren, aber mit Geld habe ich in diesem Haus ja nichts zu tun. Würde ich den Haushalt führen, so wäre der Streit mit ihr unausweichlich. Und wenn ich die Finger davonlasse, sagen alle, dass ich mich um nichts kümmere!«

Unvermittelt sprang sie auf, deutete auf den metallenen Schreibtisch, den Lehnstuhl und den Aktenschrank und sagte hasserfüllt: »Sieh dir das an: das da und das … alles hat sie in ihr Zimmer gerafft, sogar das Telefon und den Kühlschrank. Mir kann's ja egal sein, aber …«

Dunfeng, die um die dünnen Wände wusste, befürchtete, die alte Dame könnte im Badezimmer alles mit anhören, und wagte keine Zustimmung zu äußern. Stattdessen wechselte sie abrupt das Thema: »Wer ist eigentlich der Mann, der unten Yue'e auf der Flöte begleitet?«

»Auch ein Mitglied der Kun-Operngesellschaft. Dieses Kind ist wirklich starrköpfig. Ihre Klassenkameraden kommen mit mir viel besser aus. Schließlich bin ich ja auch nett zu ihnen. Wenn die Kleineren Probleme in der Schule haben, können ihnen die jungen Leute ein bisschen helfen. Auf diese Weise sparen wir uns den Nachhilfelehrer. Auch sonst können sie manches erledigen, wo es doch im Haus überall an Personal mangelt.

Das muss man ausnutzen. Manchmal bereiten sie mir allerdings unvorhergesehene Probleme.«

Sie saß vornübergebeugt auf der Bettkante, stützte die Ellbogen auf die Knie, und sog, das Gesicht im Mantelkragen verborgen, ein paarmal hörbar die Luft ein. Dann sagte sie mit unbekümmertem Lachen: »Im Scherz gesagt: Mein Liebesglück hat mich noch immer nicht verlassen.«

Stumm erwartete sie Dunfengs Nachfrage, und als nichts kam, schielte sie kurz zu ihr hinüber. Eine Zeit lang hatte Dunfeng großes Interesse an Frau Yangs Herzensangelegenheiten gehabt, doch inzwischen hatte ihre eigene Situation sich verändert. Seit sie wohlbehalten im Hafen der Ehe gelandet war, betrachtete sie außereheliche Beziehungen mit strengem Blick. Was wollte Frau Yang denn mit all ihren Liebhabern? Die konnten sie weder heiraten noch ernähren. Daher setzte Dunfeng jetzt eine ernste Miene auf. Ihrer Meinung nach waren allein Yue'es Heiratspläne der Diskussion wert.

»Hat Yue'e schon einen festen Freund?«, erkundigte sie sich.

»Da mische ich mich nicht ein. Wenn ich etwas vorschlage, sind ihre Großmutter und ihr Vater sowieso dagegen.«

»Den Mann, den ich vorhin unten gesehen habe, halte ich für ungeeignet«, bemerkte Dunfeng.

»Du meinst den Flötisten? Der kommt ohnehin nicht infrage.«

Aber Dunfeng mit ihrem Heiratskomplex sah, bevor

sie sich nicht selbst vom Gegenteil überzeugt hatte, in jedem Mann einen potenziellen Ehegatten. Daher insistierte sie: »Also ich finde ihn unpassend. Was meinst du?«

Frau Yang verlor langsam die Geduld. Sie stützte das Kinn in die Handfläche, tippte mit dem Fuß auf und entgegnete: »Das hat nichts zu bedeuten.«

»Ich habe ihn zwar nur kurz gesehen«, fuhr Dunfeng unbeirrt fort, »aber er kommt mir irgendwie schmierig vor.«

»Ich weiß schon, welchen Männertyp du bevorzugst«, erwiderte Frau Yang lachend. »Äußerlichkeiten sind dir nicht wichtig, er muss vor allem zuverlässig sein, liebevoll und fürsorglich, genau wie Herr Mi.«

Das brachte Dunfeng zum Schweigen, langsam stieg die Röte in ihr Gesicht.

Lachend streckte Frau Yang ihre schneeweiße, kühl duftende Hand nach der von Dunfeng aus. »Du siehst in letzter Zeit richtig gut aus! … Alles ist so, wie du es dir immer gewünscht hast!«

Doch wenn Dunfeng zugegeben hätte, wie glücklich sie war, hätte sie womöglich eingestehen müssen, dass Frau Yang ihr zu diesem Glück verholfen hatte. Deshalb musste sie sich nun erst recht beklagen. »Du hast ja keine Ahnung, was ich auszustehen habe.«

»Was ist denn los?«, erkundigte sich Frau Yang.

Dunfeng senkte den Kopf und bearbeitete von Neuem ihre Knie mit Faust und Handfläche. Ganz auf ihre Massage konzentriert, zog sie eine kindliche Schnute und sagte: »Die Alte ist krank. Und der Wahrsager hat ihm gesagt, dass er dieses Jahr seine Frau verlieren wird. Du hättest sehen sollen, wie ihn das mitgenommen hat!«

Frau Yangs Gesicht war zur Hälfte im Mantelkragen verborgen, nur ihre vor Lachen zusammengekniffenen Augen waren noch zu sehen. Mit kaltem Blick musterte sie Dunfeng und dachte im Stillen: Jetzt, wo sie eine Konkubine ist, führt sie sich tatsächlich wie eine auf, redet ständig von ›der Alten‹. Fehlte nur noch, dass sie Herrn Mi ihren ›Alten‹ nennt.

»Wäre es denn nicht gut, wenn sie stürbe?« Ihre Stimme hatte einen spöttischen Unterton, der Dunfeng gar nicht gefiel.

»Wie könnte ich ihr den Tod wünschen? Mich stört sie nicht.«

»Stimmt auch wieder«, erwiderte Frau Yang. »An deiner Stelle würde ich mich nicht um Bezeichnungen zanken. Hauptsache ist, dass du Zugriff auf das Geld hast.«

Dunfeng seufzte. »Die anderen denken Wunder was ich von ihm bekommen habe. Und natürlich bin ich mir sicher, dass er mich in seinem Testament bedenken wird. Aber wenn er nicht darüber redet, kann ich schlecht davon anfangen …«

Mit aufgerissenen Augen, so als habe sie ausschließlich Dunfengs Wohl im Auge, schlug Frau Yang vor: »Frag ihn doch einfach!«

»Also wirklich! Was soll er denn von mir denken?«

Nach kurzem Überlegen erwiderte Frau Yang: »Sei nicht dumm! Das Geld geht doch durch deine Hände. Kannst du nicht gelegentlich etwas abzweigen?«

»Von wegen abzweigen!«, gab Dunfeng zurück. »Es ist ja nicht mehr wie früher. Heutzutage reden selbst Männer tagtäglich über die Preise von Reis und Kohle. Jeder weiß Bescheid. Herr Mi gehört zwar offiziell noch der Bürogemeinschaft an, aber praktisch ist er bereits im Ruhestand. Außerdem hat er jede Menge Ausgaben; allein die Summen, die er für seine Kinder aufbringen muss, sind beträchtlich. Eine gewisse Sparsamkeit wäre also durchaus angeraten. Aber das Personal ist schon so lange bei ihm, dass alles beim Alten bleibt. Und bevor Zhang Ma aufs Land zu ihrer Familie fährt, geht es ständig: ›Madam Mi, Madam Mi, ich muss Sie um etwas Geld bitten, ich möchte Stoff für die Verwandten kaufen.‹ Wenn sie zurückkommt, bringt sie uns dann Hühner mit, Eier, Buchweizennudeln und süße Klebreisbällchen – das können wir doch nicht einfach annehmen. Diese Verpflichtungen werden uns eines Tages noch ruinieren! Andauernd steht sie mit trotzigem Gesicht vor einem: Madam Mi dies, Madam Mi jenes. Und er ist genauso … Er sagt zu ihnen: ›Fragt Madam Mi.‹ Natürlich meint er es gut und lässt mich den Dienstboten einen Gefallen tun …«

Frau Yang musterte Dunfeng amüsiert und dachte bei dem wiederholt nachgeäfften ›Madam Mi, Madam Mi‹: Wirklich und wahrhaftig eine Konkubine.

Madam Yang kam frisch gebadet aus dem Badezimmer und befahl der alten Dienerin, die Wanne zu schrubben. »Woher kommt dieser warme Geruch?«, fragte sie, »bügelt hier jemand?« Ohne die Antwort der Dienerin abzuwarten, trat sie rasch auf den Gang und sah selbst nach. Tatsächlich war im Treppenhaus ein Bügelbrett aufgestellt. »Wer hat dir gesagt, dass du bügeln sollst?«, schimpfte die alte Dame. »Wenn die Sicherung durchbrennt, bin wieder ich es, die sich um alles kümmern muss! Ich will ja nicht ständig meckern, aber die Zeiten haben sich geändert.«

Inmitten dieses Durcheinanders erschien Herr Mi. Dunfeng sah ihn die Treppe heraufkommen. Insgeheim freute sie sich, heuchelte aber Verwunderung und sagte: »Du? Wieso kommst du zurück?«

»Ich ging gerade vorbei und dachte, ich könnte dich abholen«, erwiderte er mit scheuem Lächeln.

Frau Yang, die inzwischen ihre Jacke aus dem Bad geholt hatte, schob die Hände in die rosenfarbenen Strickärmel, wedelte damit herum und schlug spaßeshalber ein paarmal auf Dunfeng ein. »Sieh doch nur, wie gut Herr Mi zu dir ist! Wie umsichtig! Bei diesem Regen kommt er dich abholen.«

Herr Mi klopfte sich den Mantel ab und sagte. »Es hat schon wieder aufgehört.«

»Bleibt doch noch ein bisschen. Ihr kommt selten genug«, drängte Frau Yang.

Herr Mi zog den Mantel aus und setzte sich. Frau Yang musterte ihn von der Seite und fragte gedehnt: »Und wie geht es Ihnen, Herr Mi?«

»Danke gut, und Ihnen?«, erwiderte Herr Mi vorsichtig.

Frau Yang stieß ihr ›gut‹ mit einem Seufzer aus, der endlos zu dauern schien.

Dunfeng, die alles mit anhörte, verachtete Frau Yang wegen ihres affektierten Gehabes, ärgerte sich aber zugleich über Herrn Mis Zögerlichkeit. Er tat ja gerade so, als fürchte er ihren Argwohn. Nun mal ehrlich, dachte sie, ganz gleich, wie sie daherredet, sie wird dich alten Kerl nicht in Betracht ziehen. Oder glaubst du wirklich, dass sie Interesse an dir hat? Trotzdem war sie noch immer eifersüchtig auf diese Frau Yang, schon allein deshalb, weil kein neues Objekt in Sicht war. Auf ›die Alte‹ konnte sie nicht ernsthaft eifersüchtig sein. Wie sie so zu dritt in dem dunkler werdenden Zimmer saßen, kramte sie daher die Erinnerung an jenes nie wirklich realisierte Dreiecksverhältnis wieder hervor und belebte sie neu. Am Ende hatte sie den Sieg davongetragen. Kein triumphaler Sieg, aber immerhin. Mit gespielter Gleichgültigkeit griff sie nach ihrer Teeschale. Im kalten Haus ihrer Verwandten hielt sie diesen erkalteten Tee in den Händen. Zu allem Übel entdeckte sie am Rand der Schale auch noch Spuren von Lippenstift. Sie drehte die Schale und fand einen weiteren roten Halbmond. Angewidert runzelte sie die Stirn. Ihr eigener teurer Lippenstift würde keinesfalls so abfärben. Bei den Yangs wurde offenbar nicht ordentlich abgespült, und man musste sich fragen, wer schon alles aus diesen Teeschalen getrunken hatte. Sie drehte weiter, bis sie eine saubere Stelle fand, hatte aber nicht vor, den Tee zu trinken.

Madam Yang hatte Herrn Mis Rückkehr inzwischen ebenfalls bemerkt, und da sie nicht wollte, dass ihre Schwiegertochter mit ihm ins Gespräch kam, fertigte sie die bügelnde Dienerin rasch ab. Frau Yang, die sie durchschaute, setzte ein verächtliches Lächeln auf, als ihre Schwiegermutter das Zimmer betrat, und erklärte mit indigniertem Schnauben: »Ich werde mich um einen kleinen Imbiss kümmern.«

Damit wandte sie sich zum Gehen. Unter ihrem Mantel, den sie wie ein Cape um die Schultern gelegt hatte, zeigte sie wohlgeformte Beine, auf denen sie tänzelnden Schritts das Zimmer verließ. Die alte Dame, die befürchtete, ihre Schwiegertochter könne dies als Vorwand für einen exzessiven Einkauf nehmen, folgte ihr hinaus und rief: »Bring ein paar gebackene Süßkartoffeln, die gibt es jetzt wieder!«

»Aber Tante, macht euch doch unseretwegen keine Umstände. Wir sind nicht hungrig«, beeilte sich Dunfeng zu bemerken, aber die alte Dame beachtete sie nicht.

Nachdem sie die Dienerin um Süßkartoffeln geschickt hatten, blieben Madam und ihre Schwiegertochter noch kurz auf dem Treppenabsatz stehen und beklagten sich flüsternd: »Früher hat Dunfeng diese Dinge immer sehr genau genommen; bei anderen zu essen war ihr peinlich, und oft hat sie selbst eine Kleinigkeit mitgebracht. Aber seit sie nicht mehr aufs Geld achten muss, meint sie wohl, auch wir bräuchten das nicht …«, sagte die alte Dame, und Frau Yang erwiderte: »So sind sie, die Wohlhabenden. Wer nicht geizig ist, wird auch nicht reich.«

Dunfeng und Herr Mi, die allein im Zimmer zurückgeblieben waren, empfanden plötzlich eine grundlose Verlegenheit. Trotz des ernsten Gesichts, das sie aufgesetzt hatte, spürte Dunfeng, wie sich ihre Augen, zwei Sichelmonden gleich, zu einem Lächeln verengten.

»Wann gehen wir nach Hause?«, fragte Herr Mi.

»Da gibt's nichts zu essen. Ich habe der *ama* doch gesagt, dass wir zum Abendessen nicht daheim sind«, erwiderte Dunfeng und konnte nur mit Mühe verhindern, dass auch ihr Mund in ein Lachen ausbrach. »Wieso bist du so schnell zurück?«

Bevor Herr Mi antworten konnte, traten Madam Yang und ihre Schwiegertochter wieder ein. Man unterhielt sich und aß gebackene Süßkartoffeln. Zwei blieben übrig, und die alte Dame befahl der Dienerin, ihr jüngstes Enkelkind zu holen, damit es sie aufessen konnte, solange sie heiß waren. Kaum war das Kind eingetreten, als es rief: »Sieh mal, Großmutter, da am Himmel, ein Regenbogen!«

Madam Yang öffnete die Glastür, und alle traten auf den Balkon. Dunfeng barg die Hände in den Ärmeln, sie zitterte vor Kälte.

»Jetzt, wo es aufklart, wird es noch kälter. Wie viel Grad haben wir denn?«

Sie trat an den Kaminsims, wo das Thermometer

stand – eine kleine Pagode aus grünem Glas, die sie noch aus Kindertagen kannte. Wenn die Sonne daraufschien, warf sie grün glänzende Lichtflecken auf das Sofa. Und tatsächlich kam jetzt die Sonne heraus.

Dunfeng hatte das Thermometer eben in die Hand genommen, als im Nebenhaus das Telefon erneut zu klingeln begann: »Ge-ling ...ling! Ge-ling ...ling!« Dunfeng hörte genau hin. Diesmal nahm drüben jemand ab. Das beruhigte sie. Es war jedoch die laute, grobe Stimme einer Dienerin. Ihr ungeduldiges »Hallo« schnitt all die inständigen, schwer in Worte zu fassenden Bitten unvermittelt ab. Was folgte, war unverständliches Geschrei. Dunfeng stand wie angewurzelt da. Als sie sich wieder dem Balkon zuwandte, fiel ihr Blick auf Herrn Mis Rücken. Sein zur Hälfte kahler Hinterkopf mündete übergangslos in den fetten Nacken. Über ihm war am hellblauen Himmel eben noch ein kurzer, gerader Abschnitt des vergehenden Regenbogens sichtbar: rot, gelb, violett, orange. Die Sonne streifte den Balkon und legte einen schweren Goldton auf die Betonbrüstung; obgleich er sich nur einen Augenblick lang hielt, schien er zögernd zu verharren.

Herr Mi blickte zu dem Regenbogen auf und dachte daran, dass seine Frau sterben würde. Mit ihr würde auch der größere Teil seines eigenen Lebens zu Ende gehen. Kummer und Ärger ihres gemeinsamen Lebens zählten jetzt nicht mehr, waren nicht mehr wichtig. Herr Mi betrachtete den Regenbogen; seine Liebe zu dieser Welt war keine Liebe, sondern tiefes Bedauern.

Dunfeng zog nun ebenfalls ihren Mantel an, nahm Herrn Mis Schal und brachte ihn hinaus. »Hier, leg den Schal um, es ist kalt.« Während sie dies sagte, lächelte sie Tante und Cousine herausfordernd an, als wollte sie sagen: ›Tue ich das nicht alles um des Geldes willen? In meinem eigenen Interesse sorge ich für ihn – im Grunde wissen wir doch alle Bescheid.‹

Lachend wickelte sich Herr Mi den Schal um und sagte: »Jetzt, wo wir gut gegessen und getrunken haben, können wir ja gehen.«

Sie verabschiedeten sich und traten in die Gasse hinaus. Schräg gegenüber hatte jemand an einem trockenen Platz unter der Kolonnade einen kleinen Ofen aufgestellt. Er knisterte und spuckte weißen Qualm wie ein lebendiges Wesen. Beim flüchtigen Blick in die leere Gasse hätte man ihn für einen Hund oder ein Kind halten können.

Sie bogen aus der Seitengasse in die Straße ein, auf der es ruhig war wie am frühen Morgen. Die Fassaden in diesem Viertel waren fast alle hellgelb gestrichen, doch das feuchte Klima hatte sie geschwärzt. Die Straße war von Platanen gesäumt, deren Blätter bereits gelb waren und aussahen wie frisch erblühter Winterjasmin; vor den dunkelgrauen Wänden wirkten die kleinen gelben Bäume besonders farbenfroh. In ihren Wipfeln sah man Blätter winken, bevor sie in weitem Bogen herabsegelten und vor den beiden niederfielen, um dann vom Wind auf der Straße weitergetrieben zu werden.

Das Leben auf dieser Welt kennt kein Gefühl, das

nicht Tausenden von Anfechtungen ausgesetzt wäre. Und doch waren Dunfeng und Herr Mi, wie sie so auf der Straße nach Hause gingen, ineinander verliebt. Sie traten auf die Blätter wie auf abgefallene Blüten, und Dunfeng dachte, dass sie ihm, wenn sie an der Post vorbeikämen, unbedingt von diesem Papagei erzählen musste.

Warten

Im Wartezimmer des Chiropraktikers Pang Songling saß eine Reihe von Patienten und wartete. Man konnte hören, wie ein Mann hinter der Glastür mit den weiß lackierten Sprossen schrie: »Aua! Aua! Herr Pang – warten Sie, nächstes Mal, Herr Pang, Herr Pang, könnten Sie nicht lieber nächstes Mal ...«

Herr Pang lachte und rezitierte eine Kette von Merkversen, ein jeder sieben Silben lang, von denen jede aus seinem Munde so gewichtig und bedeutsam klang, als ließe er beim Beten des Rosenkranzes seine Finger zählend über die Bernsteinperlen gleiten. Es roch hier wie im Zimmer einer alten Dame: altehrwürdig, friedlich, Glück verheißend. Und Herr Pang fügte seinen Sprüchen noch ein paar wissenschaftlich angehauchte Erklärungen zu Wirbelsäule und Nerven hinzu. Dort an der Wand hing die mehr oder weniger westlich inspirierte Abbildung eines Skeletts, des Weiteren die von der

Gesundheitsbehörde ausgestellte Arztlizenz für chinesische Medizin, auf der ein Passfoto zu sehen war, das Herrn Pang vor dreißig Jahren zeigte. Die Schmerzensschreie des Mannes waren nach und nach verklungen, da sickerte unversehens noch einmal ein »Auaaa …« aus dem Behandlungsraum.

Als die Frauen im Wartezimmer das hörten, lauschten auch sie. Eine Hausangestellte tätschelte besänftigend das Kind, das sie im Arm hielt, besorgt, es könnte zu weinen beginnen. »Nicht weinen, nicht weinen. Gleich gehen wir Krebsfleischbällchen kaufen.« Das Kind hatte gar nicht daran gedacht zu weinen; so an ihre Brust gekauert, glich es einem kranken Klumpen Schweineschmalz. Zwischen der im Schritt geschlitzten kleingeblümten Hose und den grau-rot gestreiften Wollstrümpfchen leuchtete schmalzig weiß ein Stück des Schenkelchens auf. Erst nach einer ganzen Weile wandte es jäh den Kopf, heftete den Blick fest auf die Magd und sagte (und wer hätte solche Worte einem fünf- bis sechsjährigen Kind zugetraut?): »Nicht wieder Reisbällchen! Was sind schon Reisbällchen?!« Und als wäre es der Magd schon oft auf den Leim gegangen und nun von Erfahrung gewitzt, brummelte es: »Nein, Krebsfleischbällchen! Ja?«

Doch die Magd blickte mit stumpfer Miene zur Seite und hing, in sich zusammengesunken, ihren eigenen Sorgen nach.

Derweil kamen Herr Pang und Herr Gao, dem er die Massage angedeihen ließ, auf die Weltlage zu sprechen: »Sieht wirklich schlimm aus zurzeit. Immer wenn man mit der Rikscha über die Brücke will, knöpft einem der Polizist zehn Yuan ab. Und wenn man sich weigert? Wenn man sich weigert, fordert er einen auf, zur Wache mitzukommen. Und Sie wissen ja: Der Rikschafahrer hat die Rikscha immer nur für einen halben Tag gemietet; von dem, was er an diesem halben Tag verdient, muss er seine Familie ernähren. Wenn man ihn nun auf der Wache zwei, drei Stunden festhält und ihn dann freilassen muss, weil sich herausgestellt hat, dass nichts gegen ihn vorliegt, macht das den Schaden nicht wieder gut. Also läuft es immer auf die zehn Yuan hinaus. Wer sich weigert, zahlt am Ende nur drauf.«

Was Herr Pang über die Lage in den besetzten Gebieten sagte, verriet, dass er sich gründlich auskannte; zwischen seine resignierten Seufzer fügte er noch die eine und andere spöttische Bemerkung ein, angereichert mit ein wenig Eigenlob; auch erwähnte er bei dieser Gelegenheit beiläufig seine freundschaftlichen Kontakte zu hohen Beamten und meinte: »Allerdings sind die Polizisten sehr wohl im Bilde. Bei Rikschas aus vornehmen Häusern gucken die gar nicht weiter hin, die lassen sie einfach passieren. Ich benutze die täglich, und noch nie haben sie gewagt …«

»Ja, das sind schon kluge Köpfe«, mischte sich von draußen her Frau Pang ein. Ihre großen Augen strahlten hell und beleuchteten wie zwei Lampen das finstere magere Gesichtchen. Schrecklich dünn sah sie aus, wie sie da zusammengekrümmt an einer Jacke strickte, selber in eine eingelaufene braune Strickjacke gekleidet. Den lieben langen Tag saß sie da in der Praxis, nickte den Patienten, die kamen und gingen, lächelnd zu und zeigte dabei ihre vorstehenden Zähne, oder beschränkte sich – frostig – darauf, nur die Zähne zu zeigen. Ihr Mann brauchte jemanden, der ein Auge auf ihn hatte, vor allem in diesen Tagen, da er besonders gefragt war und selbst höchste Persönlichkeiten ihn zu sich ins Haus riefen.

Die Tochter Afang saß in der Anmeldung an einem Tischchen und zählte Geld. Sie war ein hochgewachsenes Mädchen; auch ihre Zähne standen etwas hervor, und ihr Gesicht glich dem gewölbten Boden eines Kochtopfs, aus dem ein Paar lächelnder, schwarzer Augen leuchtete. Tag für Tag trug sie ein reichlich weites, schwarz-rot kariertes Gewand aus einem schweren wollähnlichen Stoff, dazu graue Schuhe aus Kattun, die sie selber angefertigt hatte. Da sie eine Reihe von Geschwistern hatte, musste sie auf ein paar hübsche Kleider warten, bis sie einen Partner fand, doch ohne gute Kleider fand man wiederum keinen Partner. In diesem Kreislauf gefangen, hieß es weiterhin warten. Oft schauten ihre Mandelaugen frustriert in die Runde. Auch die tüchtigste Frau hätte in einer solchen Garderobe aus so einem Kreislauf nicht ausbrechen können.

Frau Pangs Blick fiel auf die flache Schale, die auf dem kleinen, schäbigen Bücherbord stand, und besorgt rief sie: »Songling, die Suppe mit den Reisbällchen wird kalt!«

Keine Antwort, sodass sie kurz darauf noch einmal rief: »Songling, komm essen, wenn du mit der Massage fertig bist. Es wird sonst alles kalt.«

Herr Pang reagierte mit einem ›Hm‹ und setzte seine ernsthafte Unterhaltung mit Herrn Gao fort. »Herr Zhu meint, was zu essen da ist, sollte unter allen aufgeteilt werden. Ach, als ich dieses Problem seinerzeit zur Sprache brachte, erwiderte er tatsächlich: ›Was zu essen da ist, wird unter allen aufgeteilt.‹ Es sind zwei Punkte, die ich an diesem Herrn Zhu bewundere. Sie werden fragen, welche zwei Punkte das sind?«

Pang Songling hatte ein breites gelbes Löwengesicht und dazu einen Stiernacken, der Kopf und Hals zu einem Ganzen verschmelzen ließ, das, ob nun von vorn oder hinten betrachtet, wie die Kniescheibe eines dicken Mannes aussah. Schließlich war Pang Songling schon vor dem Krieg ein Mann von Stand gewesen, er würde immer hier bleiben, mochten die Beamten auch kommen und gehen. So setzte er, während er begann, Herrn Zhu zu preisen, seine Worte mit Bedacht und hielt den Blick auf den Boden gesenkt, als er kategorisch feststellte: »Welche zwei Punkte das sind? Oh, er geht, und wenn er noch so viel zu tun hat, jeden Abend um acht ins Bett. Und kaum im Bett, ist er auch schon eingeschlafen. Im Schlaf können sich die bei Tage von der Müdigkeit ruinierten Zellen regenerieren, eine medizinische Einsicht, die Herr Zhu verinnerlicht hat. So kann er sich bei aller Hektik seine geistige Frische bewahren.«

Herr Pang schnalzte und ließ sich jedes seiner Worte genussvoll auf der Zunge zergehen. Er schwieg einen Moment und sah dabei aus, als hätte sich ein Kaugummi unter einem Zahn festgesetzt, das er nun mit aller Macht losbekommen wollte.

Während er die Vorzüge von Herrn Zhu noch einmal und nun noch umsichtiger bedachte, konnte er nicht umhin einzuräumen: »Dieser Mann hat etwas, das man einfach bewundern muss. Ja, er hat es sich zur Gewohnheit werden lassen, täglich nach dem Mittagessen zwei Stunden zu lernen. In der ersten Stunde studiert er unsere nationale Literatur, die alten schriftsprachlichen Texte, die Vier Kanonischen Bücher und die Fünf Klassiker – chinesische Bücher; ja, und in der zweiten Stunde dann die Ergebnisse zeitgenössischer Forschung, der Physik, der Geographie, dazu ausländische Literatur in Übersetzung. Er hat sich einen Lehrer gesucht, einen wirklich gelehrten Herrn, dessen Frau übrigens ebenso gelehrt ist. Sagen Sie selber: Wo findet man heutzutage noch dergleichen?« Dabei setzte er seine Massage fort, ohne ein einziges Mal innezuhalten, nur die Zunge verharrte einen Moment, bevor er nach draußen fragte: »Afang, wer ist als Nächster dran?«

Afang sah ins Anmeldebuch und antwortete: »Frau Wang.«

Herr Gao trug nichts als Hemd und Hose, dazu eine Strickweste. Seine Nebenfrau war noch vor ihm aus dem Behandlungszimmer geeilt. Nun nahm sie seine Robe vom Messinghaken, half ihm, sie überzuziehen, und knöpfte sie sorgsam zu. Dann holte sie den Spazierstock herunter, der ebenfalls über einem Haken gehangen hatte, und mit seiner Hilfe auch noch sehr geschickt den Filzhut. Sie wäre zu klein gewesen, um ohne den Stock an ihn heranzureichen.

Sie war eine Nebenfrau ganz im herkömmlichen Sinne, in den Dreißigern, schmächtig, das altmodische, schwarz gefütterte und schon etwas fadenscheinige Obergewand reichte bis zu den Füßen hinab, und auf die Wangenknochen im eckigen Gesicht hatte sie ein wenig Schminke aufgetragen. Ihre Augen, die keine Mongolenfalte aufwiesen, blickten demutsvoll nach oben, als sie ihrem Mann mit beiden Händen den Hut aufsetzte. Dann griff sie hastig nach einer der Teetassen auf dem Tisch, probierte zunächst selber einen Schluck und reichte sie an ihn weiter. Während er trank, fuhr ihre Hand in seine Robe; sie zog die Brieftasche hervor, zählte die Banknoten ab und legte ein Bündel auf den Tisch.

Frau Pang blickte auf und fragte: »Sie gehen, Herr Gao?«

Herr Gao nickte ihr zu; seine Nebenfrau wandte sich beim Hinausgehen aufmerksam der Reihe nach an jeden der Anwesenden: »Auf Wiedersehen, Herr Pang! Bis morgen, Frau Pang! Bis morgen, Fräulein Pang! Frau Bao, Frau Xi, bis morgen!« Die Frauen würdigten sie kaum eines Blickes.

Pang Songling kam heraus, um sich die Hände zu waschen. Das Gestell mit der Waschschüssel stand gleich am Eingang. Er trug ein schwarzes Hemd und eine schwarze Hose, beides aus feiner Seide, stellte einen Fuß auf den Stuhl seiner Tochter Afang und griff nach der Schale mit den Klebreisbällchen, nachdem er die Zigarette aus dem Mundwinkel genommen und sie seiner Frau gereicht hatte. Frau Pang rauchte sie weiter und gab sie ihm zurück, als er aufgegessen hatte. Dabei wechselten die beiden kein Wort.

Frau Wang zog ihren Mantel aus und hängte ihn an den Messinghaken, setzte sich drinnen auf den Mahagonischemel und wartete auf die Behandlung. Frau Pang bemerkte: »Haben Sie den Mantel nicht letztes Jahr anfertigen lassen? Da wirkte die Wolle noch so rau, jetzt sieht er doch ganz passabel aus. Verglichen damit ist, was man heutzutage bekommt, wirklich nicht zu empfehlen.«

Frau Wang reagierte mit einem Lächeln, unschlüssig, wie sie ihre Bescheidenheit zur Geltung bringen sollte. Die Frauen draußen im Wartezimmer hatten sich schon lange nichts mehr zum Anziehen angeschafft, hatten aber das Gefühl, nichts falsch machen zu können, wenn sie nun ›alles schlecht‹ oder ›alles zu teuer‹ fanden, und schlossen sich nacheinander Frau Pangs Meinung an.

Frau Xi mit ihrem ovalen Gesichtchen, rosa wie eine Lotosblüte, mit ihren fast beiläufig wirkenden Brauen, den feinen Falten und dem schütteren Pony, trug das Haar geschnitten, aber ungewellt. Da ihr blassgrüner Mantel aus schwererer, wenn auch nicht reiner Wolle war, meinte sie nur umso entschiedener: »Heutzutage kann man doch selbst mit einer Handtasche voll Geld auf die Straße treten, ohne dass man dafür etwas bekommt, das einem wirklich gefällt. Dabei ist der Preis ja nur von sekundärer Bedeutung.« Sie fasste in ihr blauweißes Einkaufsnetz, griff nach der Brieftasche darin und schwenkte sie lächelnd.

»Soll etwas nur ein bisschen geschmackvoll sein, kostet's gleich ein paar Zehntausender«, bemerkte Frau Pang, »und selbst für was Geschmackloses zahlt man schon ein paar tausend.«

Afang verschloss die Schublade des kleinen Schreibtischs und kam zu ihnen herüber. Die Schlüssel hängte sie über einen Knopf an der Taille. Sie setzte sich neben Frau Xi und sagte lächelnd: »Ich habe gehört, Frau Xi, Ihr Mann ist ganz schrecklich reich geworden seit seiner Versetzung ins Landesinnere.«

So unerwartet in den Blickpunkt der Aufmerksamkeit geraten, errötete Frau Xi.

»Ja, er kommt gut zurecht, seit er Filialleiter wurde. Aber das bringt uns hier nichts. Man kann das Geld nicht schicken, mir geht's hier dreckig.«

Ein Lächeln huschte über Afangs Gesicht, als sie, die klirrenden Schlüssel an sich drückend, näher an sie heranrückte und leise sagte: »Vielleicht hat Ihr Mann da ja eine andere.«

Frau Xi steckte die Finger durch die Maschen ihres blauweißen Einkaufsnetzes, schlug sich aufs Knie und seufzte: »Nicht, dass ich's nicht wüsste, Fräulein Pang. Ich hatte längst vermutet, dass er eine Nebenfrau hat.

Es ist nun mal so: Wenn der Mann sechs Monate fort ist, ist kein Verlass mehr auf ihn, das weiß man doch.«

»Sie wären damals wohl besser mit ihm gegangen.« Afang nickte verständnisvoll, und wieder huschte ein unergründliches Lächeln über ihr Gesicht.

»Ursprünglich waren wir ja zusammen weggegangen, nach Hongkong. Dann traf plötzlich ein Telegramm ein und zitierte ihn ins Landesinnere. Da er das Flugzeug nehmen musste, ließ ich ihn vorausziehen; ich wollte dann in aller Ruhe hinterherkommen, ahnte doch nicht, dass sich das später kaum noch machen ließ. Aber was die Männer angeht und ihre Angelegenheiten, so ist eben auf nichts Verlass. Dazu kommt, aber das können Sie nicht wissen ...« Nachdem sie ihre Finger aus dem Netz gezogen hatte, schlug sie nun mit einer Zeitung, die sie sich geschnappt hatte, heftig auf das Sofa und sagte: »Herr Chiang Kaishek hat den Befehl erlassen, dass die Männer heiraten sollen. China hat im Krieg zu viele Menschen verloren, also muss man Anreize geben zum Kinderkriegen. Und so gab es dann diesen Erlass, dass Männer, die seit zwei Jahren von ihrer Frau getrennt sind, neu heiraten können. Auch soll dann nicht mehr von ›Nebenfrau‹ gesprochen werden, sondern von ›Zweiter Ehefrau‹. Alles nur, weil die Beamten dort niemanden haben, der sich ihrer annimmt. Aus Angst, dass sie bei der Arbeit sonst nicht recht bei der Sache sind, fordert man sie auf zu heiraten.«

»Und Ihre Schwiegereltern sagen nichts dazu?«, fragte Afang.

»Die mischen sich in seine Angelegenheiten nicht ein. Mir gegenüber heißt es: In der Familie bleibst jedenfalls du die Nummer eins. Ich selber sehe das auch gar nicht so eng, mit meinen über vierzig Jahren …«

Afang lachte und sagte: »Aber ich bitte Sie. Meinen Sie das im Ernst? Sie sehen doch erst aus wie knapp über dreißig.«

Frau Xi seufzte. »Ach, man wird doch alt.« Und fragte argwöhnisch nach: »Finden Sie denn nicht, dass ich in den letzten zwei Jahren gealtert bin?«

Afang musterte sie eine Weile und meinte lächelnd: »Weil Sie sich nicht mehr zurechtmachen. Früher haben Sie sich zurechtgemacht.«

Frau Xi beugte sich ein wenig vor und sagte leise: »Nein, nein, das ist es nicht. Es liegt daran, dass mir die Haare so schrecklich ausfallen. Ich weiß auch nicht, wie das kommt.« Alle lauschten. Frau Xi war das recht, ja es war ihr eine gewisse Genugtuung in all ihrem Groll und Leid. Sie griff nach dem Netz, knüllte es in der Faust und meinte mit ausholender Geste: »Sie wissen ja nicht, was im Landesinnern los ist. Kaum hat einer eine höhere Position bekommen, stellt man ihm ganz von selber so eine Person. Wirklich, sie wird einem gestellt.«

Frau Wang wurde massiert; sie hatte den Kragenknopf geöffnet und den Kopf vorgestreckt, eine Frau in den Fünfzigern mit rundem weißem Gesicht und einem kindlichen Ausdruck; um ihren Mund spielte ein einstudiertes Lächeln, die Ruhe von Leuten, die in engen Gassen zu Hause sind. Herr Pang war immer überzeugt gewesen, dass er mit Menschen aus allen Schichten gut auskommen könne.

»Sie wohnen noch immer in dieser Gasse?«, fragte er.

»Ja«, sagte Frau Wang und schrak zusammen.

»Am Eingang zu Ihrer Gasse hat eine neue Apotheke aufgemacht.«

Jäh verschwamm der Eingang zur Gasse vor den Augen von Frau Wang. Sie entsann sich nur, dass ihrem Haus gegenüber im feuchten Schatten des Erdgeschosses ein Schuster seine Werkstatt hatte und dass er noch jung war. Eine Apotheke hatte sie dort nie gesehen. Sie blinzelte lächelnd und blieb die Antwort schuldig.

Herr Pang legte noch einmal nach: »Als ich da neulich entlangging, sah ich, dass dort eine Apotheke aufgemacht hat. Das muss am Eingang zu Ihrer Gasse gewesen sein.« Instinktiver Konkurrenzneid ließ seine Stimme kühler klingen.

Frau Wang war entsetzt. Wollte er sie dafür verantwortlich machen? Verzweifelt überlegte sie, wie sie ihn von diesem Thema abbringen könnte. »Neulich wurde bei uns eingebrochen.« Sie spürte selber, wie hergeholt und belanglos das klang.

»Aber in Ihrer Gasse gibt es doch eine Wache«, wandte Herr Pang ein.

»Ja, die gibt es.«

Herr Pang hakte nicht weiter nach. Im Rhythmus seiner Massage reckte Frau Wang den Kopf immer wieder vor, und dabei gewann ihr Gesicht jenen stillen, fein lächelnden Ausdruck zurück, jene verschattete Friedfertigkeit, wie sie den Bewohnern enger Gassen eigen ist.

Eine weitere fünfzig- bis sechzigjährige Frau mit etwas ländlicher Ausstrahlung trat ein; sie hatte ihr spärliches Haar zu einem Knoten frisiert. Das Gesicht, in ihrer Jugend gewiss einmal sehr schön und rund, war feist geworden und hatte einen stumpfsinnigen Ausdruck angenommen. Doch die Haarspange mit dem Rubin, wie man sie unter der Bezeichnung ›Ein Tupfer Rot‹ kennt, sowie die beiden bohnengroßen Ohrhänger aus Chrysopras, dazu im Mund die beiden Goldzähne, das alles gab ihr etwas Gestandenes, die Aura von jemandem, der seinen Platz in der Gesellschaft gefunden hat. Sie trug ein kleines Mädchen auf dem Arm, ging unverzüglich ins Behandlungszimmer und begrüßte Herrn Pang. Frau Pang rief ihr hastig hinterher: »Nehmen Sie hier draußen Platz, Frau Tong, nehmen Sie draußen Platz.« Und klopfte dabei mit der flachen Hand auf den Stuhl neben sich.

Doch wer sein Lebtag so unbescholten geblieben war wie Frau Tong, der erwartete, wohin er auch kam, eine Vorzugsbehandlung; und so blieb Frau Tong denn auch einfach an der weißen Sprossentür stehen und sagte: »Könnten Sie mich nicht vorlassen zur Massage, Frau Pang? Ich muss mit meiner Enkelin noch zum Zahnarzt. Sie zahnt, die ganze Nacht hatte sie Schmerzen.«

Frau Pang lächelte matt und meinte: »Ich bin auch

gerade erst gekommen, ich weiß auch nicht, wer jetzt … Afang, wie viele sind es noch?«

»Nicht viele. Nehmen Sie doch bitte einen Moment Platz, Frau Tong«, sagte Afang.

»Wie spät ist es denn?«, fragte Frau Tong. »Der Zahnarzt hat nur bis halb zwei Sprechstunde.«

»Das schaffen wir, das schaffen wir«, meinte Afang.

Obwohl schon Leute auf dem Sofa saßen, sorgte Frau Tong dafür, indem sie ein paarmal ›Entschuldigung‹ sagte und sich dabei – ihres Standes bewusst – huldvoll verbeugte, dass alle von selber zusammenrückten und einen Platz frei machten, sodass sie ihre kleine Enkelin absetzen konnte. Das Kind lag nun flach auf dem zerschlissenen Wollbezug des abschüssigen Sofas, die grellrote Strickjacke und die Strickhose überlappten sich am Hosenbund, und sein Bäuchlein ragte hoch in die Luft, gekrönt von einem wollenen Knopf, der aussah wie ein wuscheliger Ball. Das Ganze sah aus wie ein feuerroter kleiner Berg. »So schnell schon eingeschlafen«, lachte Frau Tong. Sie schickte sich an, ihren Mantel abzulegen und über das Kind zu breiten. Als sie gerade den Knopf unterm Kragen öffnen wollte, meinte Frau Bao, die mit ihr bekannt war: »Legen Sie doch meinen Regenumhang über das Kind!«

Frau Tong bedankte sich, nahm bedächtig in einem Lehnstuhl Platz und begann, mit Frau Bao zu plaudern.

Frau Bao war hässlich: das Gesicht wie ein Wachskürbis, Kulleraugen wie eine Comicfigur, die Nase überhängend und fleischig. Da sie niemals gut ausgesehen hatte, war ihr von Jugend an immer nur die Rolle der Begleiterin zugefallen, die sich wohl oder übel mit Leib und Seele dem Mitgefühl für andere verschrieb. Und so dem Mitgefühl Frau Baos ausgesetzt, geriet Frau Tong unversehens in eine traurige Stimmung.

»Nun warte ich darauf, dass Herr Pang mich wieder hinbekommt. Und dann nur noch, bis sich die politische Lage beruhigt und meine drei Töchter unter der Haube sind, dann geh ich ins Kloster. Ich bin ja nur so krank, weil ich mich immer so ärgere, so ärgere, dass ich kaum noch stehen kann. Jeden Tag das Essen machen, und wenn ich mir danach die Hände waschen gehe«, dabei machte sie eine Bewegung, als wollte sie sich den goldenen Ring vom Finger streifen, »während ich mir die Hände wasche, sitzen all die anderen, angefangen von meinen Schwiegereltern bis zur Nebenfrau und der Schwägerin, um den Tisch herum und haben schon alles, was ihnen schmeckt, weggeputzt.

Nun hat sich mein Mann etwas Schlimmes zuschulden kommen lassen. Er wurde verhaftet. Ich habe mich schrecklich über ihn aufgeregt. Hab aber trotzdem überlegt, wie ich ihn da raushole. Bin also zu meiner Patentochter gegangen, damit die das über ihre Beziehungen ausbügelt, siebentausend hat uns das gekostet. Ein Jammer – in stockdunkler Nacht den ganzen Weg über nach Strich und Faden in der Rikscha durchgeschüttelt. Sie kennen ja Suzhous Pflasterstraßen, so eng und verwinkelt und schwarz wie Tinte, ich Ärmste, ich hätte zu Tode stürzen können! Es war gar nicht einfach, ihn freizubekommen. Sagen Sie selbst: Da darf man ihn doch wohl mal fragen, wie es da drinnen ausgesehen hat. Und hätte er mich nicht fragen müssen, wie ich ihn da rausbekommen habe? Stattdessen: Kaum zu Hause, flitzt er schon zur Nebenfrau ins Zimmer.«

Alle lachten schallend. Frau Bao runzelte die Brauen, dann stimmte sie in das Gelächter ein. Auch Frau Tong mit ihren roten Augenringen schloss sich an, klatschte in die Hände und lachte so heftig, dass ihr die Speicheltröpfchen um den Mund sprühten.

»Ich hatte solche Wut, o solche Wut, die ganze Nacht über solche Wut, ich hab die ganze Nacht nicht geschlafen vor Wut. Als ich ihn am nächsten Morgen sah, sagte ich: ›Da lebt man deinetwegen in Angst und Sorge, und du erzählst nicht einmal, was sich da drinnen abgespielt hat, fragst nicht einmal, wie es mir gelungen ist, dich da wieder rauszuholen.‹ Aber er hatte die passende Antwort parat: ›Wer hat dir gesagt, dass du mich da rausholen sollst? So viel Geld zu verschleudern, als wenn's nichts wäre! Mir ging's doch gut da drinnen.‹ Herrjeh, ich sagte dann zu ihm: ›So, du fandest es also ganz behaglich da drinnen! Hätte ich die Sache nicht an unsere Patentochter weitergegeben und hätte die nicht bei der entsprechenden Stelle angerufen, hätte man dich nicht in das Zimmer des Buchhalters gesteckt. Wär's dir dann auch noch so behaglich gewesen? Wenn man dich richtig eingebuchtet hätte, hättest du das auch noch behaglich gefunden?‹ Sagen Sie selber, Frau Bao, muss man da nicht die Wut kriegen? Niemals hätte ich das alles bis heute ausgehalten, wär's nicht für meine drei Töchter gewesen.«

»Jedenfalls«, redete Frau Bao auf sie ein, »sind Ihre Töchter jetzt groß. Wenn sie nur gelernt haben, wie wichtig es ist, die Eltern zu ehren, dann wird alles gut werden.«

»Alle meine Kinder sind gute Kinder«, meinte Frau Tong, »auch die beiden Schwiegertöchter. Ich habe sie selber ausgesucht, traditionell erzogene Mädchen. Und wenn ich nun sagte, Frau Bao, dass ich mich gerne scheiden ließe, ja, scheiden ließe, ach, so einfach wär das auch wieder nicht. Es ist ja nicht so, dass wir kein Familienoberhaupt hätten, nur gehört der Mann zu einer jüngeren Generation als unsereiner und kann sich da nicht gut einmischen.«

Frau Bao lachte auf und erwiderte: »In Ihrem Alter braucht man sich doch wirklich nicht mehr zu trennen, nach so vielen Jahren.«

Wieder seufzte Frau Tong: »So rate ich meinen Töchtern ja auch, bloß niemals zu heiraten. Wofür soll das denn gut sein, wenn am Ende doch immer ich es bin, die sich um das Geld sorgt und er das alles gar nicht an sich herankommen lässt?«

Auch Frau Xi mischte sich nun ein: »Frau Tong, bei Ihnen sind wirklich Sie der Mann im Haus.«

Frau Tong schlug sich mit der Faust in die Handfläche, streckte ihr dann beide Hände hin und meinte grimmig: »Für was war ich denn nicht zuständig in all den dreißig Jahren meiner Ehe? Gerade frisch verheiratet, brachte ich, bevor der Morgen noch graute, den Schwiegereltern die Waschschüssel, kochte Eier für sie und las ihnen jeden Wunsch von den Lippen ab. Später kamen dann die Kinder hinzu, eines nach dem anderen, wirklich zu viele. Aber das änderte nichts an meinem Respekt für die Schwiegereltern. Nun ja, sie haben auch immer gesagt, dass ich meine Sache gut mache.« Jäh von einem Gefühl der Einsamkeit übermannt, verstummte sie. Zuviel an Plackerei hatte man ihr zugemutet, und nun, da die Schwiegereltern, die sie am Ende für sich hatte einnehmen können, und die ganze Generation vor ihr längst gestorben waren, stand sie noch immer morgens im Dunkeln auf und tappte in ihrem Zimmer herum, das einer düster rot lackierten Tonne glich. Es raschelte, wenn sie dabei an einen der vielen vertrauten Gegenstände stieß, und eigentlich hatte sich nie etwas verändert, nur dieser unheimliche, ziehende, vom Frost verursachte Schmerz in jedem ihrer Fingergelenke war hinzugekommen.

Frau Xi riet ihr: »Ärgern Sie sich nicht, Frau Tong. Ich weiß nicht, ob Sie's schon versucht haben, aber gehen Sie doch mal in eine christliche Kirche und hören Sie, was der Pastor dort sagt. Man braucht's ja nicht unbedingt zu glauben. Ich kenne ein paar Frauen, die auch unheimlich zornig waren und die sich dann oft die Predigten angehört haben. Ihr Zorn ist jetzt verflogen, und sie sind wieder fülliger geworden.«

Frau Bao verschwand zur Massage ins Behandlungszimmer. Einen Moment lang wurde es einsam und still im Warteraum. Frau Tong saß mit verschränkten Händen da wie ein solider großer Trauerkloß; ihre Augen waren gerötet und ihrem Mund entrang sich nichts als das Geräusch von alten Leuten, wenn sie bibbernd die Luft einziehen; ihr war, als hätte sich der Boden hier in ihre schwarz-weiß geflieste Küche verwandelt, als wäre ein feuchter Wischlappen über die ganze Welt hinweggegangen. Von drinnen her war das Ticktack der Wanduhr zu hören, die Minute für Minute, Sekunde für Sekunde mit äußerster Präzision die Zeit zivilisierter Menschen in lauter kleine Karos unterteilte. Aus weiter, weiter Ferne hörte sie noch das mittägliche Krähen eines Hahnes, ein-, zweimal und so schwach, als wäre man hier ein paar tausend Meilen von jeder menschlichen Behausung entfernt.

Nachdem Frau Bao den Regenumhang mit sich genommen hatte, schickte sich Frau Tong noch einmal an, ihren grauen Wollmantel aufzuknöpfen, um ihn der Enkelin überzulegen.

»Wird Ihnen da nicht kalt?«, meinte Frau Xi.

»Nein, nein.«

»Decken Sie sie doch lieber mit meiner Jacke zu.« Sie zog ihre hellgrüne Jacke aus.

Frau Tong bedankte sich mehrmals, und so kamen die beiden wieder ins Gespräch.

»Ärgern Sie sich nicht!«, sagte Frau Xi. »Wohnen Sie doch einfach getrennt. Dass man sich ein bisschen aus den Augen kommt. Sie wissen wohl nicht, Frau

Tong, dass die Lage zurzeit kaum schlechter sein könnte. Im Landesinnern hat Herr Chiang Kaishek wegen der Kämpfe und weil dabei zu viele Chinesen umgekommen sind, einen Erlass herausgegeben, dem zufolge nicht länger von ›Nebenfrau‹ gesprochen werden soll, sondern von ›Zweiter Ehefrau‹, wenn einer eine Nebenfrau nimmt. Ja, er fordert die Männer geradezu dazu auf!«

Frau Tong hörte geistesabwesend hin. Ihr ehemals so schönes, volles Gesicht hatte sich jäh verändert, auf der etwas geröteten stumpfen Haut zeichnete sich fein ein altes Pockennarbenmuster ab. »Soso …«, sagte sie, und dann: »Aber ist es nicht die Höhe! Schon früher haben mir das Wahrsager prophezeit, haben behauptet, ich sei eine Wiedergeburt des Bodhisattva Ksitigarbha und mein Mann die des Himmelshund-Gestirnes; Feinde im Leben, Gegner im Tode, und dass das kein gutes Ende nehmen werde. Mehr als nur ein Wahrsager sagte so was.«

»Wenn Sie Zeit haben, Frau Tong«, meinte Frau Xi, »sollten Sie es mal mit einer christlichen Kirche versuchen. Wenn Sie da eine Predigt hören, legt sich Ihr Zorn. Jede christliche Kirche eignet sich. Sie brauchen nur aus dem Haus zu treten, schon finden Sie eine.«

Frau Tong nickte und fragte: »Haben Sie vielleicht einmal von dem Mönch Wuyuan aus Suzhous Goldglanztempel gehört?«

Frau Xi schüttelte den Kopf. Plötzlich dachte sie an etwas anderes, beugte sich eilig vor und erkundigte sich leise: »Sie wissen nicht vielleicht ein Mittel gegen Haarausfall, Frau Tong? Sehen Sie, mein Haar, hier vorne schon wie in der Mauser.«

Frau Tong wusste sofort Rat: »Nehmen Sie frische Ingwerscheibchen und reiben Sie damit die Kopfhaut ein. Das wirkt ausgezeichnet.«

Frau Xi, ganz der Wissenschaft verschworen, fragte sofort nach: »Und in welchen Zeitabständen?«

Verblüfft lachte Frau Tong auf: »In welchen Zeitabständen? Reiben Sie es einfach ein, wenn Ihnen gerade danach ist. Ich habe Ihnen doch von dem Mönch im Goldglanztempel erzählt? Höchst effektiv, was der da macht. Hat mich gefragt: ›Geraten Sie mit Ihrem Mann nicht immer mal wieder aneinander?‹ Als ich das bejahte, meinte er: ›Hören Sie schnell damit auf; Sie schleppen da noch eine Feindschaft aus Ihrer letzten Existenz mit sich herum. Wenn Sie nun auch in dieser Existenz nicht mit ihm zurechtkommen, wird es Ihnen, da es Ihnen bestimmt ist, auch im nächsten Leben ein Paar zu sein, nur noch schlechter gehen. So leicht werden Sie sich ihm nicht entziehen können. Auch können Sie sonst mit keiner einzigen Kupfermünze von ihm mehr rechnen.‹ Ich erschrak zu Tode. Der alte Mönch meinte noch: ›Sie sollten beherzigen, was ich Ihnen sage.‹ Da legte ich die Hände ehrerbietig zusammen und antwortete: ›Danke, Meister! Auf beiden Händen will ich, was Sie gesagt haben, ehrfurchtsvoll nach Hause tragen.‹ Fortan habe ich mich an seine Worte gehalten, kein Hauch kommt mehr über meine Lippen. Wenn ich früher streng mit meinem Mann war, hatte er Angst vor mir, als wäre ich einer von diesen kaiserlichen Agenten, die mit einem Mordauftrag unterwegs sind, aber nun hat er keine Angst mehr und schleppt mir aus den Bordellen eine Frau nach der andern ins Haus. Alles ist nur noch ärger geworden, weil ich die Zügel zu früh gelockert habe.« Sie seufzte.

Ihr Gerede machte Frau Xi ungeduldig. Zwar reagierte sie hin und wieder mit einem ›Aha, aha‹, nickte auch gelegentlich, doch mit der Zeit wurde sie des Nickens müde, nickte nur noch mit den Wimpern und spitzte ihren kleinen Mund wie einen Schnabel; manches lag ihr auf der Zunge, das sie gern losgeworden wäre, doch dann dachte sie, dass es eigentlich die Mühe nicht lohne, und kam zu dem Schluss, dass Frau Tong doch ziemlich konfus sei.

Als die Magd, die das Kind zur Massage gebracht hatte, an die Reihe kam und das Kind zu quengeln begann, rief Herr Pang mit strenger Stimme: »Hier wird nicht geweint! Der Herr Doktor hat dich doch lieb!«

Und die Magd, in ihrem Bestreben, Herrn Pang zu gefallen, stimmte begütigend ein: »Der Herr Doktor hat dich doch lieb, schau, schau, er hat dich doch lieb, der Herr Doktor. Wenn du später mal heiratest, wirst du den Herrn Doktor zur Hochzeit einladen.«

Da lachte auch Herr Pang: »Genau! Wenn sich die politische Lage erst einmal beruhigt hat und du heiratest, dann musst du auch mich zu deinem Hochzeitsbankett einladen, sonst werde ich sehr böse mit dir.«

Frau Tong erkundigte sich, wie spät es sei, und wurde nervös. Sie legte noch einmal zweihundert Yuan drauf, um vorgezogen zu werden. Als sie fertig war, nahm sie das Mädchen auf den Arm und gab Frau Xi die Jacke zurück, mit der es zugedeckt gewesen war. Sie bedankte sich noch einmal und bemerkte gar nicht, wie kühl ihr Gegenüber reagierte.

Frau Tong stand noch immer am selben Fleck; sie trug lediglich eine gefütterte Hose und eine in der Mitte geknöpfte dünne Jacke, ebenfalls baumwollgefüttert, aus schwarzer, gemusterter Seide. Mit ihren kurzen Beinen, dem dicken Bauch und den pfirsichfarbenen rundlichen Wangen im gepuderten Gesicht glich sie einem jener Knaben, wie man sie auf den altertümlichen Bildern mit den properen hundert Söhnchen sieht. Sie nahm ihren grauen, flauschig gefütterten Mantel vom Haken und zog ihn gemächlich über; ein Luftzug entstand dabei, der durch den ganzen Raum ging. Angewidert versuchte Frau Xi auszuweichen, als der Mantel sie leicht an Gesicht und Schultern streifte.

Frau Tong knöpfte den Mantel zu, nur die obersten Knöpfe ließ sie offen, und als meinte sie, den anderen dafür eine Erklärung zu schulden, blickte sie sich mit dem Kind auf dem Arm noch einmal zu Frau Xi um und bemerkte lächelnd: »Draußen muss ich die Kleine vor dem Wind schützen, sonst ist sie erfroren, wenn sie aufwacht.« Dann verabschiedete sie sich.

Inzwischen wurde ein Neuankömmling massiert, der sich durch eine entsprechende Zahlung das Privileg verschafft hatte, nicht warten zu müssen. Frau Xi stand am Eingang zum Behandlungszimmer, warf einen Blick hinein und ging dann gelangweilt zu ihrem Platz zurück.

Dieser Privilegierte sah wie ein junger Herr aus gutem Hause aus, trug einen Wildledermantel und unterhielt sich mit Herrn Pang über einen dokumentarischen Kriegsfilm, der im Russischen Klub gezeigt worden war.

»Wirklich scheußlich, wenn man da mit eigenen Augen sieht, wie die Granatsplitter herumfliegen, ein Soldat nach hinten stürzt, das Gesicht grässlich schmerzverzerrt, wie er sich an die Brust greift und dann tot ist. Ich sage Ihnen: Viele, wirklich viele sterben da.«

Herr Pang öffnete die Augen, nickte und bemerkte: »Grausam, wirklich grausam! So was wie Krieg, das ist wirklich tödlich. Nicht zu vergleichen mit der Massage hier, wo die Leute zwar auch vor Schmerz aufquieken, aber doch alles nur zu ihrem Wohle ist.« Er lachte und seufzte dann auf.

Der junge Mann sagte: »Es sterben wirklich viele da, sehr viele; die Leichen türmen sich.«

Herr Pang seufzte ein wenig mitleidig. »Verglichen mit dem, was da vor sich geht, ist unser Krieg hier gar nichts. Grausam, wirklich grausam. Sagen Sie: Wo hatten Sie den Film noch mal gesehen?«

»Im Russischen Klub.«

»Und so was kann man sich dort ansehen? Und wie viel macht das pro Person?«

»Wenn Sie wollen, besorge ich Ihnen eine Karte.«

Herr Pang schwieg. Nach einer Weile fragte er: »Um wie viel Uhr ist denn die Vorstellung? Und zeigen die das täglich?«

»Um acht. Wie viele Karten brauchen Sie denn?«

Wieder schwieg Herr Pang. Dann meinte er lächelnd: »Wenn möglich für einen Film, wo es noch mehr zur Sache geht.«

Von draußen her meldete sich Frau Pang: »Wär schon recht, wenn da noch ein paar mehr sterben«, kicherte sie. Herr Pang stimmte in ihr Lachen ein.

Die Fenster der Praxis waren verschlossen. Um die Scheiben vor der Erschütterung durch die Detonationen zu schützen, hatte man sie mit Streifen aus vergilbtem Zeitungspapier beklebt. Der gleichmäßig weiße Himmel draußen war bedeckt und sah selber aus wie ein mit Folie überzogenes Fenster.

Frau Pang lächelte vor sich hin. Dann stieß sie ein Fenster auf und blickte nach draußen, schnupperte und warf einen benutzten Zahnstocher hinaus; darauf spülte sie sich den Mund mit einer halben Tasse Tee, der noch auf dem Schreibtisch gestanden hatte, und spuckte in die schwarze Öffnung des flachen weißen Emaillespucknapfs. Er stand direkt zu Füßen von Frau Xi. Auch Frau Xi lächelte, aber Frau Pang tat, als sähe sie sie gar nicht. Ihre fröhlich lachenden, glänzenden Augen glichen Lampen an fremden Hauswänden, die nichts zu tun haben mit den Passanten, auf die ihr Licht fällt. Frau Xi wandte betroffen den Blick ab. In dem großen goldgefassten Spiegel sah sie, wie sich Frau Pang noch einmal den Mund spülte, wie sie die Lippen in ihrem dunklen mageren Gesicht zusammenpresste und den Mund immer wieder auf und ab bewegte.

Schnell sah Frau Xi zum Fenster hinaus; sie fühlte sich beleidigt und dachte voller Zärtlichkeit an ihren Mann. »Später, wenn ich ihn nur erst einmal wieder gesehen habe. Er weiß ja selber, dass er ungerecht zu mir war. Ich muss das alles nur einmal gründlich mit ihm besprechen …«

So redete sie sich tröstend zu. Dann griff sie zur Zeitung und lehnte sich, den Mund gespitzt wie ein Vogel, der nach etwas pickt, ein wenig zur Seite, und man sah ihr an, dass sie noch voller Ressentiments gegen ihren Mann war. Man kann das nicht gutheißen, dachte sie, während sie anfing, in der Zeitung zu lesen. Eines Tages würde er zurückkehren. Wenn es dann nur nicht zu spät wäre, bloß nicht zu spät! Aber auch nicht zu früh! Nicht bevor die Haare nachgewachsen wären.

Der weiße Himmel ganz wässrig. Groß wie Handflächen die herbstlichen Blätter der Platanen, gelb und durchscheinend so dicht vor dem Fenster. Auf der anderen Seite der Gasse eine Reihe roter Backsteinhäuser. Obwohl der Himmel bedeckt war, hatte man auf den Balkonen Kleidung dicht an dicht zum Trocknen aufgehängt. Eine weiße Katze mit einem schwarzen Streifen auf dem Rücken lief über die Dächer. Man sah nur das Schwarz, das sich bis zum Schwanz hinabzog. Wenig später tauchte sie noch einmal auf, kam, ohne nach rechts oder links zu blicken, über den Vorsprung vor einem Balkongeländer und lief dann, ganz in sich gekehrt, weiter.

So auch das Leben, ganz gleich, was passiert.

Liebe in einer gefallenen Stadt

Um Energie zu sparen, waren alle Uhren in Shanghai eine Stunde vorgestellt worden, doch im Anwesen der Familie Bai hieß es: »Bei uns gilt die alte Zeit.« War es bei ihnen zehn Uhr, so war es bei den anderen elf. Ihr Gesang blieb hinter dem Takt zurück, sie waren nicht mehr im Gleichklang mit der *huqin* des Lebens.

Wenn in der Nacht der zehntausend Lampions die Schoßgeige schluchzt, der Bogen hin und her streicht und seine unendlich trostlose Geschichte erzählt – ach, frage nicht! Eigentlich sollte, was die Geige zu erzählen hat, von einer strahlenden Opernsängerin vorgetragen werden, die feine Nase von zwei langen Streifen Rouge hervorgehoben, während sie singt und lächelnd den Mund hinter dem Ärmel verbirgt … hier jedoch war es der Vierte Herr Bai, der ganz allein im Dunkel des baufälligen Balkons die *huqin* spielte.

Während er spielte, läutete unten die Türglocke. Das

war höchst ungewöhnlich im Anwesen der Bais, denn die Etikette sah Besuche nach Einbruch der Dunkelheit nicht vor. Kam abends dennoch ein Gast oder traf plötzlich ein Telegramm ein, so musste etwas Bedeutendes vorgefallen sein; meist war es ein Todesfall.

Vierter Herr lauschte reglos, doch weil Dritter Herr, Dritte Herrin und Vierte Herrin lärmend die Treppe heraufkamen, konnte er nicht verstehen, was gesprochen wurde. In dem an den Balkon grenzenden Salon saßen Sechstes, Siebentes und Achtes Fräulein mit den Kindern des Dritten und Vierten Herrn. Sie alle waren beunruhigt. Von seinem Platz auf dem dunklen Balkon konnte Vierter Herr in dem hell erleuchteten Raum alles deutlich erkennen; er sah, wie sich die Tür öffnete und Dritter Herr in Unterhemd und Unterhose breitbeinig auf der Schwelle stand, wie er mit der Hand hinter den Rücken fuhr, um auf seinem Schenkel einen Moskito zu erschlagen. Dabei rief er Viertem Herrn zu: »He, Vierter, stell dir vor, der Kerl, von dem Sechste Schwester sich hat scheiden lassen, hat Lungenentzündung gekriegt und ist gestorben!«

Vierter Herr legte die Geige weg und ging hinein. »Wer hat die Nachricht gebracht?«, fragte er.

»Frau Xu«, erwiderte Dritter Herr. Dann wandte er sich seiner Frau zu und scheuchte sie mit dem Fächer fort: »Was hast du hier oben noch verloren, wo Frau Xu unten ist. Sie ist dick und fürchtet die Treppe. Geh hinunter und leiste ihr Gesellschaft!«

Dritte Herrin verließ den Raum. »Ist der Verstorbene

nicht ein Verwandter von Frau Xu?«, überlegte Vierter Herr.

»Stimmt«, erwiderte Dritter Herr. »Offenbar hat seine Familie sie mit Bedacht für diesen Dienst ausersehen. Wenn das nichts zu bedeuten hat.«

»Die wollen wohl nicht, dass Sechste Schwester für die Trauerzeit zu ihnen zurückkehrt.«

Dritter Herr kratzte sich mit dem Griff seines Fächers am Kopf und sagte: »Nun, eigentlich müsste sie ...«

Beide sahen sie zu Sechster Schwester hinüber. Bai Liusu saß in einer Ecke des Zimmers und stickte in aller Ruhe an einem Seidenpantoffel. Da ihre Brüder sie an dem Gespräch nicht teilhaben ließen, sagte sie leichthin: »Wieso sollte ich hingehen und die Witwe spielen, wo wir längst geschieden sind? Die Leute würden über mich lachen, bis ihnen die Zähne ausfallen.« Dann widmete sie sich wieder ihrer Stickerei, als ob nichts wäre, doch ihre Finger waren so nass von kaltem Schweiß, dass die Nadel nicht mehr durch den Stoff gleiten wollte.

»So kann man doch nicht reden, Sechste Schwester«, sagte Dritter Herr. »Er hat dir manches Mal Unrecht getan, das wissen wir alle. Aber jetzt, wo er tot ist, wirst du ihm doch nichts nachtragen. Die beiden Konkubinen, die er zurücklässt, werden wohl kaum bleiben wollen. Wer würde es wagen, über dich zu lachen, wenn du nun in aller Form zurückgingest, um die Organisation der Trauerfeierlichkeiten zu übernehmen? Du hast keine Kinder, aber von seiner Seite gibt es jede Menge Neffen. Such dir einen aus, der die Linie weiterführen soll. Gewiss, er hat dir nichts hinterlassen, aber er kommt aus gutem Haus. Wenn dich seine Familie zur Hüterin ihrer Ahnenhalle macht, werden Mutter und Kind schon nicht verhungern.«

»Das hast du dir ja fein ausgedacht, Dritter Bruder«, gab Bai Liusu mit bitterem Lächeln zurück. »Nur leider kommt es ein bisschen spät. Wir sind seit sieben oder acht Jahren geschieden. Willst du etwa behaupten, ein solches Gerichtsverfahren sei Schall und Rauch? Man kann sich doch nicht einfach über Gesetze hinwegsetzen!«

»Komm mir nicht ständig mit Gesetzen, damit kannst du niemand schrecken«, sagte Dritter Herr. »Gesetze ändern sich – heute so, morgen so. Ich dagegen spreche von den ehernen Regeln menschlichen Zusammenlebens, die bleiben immer gleich! Im Leben bist du sein Geschöpf und im Tod sein Dämon und Schutzgeist. Egal wie hoch ein Baum wird, seine Blätter fallen immer zur Wurzel.«

Liusu erhob sich. »Und warum hast du damals nicht so geredet?«

»Ich hatte Angst, dich zu verletzen. Du hättest denken können, wir wollen dich los sein.«

»So? Und jetzt befürchtest du das nicht mehr? Nachdem du mein ganzes Geld durchgebracht hast, scheust du dich nicht, mich zu verletzen.«

»Ich, dein Geld durchgebracht?«, sagte Dritter Herr ihr geradewegs ins Gesicht. »Wie viel soll denn das gewesen sein? Schließlich lebst du unter unserem Dach, isst und trinkst auf unsere Kosten. Früher fiel ein Esser mehr nicht weiter ins Gewicht, nicht mehr als ein zusätzliches Paar Stäbchen. Aber hast du dich in letzter Zeit mal umgehört? Weißt du, was der Reis inzwischen kostet? Ich habe nicht von Geld geredet. Du hast davon angefangen.«

Vierte Herrin, die hinter Drittem Herrn stand, bemerkte lachend: »Mit dem eigenen Fleisch und Blut soll man nicht über Geld sprechen. Fängt man damit an, so gibt's kein Halten mehr! Ich hab schon immer gesagt: ›Alter Vierter, eines musst du Drittem Herrn klarmachen: Wenn ihr Gold oder Wertpapiere kauft, dann nicht mit dem Geld der Schwägerin. Das bringt nur Unglück!‹ Kaum war sie verheiratet, da hat ihr Mann das Familienvermögen durchgebracht. Und seit sie wieder bei uns ist, geht es, wie jeder sehen kann, auch mit uns bergab. Sie ist der geborene Unglücksstern!«

»Vierte Herrin hat recht«, bemerkte Dritter Herr. »Hätten wir sie damals nicht an dem Aktienkauf beteiligt, stünden wir heute nicht so schlecht da.«

Liusu bebte am ganzen Körper vor Zorn. Ihr Kinn zitterte, als wollte es abfallen, unwillkürlich presste sie den zur Hälfte bestickten Pantoffel dagegen.

»Ich weiß noch genau, wie du damals heulend angelaufen kamst und dich unbedingt scheiden lassen wolltest«, fuhr Dritter Herr fort. »Keiner wird mir verargen, dass ich ein weiches Herz habe und nicht mit ansehen konnte, wie er dich geschlagen hat. Also habe ich mir an die Brust geklopft und gesagt: ›Na gut. Ich, der dritte Sohn der Bai-Familie, mag arm sein, aber eine Schale Reis für meine Schwester ist immer übrig!‹ Ich hielt euren Streit für die Zicken eines temperamentvollen jungen Paares, dachte, nach einer Zeit im Elternhaus würdest du deine Einstellung ändern und zu ihm zurückkehren. Hätte ich gewusst, dass ihr euch endgültig trennt, wäre ich doch nie einverstanden gewesen! Wer eine Ehe zerstört, bekommt weder Söhne noch Enkel. Ich aber, der dritte Sohn der Bai-Familie, habe Söhne und kann darauf hoffen, dass sie mich im Alter unterstützen.«

Fassungslos vor Wut lachte Liusu laut auf und erwiderte: »Natürlich, natürlich, alles meine Schuld. Ihr seid arm und ich bin es, die euch die Haare vom Kopf gefressen hat. Ihr habt euer Kapital verloren, und ich habe euch ins Unglück gestürzt. Und wenn eines Tages eure Söhne sterben, werdet ihr mir auch daran die Schuld geben.«

Daraufhin packte Vierte Herrin ihren Sohn am Kragen, stieß seinen Kopf gegen Liusu und schrie: »Jetzt verflucht sie auch noch unsere Kinder! Sollte meinem Sohn irgendetwas zustoßen, dann nimm dich in Acht!«

Liusu war rasch ausgewichen und ergriff nun die Hände des Vierten Herrn. »Sieh dir das an, Vierter Bruder, sieh es dir an und sag du, wer recht hat!«

»Reg dich nicht auf, lass uns in Ruhe reden. Dritter Bruder will dir doch nur einen Rat geben …«, beschwichtigte Vierter Herr, doch Liusu riss sich zornig los und verschwand im Schlafzimmer.

Dort brannte kein Licht. Hinter den Schatten des Moskitonetzes aus feinem perlmuttfarbenen Baumwollgewebe konnte sie gerade noch ihre Mutter ausmachen, die auf einem großen Mahagonibett lag und langsam den runden weißen Fächer hin- und herbewegte. Als Liusu zu ihr trat, gaben ihre Knie nach, sie warf sich auf den Bettrand und schluchzte: »Mutter.«

Madam Bais Ohren waren noch sehr gut, sie hatte alles mit angehört, was draußen gesprochen worden war. Hustend tastete sie neben dem Kopfkissen nach dem kleinen Spucknapf und spuckte erst einmal Schleim, bevor sie erwiderte: »Deine Vierte Schwägerin ist eben schwatzhaft, aber du solltest es ihr nicht gleichtun. Du weißt doch, dass jeder von uns sein Päckchen zu tragen hat. Deine Vierte Schwägerin will nur beweisen, wie tüchtig sie ist. Sie hat immer den Haushalt geführt, aber dein Vierter Bruder hat keinerlei Ehrgeiz, ihm sind Huren und Glücksspiel wichtiger. Nicht genug, dass er sich bei ihnen angesteckt hat, das Geld dazu stammte aus der Familienkasse. Dadurch hat deine Schwägerin das Gesicht verloren und musste die Leitung des Haushalts der Dritten Schwägerin überlassen. Damit wird sie einfach nicht fertig. Und deine Dritte Schwägerin hat nicht die nötige Energie, um einen Haushalt wie diesen zu führen. All das musst du berücksichtigen, musst Verständnis aufbringen.«

Als Liusu hörte, wie ihre Mutter die Sache herunterspielte, fühlte sie sich missverstanden und wusste nichts zu erwidern. Madam Bai drehte sich zur Wand. »Vor ein paar Jahren sind wir noch irgendwie über die Runden gekommen, haben wir Land verkauft und konnten eine Weile davon leben. Damit ist es jetzt vorbei. Ich bin alt, und wenn meine Zeit gekommen ist, lasse ich los und gehe; ich kann mich nicht länger um euch kümmern. Jedes Bankett hat einmal sein Ende. Bei mir zu bleiben ist auf Dauer keine Lösung für dich. Es ist der richtige Weg, wenn du zur Familie deines Mannes zurückkehrst. Nimm ein Kind an und steh die nächsten zehn Jahre durch, dann wird sich alles zum Guten wenden.«

Während Madam Bai sprach, bewegte sich der Türvorhang. »Wer ist da?«, fragte sie.

Vierte Herrin streckte den Kopf herein. »Mutter, unten wartet Frau Xu. Sie möchte sich mit dir über die Verheiratung der Siebten Schwester unterhalten.«

»Ich stehe auf«, antwortete Madam Bai. »Mach Licht.«

Als die Lampe brannte, half Vierte Herrin der alten Dame beim Anziehen und Aufstehen.

»Hat Frau Xu jemand Passenden gefunden?«, erkundigte sich Madam Bai.

»Was sie sagt, hört sich gut an, nur ist er ein paar Jahre zu alt.«

Die alte Dame hüstelte. »Unsere kleine Baoluo ist ja auch schon vierundzwanzig. Sie liegt mir wirklich auf der Seele. All diese fruchtlosen Bemühungen, und dann wird man am Ende noch behaupten, ich hätte sie vorsätzlich vernachlässigt, weil sie nicht von mir ist.«

Vierte Herrin führte die alte Dame in den Vorraum. »Gießt Tee für Frau Xu auf«, ordnete Madam Bai an. »Aber den aus der grünen Dose, das ist Longjing, den deine älteste Schwägerin mir letztes Jahr gebracht hat. Bloß nicht verwechseln! In der hohen Dose ist Biluochun.«

Vierte Herrin nickte und rief: »Macht Licht, wir kommen!«

Dann hörte man das Trappeln vieler Füße, und eine Schar tollpatschiger Kinder half dem Dienstmädchen, die alte Dame die Treppe hinunterzuschaffen. Vierte Herrin, nun allein im Wohnzimmer, suchte überall nach dem Tee der alten Dame. Plötzlich lachte sie erschrocken auf: »Huch, wo kommst du denn auf einmal her, Siebte Schwägerin? Du hast mich vielleicht erschreckt! Wieso hab ich dich nicht gesehen?«

»Ich war auf dem Balkon Luft schnappen«, murmelte Baoluo.

»Nur nicht so schüchtern, Siebte Schwägerin! Lass dir von mir sagen: Wenn du erst mal eine Schwiegermutter hast, musst du ein bisschen zurückstecken. Dann geht nicht mehr alles nach deinem Kopf. Ganz so leicht ist eine Scheidung nämlich nicht! Man kann sich nicht einfach nach Belieben davonmachen! Wenn das so leicht ginge, wäre ich längst nicht mehr mit deinem Vierten Bruder, diesem Nichtsnutz, zusammen. Auch ich habe eine Familie, zu der ich mich flüchten kann. Aber in solchen Zeiten muss man auch an die anderen denken. Ich muss mich um sie kümmern, schließlich hab ich ein

Herz. Nie würde ich anderen auf der Tasche liegen und auf ihre Kosten leben! Ich weiß, was sich gehört!«

Bai Liusu kniete vor dem Bett ihrer Mutter, und während sie das alles mit anhörte, presste sie in ihrer Verzweiflung die Stickarbeit fest an die Brust. Sie spürte keinen Schmerz, als die Nadel, die noch in dem Pantoffel steckte, ihr in die Hand stach. »Hier kann ich nicht länger leben«, flüsterte sie, »ich kann einfach nicht.« Ihre Stimme war aschgrau und hing wie Staub in der Luft. Den Kopf umhüllt von diesen Staubgespinsten richtete sie sich wie im Traum auf, und ihr war plötzlich, als läge sie auf den Knien ihrer Mutter. »Mutter, Mutter, entscheide du für mich!«, flehte sie schluchzend, doch das Gesicht der Mutter blieb unbewegt und schien sie schweigend anzulächeln. Liusu umklammerte, was sie für die Knie ihrer Mutter hielt, rüttelte daran und rief: »Mutter! Mutter!« Ganz wie damals, als sie, etwa zehnjährig, nach einem Theaterbesuch im strömenden Regen von ihrer Familie getrennt worden war. Mutterseelenallein hatte sie auf dem Gehweg gestanden und die Leute angestarrt, und die Leute starrten zurück. Jenseits regennasser Scheiben, abgetrennt wie durch einen unsichtbaren Glassturz, hatte sie nur lauter Fremde gesehen, ein jeder eingeschlossen in seiner kleinen Welt, in die sie, selbst wenn sie sich den Kopf blutig schlüge, nicht hätte eindringen können. Sie war wie in einem Albtraum gefangen.

Plötzlich hörte sie Schritte hinter sich und glaubte, ihre Mutter sei gekommen. Mit Mühe fasste sie sich und verharrte schweigend. Denn die Mutter, die sie eben angefleht hatte, glich kaum ihrer wirklichen Mutter, es waren zwei gänzlich verschiedene Personen.

Die Eintretende setzte sich auf die Bettkante und begann zu sprechen. Es war die Stimme von Frau Xu, die begütigend auf sie einsprach: »Nicht traurig sein, Sechstes Fräulein, stehen Sie auf, so stehen Sie doch auf, heute ist ein heißer Tag ...«

Liusu stützte sich gegen das Bett und kam mit Mühe auf die Beine. »Tante, ich ... ich kann nicht mehr hier wohnen bleiben. Ich wusste schon immer, dass sie mich los sein wollen, nur haben sie es nie so deutlich gesagt. Heute aber haben sie kein Blatt mehr vor den Mund genommen. Sie haben es mir geradewegs ins Gesicht gesagt. Es ist zu peinlich, als dass ich hier noch länger leben könnte!«

Frau Xu zog sie zu sich auf die Bettkante und redete leise auf sie ein: »Sie sind einfach zu anständig. Kein Wunder, dass die anderen Sie schikanieren. Ihr älterer Bruder hat Ihr ganzes Geld durchgebracht! Selbst wenn er Sie ein Leben lang ernähren müsste, wäre das nur recht und billig.«

Liusu, der kaum je Gerechtigkeit widerfuhr, fragte sich gar nicht, ob das ehrlich gemeint war. Ihr wurde warm ums Herz, und die Tränen flossen wie Regen. »Ich bin ja selbst schuld! All der Streit wegen des bisschen Geldes. Und jetzt weiß ich keinen Ausweg mehr.«

Darauf erwiderte Frau Xu: »Wer so jung ist wie Sie, findet immer einen Ausweg.«

»Wenn es ihn gäbe, wäre ich längst nicht mehr hier. Ich habe doch kaum etwas gelernt, und zu körperlicher Arbeit tauge ich auch nicht. Was kann ich schon tun?«

»Arbeit suchen wäre unrealistisch. Sie müssen den richtigen Mann finden«, erwiderte Frau Xu.

»Nein, das geht nicht. Mein Leben ist längst vorbei.«

»So können nur Reiche reden, die sich nicht um Essen und Kleidung sorgen müssen. Wer arm ist, darf nicht so schnell aufgeben! Selbst wenn Sie sich den Kopf scheren ließen und Nonne würden, müssten Sie von anderen Almosen erbetteln – man entkommt ihnen nicht, den Menschen!«

Liusu schwieg mit gesenktem Kopf, und Frau Xu fuhr fort: »Es wäre besser gewesen, wenn Sie sich ein paar Jahre früher an mich gewandt hätten.«

»Stimmt«, sagte Liusu mit schwachem Lächeln. »Jetzt bin ich achtundzwanzig.«

»Für eine Frau mit Ihren Qualitäten ist achtundzwanzig kein Alter. Aber eins müssen Sie sich von mir schon sagen lassen: Sie sind seit sieben oder acht Jahren geschieden; hätten Sie sich früher entschlossen, so wären Sie längst weg und hätten sich viel Kummer erspart!«

»Aber Tante, Sie kennen doch meine Lage. Eine Familie wie die meine würde nie zulassen, dass ich ausgehe und Leute kennenlerne, geschweige denn meine Pläne unterstützen. Die wären nie damit einverstanden. Außerdem kommen nach mir noch zwei unverheiratete

Schwestern, und die Töchter von Drittem und Viertem Bruder werden auch allmählich erwachsen. Die müssen alle noch unter die Haube gebracht werden. Wie sollte man sich da um mich kümmern?«

»Wo Sie gerade Ihre jüngere Schwester erwähnen«, bemerkte Frau Xu. »Ich warte noch auf eine Antwort von den Damen.«

»Bestehen denn Aussichten für die Siebte Schwester?«, erkundigte sich Liusu.

»Die Sache nimmt allmählich Gestalt an. Ich habe sie absichtlich allein gelassen, damit sie sich beraten können. Ich sagte, ich würde kurz bei Ihnen vorbeischauen. Aber jetzt muss ich gehen. Würden Sie mich vielleicht nach unten begleiten?«

Liusu blieb nichts anderes übrig, als Frau Xu zu stützen, denn die Treppe war alt und Frau Xu recht korpulent. Gemeinsam stiegen sie die knarrenden Stufen hinunter. Im Salon angekommen, wollte Liusu Licht machen, doch Frau Xu wehrte ab: »Nicht nötig, ich sehe genug. Die anderen sind im Ostflügel. Begleiten Sie mich, und wir plaudern und lachen ein wenig miteinander, dann renkt sich alles wieder ein. Morgen beim Essen ist eine Begegnung ohnehin unvermeidlich, da wird alles nur noch unangenehmer.«

Bei dem Wort ›Essen‹ krampfte sich Liusu das Herz schmerzlich zusammen, und sie drohte erneut zu schluchzen. Trotz allem zwang sie sich zu einem Lächeln und sagte: »Vielen Dank, Tante, aber ich fühle mich wirklich nicht wohl. Ich bin ein bisschen benommen und kann jetzt niemanden sehen. Womöglich würde ich etwas Unpassendes sagen und mich dadurch Ihrer Freundlichkeit unwürdig erweisen.«

Als Frau Xu einsehen musste, dass Liusu nicht umzustimmen war, betrat sie allein den Ostflügel.

Die Tür schloss sich hinter ihr, der Salon lag im Dunkeln. Nur durch die in den oberen Teil der Tür eingelassenen Glasscheiben fielen zwei Quadrate aus gelbem Licht auf den grün gekachelten Fußboden. Im Halbdunkel konnte man gerade noch eine Reihe Bücherschatullen aus rotem Sandelholz erkennen, die an der Wand gestapelt waren. Sie hatten geschnitzte Inschriften, die in grüner Farbe gefasst waren. In der Mitte des Raums auf der naturbelassenen Tischplatte stand eine Cloisonné-Uhr unter einem Glassturz. Das Uhrwerk war längst kaputt, es schlug schon seit Jahren nicht mehr. Zu beiden Seiten hing eine Schriftrolle mit je einem Vers. Das zinnoberrote Papier war mit Goldornamenten bedruckt, die an kreisförmige Blumenmuster erinnerten, aber das Zeichen für »langes Leben« darstellten; darauf prangten die Schriftzeichen, kräftig mit schwarzer Tusche aufgetragen. Im schwachen Licht schien ein jedes wie vom Papier losgelöst in der Luft zu stehen. Liusu fühlte sich selbst wie eines der Zeichen in diesem Spruchpaar, schwebend und ohne Bodenhaftung. Das Anwesen der Familie Bai kam ihr vor wie die Grotte der Unsterblichen: Während drinnen ein Tag träge verstrich, waren in der wirklichen Welt tausend Jahre vergangen, und die tausend Jahre draußen erschienen einem hier wie ein Tag, denn ein jeder war geprägt vom immer selben Gleichmaß, der immer selben Langeweile.

Liusu kreuzte die Arme und umfasste ihren Hals mit den Händen. Sieben, acht Jahre waren im Nu vergangen. Bin ich denn noch jung?, fragte sie sich. Keine Sorge, ein paar Jahre noch, und du wirst alt sein. Jung sein zählte hier nicht. An Jugend war kein Mangel: Ein Kind nach dem anderen wurde geboren, neue strahlende Augen, neue zarte rote Münder, neue Klugheit. Ein Jahr nach dem anderen wurde zerrieben, Augen wurden stumpf, Menschen stumpften ab, und schon wuchs eine neue Generation heran, während die vorangegangene in den rotgoldenen Hintergrund einging; die goldenen Punkte starrten wie die ängstlichen Augen der Dahingeschiedenen aus dem Papier.

Diese Vorstellung ließ Liusu aufschreien. Sie schlug sich die Hände vors Gesicht, dann stieg sie mit unsicheren Schritten die Treppe hinauf. In ihrem Zimmer zündete sie die Lampe an, trat hastig vor den Ankleidespiegel und betrachtete sich genau. Ein Glück – so alt war sie doch noch nicht. Sie besaß jene schlanke, zierliche Figur, die das Alter nicht zeigt, eine dauerhaft schmale Taille und mädchenhaft sprießende Brüste. Ihr ehemals porzellanweißes Gesicht glich jetzt feiner Jade, eine leicht transparente Jade mit Stich ins Grünliche. Die einst vollen Wangen waren leicht eingesunken, was ihr Gesicht schmaler und noch reizvoller machte. Aus diesem eher kleinen Gesicht mit den weit auseinanderstehenden Brauen blickte ein Paar koketter, wasserklarer, tränenverhangener Augen.

Auf dem Balkon hatte Vierter Herr sein Geigenspiel wieder aufgenommen. Dem Lauf der Melodie folgend wiegte Liusu den Kopf, sie warf ihrem Spiegelbild einen Blick zu und begann auch die Hände zu bewegen. Diese Darbietung vor dem Spiegel begleitete nun nicht mehr allein die *huqin*, die Melodie schwoll, unterlegt mit Streichern und Bläsern, zu höfischer Tanzmusik. Liusu machte ein paar Schritte nach links, dann nach rechts, ihre Bewegungen schienen dem Rhythmus einer längst versunkenen, archaischen Musik zu folgen.

Plötzlich lachte sie auf – ein dunkles, keineswegs wohlwollendes Lachen – und brachte die Musik damit abrupt zum Schweigen. Nur die *huqin* fiedelte draußen weiter und erzählte längst vergangene Geschichten von Treue, Pietät, Keuschheit und Kameradschaft, doch das hatte nichts mit ihr zu tun.

Vierter Herr hatte sich allein zum Spielen auf den Balkon zurückgezogen. Er wusste, dass er zu der Familienversammlung, die unten abgehalten wurde, nichts beizutragen hatte. Nachdem Frau Xu gegangen war, hatte die Familie deren Vorschlag in all seinen Facetten erörtert und analysiert. Frau Xu wollte für Baoluo eine Verbindung mit einem gewissen Herrn Fan anbahnen. Dieser Herr hatte im Bergbaugeschäft mit Herrn Xu zusammengearbeitet, seine Familienverhältnisse waren Frau Xu daher gut bekannt. Ihrer Ansicht nach war er ein absolut solider Kandidat. Der Vater dieses Fan

Liuyuan war ein bekannter Auslandschinese gewesen, mit zahlreichen Besitzungen in Ceylon, Malaysia und anderswo. Fan Liuyuan war zweiunddreißig Jahre alt, seine Eltern waren beide schon gestorben. Natürlich wollten alle Mitglieder der Familie Bai wissen, warum ein so idealer Ehemann und Schwiegersohn noch nicht vergeben war. Darauf erzählte Frau Xu, wie nach seiner Rückkehr aus England zahlreiche Mütter schamlos ihre Töchter zu ihm geschickt, ja sie ihm geradezu aufgedrängt hätten, wobei eine die andere ausstechen und besonders gut dastehen wollte. Es sei nachgerade skandalös gewesen. Solchermaßen umschmeichelt, galten ihm Frauen fürderhin kaum mehr als der Schmutz unter seinen Schuhen. Die ungewöhnlichen Umstände seiner Kindheit hatten ihn sonderbar werden lassen. Seine Eltern waren nämlich offiziell nicht verheiratet gewesen. Die beiden waren sich in London begegnet, wo der Vater geschäftlich zu tun hatte. Sie war Auslandschinesin und eine berüchtigte Partylöwin. Bald darauf hatten die beiden heimlich geheiratet. Doch als seiner eigentlichen Gattin Gerüchte zu Ohren kamen, fürchtete die Zweite deren Rache und wollte nicht nach China zurückkehren, so war Fan Liuyuan in England aufgewachsen. Nach dem Tod des Vaters versuchte er, seinen rechtlichen Status zu klären, und obwohl die erste Frau nur zwei Töchter hatte, war es zu unschönen Auseinandersetzungen um das Erbe gekommen. Eine Weile hatte er allein in England gelebt und eine harte Zeit gehabt, bevor er das väterliche Erbe endlich antreten konnte.

Bis heute standen ihm die Mitglieder der Familie Fan feindselig gegenüber. Er lebte daher meist in Shanghai und kehrte nur zum Stammsitz der Familie in Kanton zurück, wenn es sich gar nicht vermeiden ließ. Die Unannehmlichkeiten der frühen Jahre waren nicht spurlos an ihm vorübergegangen. Er liebte die Ausschweifung; seine Leidenschaft galt leichten Mädchen, Glücksspiel, gutem Essen und eleganter Kleidung. Im Grunde suchte er alles andere als stabiles Familienglück.

»So ein Mann ist doch sicher anspruchsvoll«, bemerkte Vierte Herrin. »Er wird womöglich auf unsere Siebte Schwägerin herabsehen, weil sie die Tochter einer Konkubine ist. Andererseits wäre es ein Jammer, sich eine solche Partie entgehen zu lassen.«

»Er ist doch selbst Kind einer Konkubine«, gab Dritter Herr zu bedenken.

»Aber jemand wie er ist schlau«, sagte Vierte Herrin. »Unsere Siebte kann da, in all ihrer Unbedarftheit, nicht mithalten. Meine Älteste hingegen ist sehr gewandt. Trotz ihrer Jugend begreift sie rasch und weiß immer, was zu tun ist.«

»Der Altersunterschied wäre aber wirklich zu groß«, bemerkte Dritte Herrin.

»Das weiß man nie. Gerade solche Männer schätzen junge Frauen. Und wenn ihm meine älteste Tochter nicht passt, dann ist da immer noch die zweite.«

Dritte Herrin konnte sich ein Lachen nicht verkneifen: »Die wäre dann zwanzig Jahre jünger als dieser Herr Fan!«

Vierte Herrin stieß ihre Schwägerin an und bedachte sie mit einem strafenden Blick. »Wie kannst du so reden! Du willst bloß unsere Siebte schützen, aber was stellt sie denn schon dar in der Bai-Familie? Es kommt darauf an, welche Mutter man hat. Wer kann sich etwas von ihr erhoffen, wenn sie einmal verheiratet ist? Ich hab doch nur unser aller Wohl im Auge.«

Die alte Madam Bai ihrerseits befürchtete, man könne ihr nachsagen, dass sie das mutterlose Mädchen schlecht behandle, und hielt daher an dem ursprünglichen Plan fest. Demnach würde Frau Xu eine Einladung arrangieren, bei der Baoluo Herrn Fan vorgestellt werden sollte.

Gleichzeitig suchte Frau Xu auch nach einer passenden Verbindung für Liusu und hatte einen gewissen Herrn Jiang ausfindig gemacht, der beim Zoll arbeitete. Seine Frau war vor kurzem gestorben und hatte fünf Kinder hinterlassen, weshalb er sich möglichst rasch wieder verheiraten wollte. Frau Xu hatte nun zwei Eisen im Feuer. Da Fan Liuyuan demnächst nach Singapur abreisen würde, wollte sie sich zunächst auf Baoluo konzentrieren und sich dann erst um Liusu kümmern.

Im Anwesen der Familie Bai betrachtete man Liusus Wiederverheiratung im Grunde als Witz, aber da man sie los sein wollte, wurde die Angelegenheit schlicht übergangen, und man ließ Frau Xu gewähren. Baoluos Hochzeit versetzte den Haushalt dagegen in größten Aufruhr. Zwei Töchter aus demselben Hause – doch während für die eine das heißeste Feuer brannte, erfuhr die andere nichts als kalte Ablehnung; was für ein schmerzlicher Gegensatz.

Um Baoluo angemessen auszustaffieren, kramte Madam Bai den besten Familienschmuck hervor. Eine Tochter des Dritten Herrn, die von ihrer Patentante zum Geburtstag feine Chaohu-Seide für ein Kleid bekommen hatte, musste diese auf Druck der alten Dame herausrücken, damit daraus ein *qipao* für Baoluo genäht werden konnte. Madam Bai hatte über die Jahre einiges an privaten Schätzen angesammelt, doch zumeist waren es Pelze, die man jetzt im Sommer nicht tragen konnte. Also verpfändete sie eine Nerzjacke und ließ von dem Geld einige Schmuckstücke nach der neuesten Mode umarbeiten. Unnötig zu sagen, dass Baoluo außerdem Perlohrringe, Jadearmbänder und Smaragdringe bekam. Die alte Dame wollte sie um jeden Preis prächtig herausputzen.

Am vereinbarten Tag waren die alte Dame, Dritter Herr, Dritte Herrin, Vierter Herr und Vierte Herrin natürlich alle mit von der Partie. Baoluo, der die Intrige ihrer Vierten Schwägerin hinterbracht worden war, kochte innerlich vor Wut und war entschlossen, sich nicht zusammen mit deren beiden Töchtern zu zeigen. Da sie aber schlecht sagen konnte, sie wolle die beiden nicht dabeihaben, bestand sie stattdessen darauf, dass Liusu sie begleiten solle. Das Taxi war mit sieben Leuten ohnehin schon überfüllt; es war also beim besten Willen kein Platz mehr für Jinzhi und Jinzhan, und die Töchter von Vierter Herrin mussten leider zu Hause bleiben.

Um fünf Uhr nachmittags war die Gesellschaft aufgebrochen und kehrte erst gegen elf Uhr abends wieder zurück. Wie hätten Jinzhi und Jinzhan da ruhig schlafen gehen können! Mit großen Augen erwarteten sie die Heimkehrenden, doch niemand sprach ein Wort. Baoluo ging mit finsterer Miene in Madam Bais Zimmer, legte all ihren Schmuck ab und gab ihn der alten Dame zurück, dann verschwand sie wortlos in ihrem Zimmer. Die beiden Mädchen hatten unterdessen ihre Mutter auf den Balkon gezerrt und bedrängten sie mit Fragen.

»Hat man so was schon gesehen«, schalt Vierte Herrin. »Hier geht es schließlich nicht um eure Brautschau. Was soll die Aufregung?«

Dritte Herrin, die ebenfalls auf den Balkon gekommen war, sagte beschwichtigend: »Sag nichts, was man falsch auslegen könnte!«

Darauf drehte Vierte Herrin sich erst recht in Richtung von Liusus Zimmer und rief: »Im Gegenteil, ein jeder weiß, dass ich die Akazie meine, wenn ich auf die Maulbeere schimpfe! Und warum auch nicht? Als ob sie ewig keinen Mann mehr gesehen hätte! Muss sie beim erstbesten Mannsbild gleich den Kopf verlieren? Ist sie denn völlig verrückt geworden?«

Die beiden Mädchen konnten sich auf diesen Ausbruch ihrer Mutter keinen Reim machen. Dritte Herrin, die ihre Schwester zu beruhigen suchte, erklärte ihnen schließlich: »Zuerst haben wir uns einen Film angesehen.«

»Einen Film?«, fragte Jinzhi verwundert.

»Komisch, nicht wahr?«, erwiderte Dritte Herrin. »Wo wir doch eigentlich zusammengekommen waren, um uns gegenseitig anzuschauen, und dann saßen wir in diesem dunklen Raum, wo keiner etwas sieht. Später hat Frau Xu mir erzählt, das sei Herrn Fans Idee gewesen, einer seiner Tricks. Nach ein paar Stunden im heißen Kino ist die Haut der Frau ganz fettig, ihre Schminke ist zerlaufen. So bekommt er ihr wahres Gesicht zu sehen. Das jedenfalls vermutet Frau Xu. Aber meines Erachtens hat dieser Fan die Sache überhaupt nicht ernst genommen. Das mit dem Kino hat er nur gemacht, damit er sich nicht mit uns abgeben muss. Wollte er nicht nach dem Film sofort verschwinden?«

Da konnte Vierte Herrin sich nicht länger beherrschen und fuhr dazwischen: »Was redest du da! Zuerst lief doch alles so gut. Hätte nicht eine alles verdorben, so wäre die Sache jetzt auf dem besten Wege!«

»Und dann? Was ist dann passiert?«, bedrängten Jinzhi und Jinzhan ihre Tante.

»Dann hat Frau Xu ihn zurückgehalten und gesagt, wir sollten zusammen essen gehen, worauf Herr Fan sagte, er würde alle einladen.«

Vierte Herrin schlug die Hände zusammen. »Essen gehen wäre ja in Ordnung gewesen. Jeder weiß, dass Siebte Schwester nicht tanzen kann. Warum also in einem Tanzlokal herumsitzen? Ich will ja nichts sagen, aber in dieser Hinsicht trifft Dritten Schwager eine gewisse Schuld. Er kennt sich doch aus in der Stadt. Als er hörte, dass dieser Fan den Chauffeur zu einem Tanzlokal schickt, hätte er eingreifen müssen!«

»Es gibt so viele Restaurants in Shanghai«, entgegnete Dritte Herrin rasch. »Wie soll er wissen, wo getanzt wird und wo nicht? Im Gegensatz zu Viertem Schwager hat er nicht die Zeit, solche Dinge herauszufinden. Er muss schließlich arbeiten.«

Jinzhi und Jinzhan wollten natürlich wissen, was weiter geschah, aber Dritte Herrin, die immer wieder von Vierter Herrin unterbrochen wurde, hatte es satt und sagte nur: »Dann haben wir gegessen, und anschließend sind wir heimgekommen.«

»Was ist dieser Fan Liuyuan überhaupt für ein Mensch?«, erkundigte sich Jinzhan.

»Wie soll ich das wissen«, erwiderte Dritte Herrin, »wo ich kaum drei Sätze von ihm gehört habe?« Doch nach einigem Überlegen fügte sie hinzu: »Tanzen kann er.«

Jinzhi stieß einen Laut des Erstaunens aus. »Und mit wem hat er getanzt?«

Vierte Herrin kam ihrer Schwägerin zuvor und sagte: »Mit wem wohl? Mit eurer Sechsten Tante natürlich. Wir kommen aus einer Gelehrtenfamilie und können nicht tanzen, nur sie hat es von ihrem nichtsnutzigen Ehemann gelernt. So eine Unverschämtheit! Hätte sie nicht ablehnen können, als er sie aufforderte? Nicht tanzen zu können ist schließlich kein Makel. Schaut eure Dritte Tante an, schaut mich an – wir stammen aus guter Familie und haben lange genug gelebt, um die Welt zu kennen. Wir können auch nicht tanzen!«

Dritte Herrin fügte seufzend hinzu. »Ein Tanz wäre ja noch angegangen. Aber ein zweiter und dritter!«

Jinzhi und Jinzhan lauschten sprachlos mit offenem Mund. Wieder schickte Vierte Herrin eine Schimpftirade zu Liusus Zimmer hinüber: »Bist du denn noch bei Trost, dass du das Schicksal deiner Schwester ruinierst und dir selbst Hoffnungen machst? Aber das kannst du dir aus dem Kopf schlagen! Er hat so viele Frauen verschmäht, was soll er ausgerechnet mit einer welken Trauerweide wie dir?«

Liusu und Baoluo teilten sich ein Zimmer, Baoluo war bereits zu Bett gegangen. Liusu kniete am Boden und versuchte im Dunkeln, die Räucherspirale gegen die Moskitos anzuzünden. Unterdessen hörte sie genau, was auf dem Balkon gesprochen wurde, doch diesmal blieb sie ruhig. Sie zündete ein Streichholz an und beobachtete, wie es herunterbrannte, wie das feuerrote Dreieck, das im eigenen Lufthauch zu schweben schien, vorrückte und ihren Fingern immer näher kam, bis sie es schließlich auspustete und nur ein leuchtendroter kleiner Fahnenmast übrig blieb. Doch auch dieser krümmte sich und verkümmerte schließlich zu einem aschgrauen Geisterschatten. Sie warf das abgebrannte Streichholz in die Schale mit dem Räucherwerk.

Der Verlauf des Abends war so nicht geplant gewesen, aber immerhin hatte sie den anderen eine Lektion erteilt. Glaubten die vielleicht, ihr Leben sei schon zu Ende? Dazu war es noch zu früh. Sie lächelte. Natürlich würde Baoluo sie innerlich verfluchen, schlimmer noch als Vierte Schwester. Doch auch wenn Baoluo sie hasste, so würde die Jüngere sie von nun an mit anderen Augen sehen und ihr Respekt entgegenbringen. Eine Frau mag noch so großartig sein, solange sie nicht vom anderen Geschlecht geliebt wird, werden ihr die Geschlechtsgenossinnen die Anerkennung versagen. So niederträchtig sind die Frauen.

Mochte Fan Liuyuan sie wirklich? Das war fraglich. Sie glaubte nichts von dem, was er zu ihr gesagt hatte. Er war ganz offensichtlich daran gewöhnt, Frauen etwas vorzumachen; sie konnte nicht vorsichtig genug sein. Trotz ihrer großen Familie hatte sie niemanden, an den sie sich wenden konnte, stand mutterseelenallein da. Am Bettgestell hing der mondweiße *qipao* aus Organdy, dünn wie Zikadenflügel, den sie eben ausgezogen hatte. Sie drehte sich um und drückte, am Boden kauernd, ganz versunken die Wange an den Saum des Kleides. Grüne Wölkchen stiegen von der Räucherspirale auf und drangen ihr bis ins Hirn. In ihren Augen glänzten Tränen.

Nach ein paar Tagen kam Frau Xu erneut in das Anwesen der Familie Bai. Vierte Herrin hatte bereits prophezeit: »Nachdem sich Sechste Schwägerin so aufgeführt hat, ist die Sache für die kleine Siebte gelaufen. Frau Xu wird sich bestimmt auch ärgern. Wenn die Sechste alles vermasselt hat, wird sie dann noch einen Mann für sie suchen? Heißt das nicht: ›Ein Hähnchen stehlen wollen, und die Handvoll Reis obendrein verlieren‹?«

Tatsächlich wirkte Frau Xu nicht mehr ganz so enthusiastisch wie zuvor. Umständlich erklärte sie, warum sie in den letzten Tagen nicht gekommen war. Ihr Mann habe wichtige Geschäfte in Hongkong zu erledigen, und wenn alles gut ginge, würden sie ein Haus mieten und für ein Jahr dorthin übersiedeln. Sie sei die letzten Tage mit Packen beschäftigt gewesen, da sie ihn demnächst begleiten wolle. Was Baoluo angehe, so habe Herr Fan Shanghai bereits verlassen und man müsse in dieser Angelegenheit vorerst abwarten. Und über Herrn Jiang, den sie für Liusu vorgesehen hatte, habe sie eben erfahren, dass es bereits eine Frau in seinem Leben gebe. Die beiden auseinanderbringen zu wollen würde nur Scherereien machen. Außerdem seien solche Leute in ihren Augen nicht mehr vertrauenswürdig, es sei also besser, die Sache auf sich beruhen zu lassen. Als sie das hörten, schmunzelten Dritte und Vierte Herrin sich vielsagend an.

Frau Xu zog die Augenbrauen zusammen und fuhr fort: »Mein Mann hat viele Freunde in Hongkong, aber fernes Wasser kann nun mal kein nahes Feuer löschen. Wenn Sechstes Fräulein nach Hongkong kommen könnte, hätte sie dort gewiss gute Chancen. In den letzten Jahren sind viele Shanghaier nach Hongkong gegangen, und nicht die schlechtesten. Natürlich bevorzugen sie Landsleute, weshalb junge Damen aus Shanghai dort ausgesprochen begehrt sind. Wenn Sechstes Fräulein nach Hongkong ginge, bräuchte sie sich keine Sorgen um eine geeignete Verbindung zu machen. Im Gegenteil, dort hätte sie die Auswahl!«

Alle waren sich einig, dass Frau Xu um Worte nicht verlegen war. Noch vor wenigen Tagen hatte sie mit großem Elan Ehen zu stiften versucht, und nun, wo sich alles zerschlagen hatte, redete sie, statt klein beizugeben, unverantwortliches Zeug daher. Madam Bai seufzte: »Nach Hongkong gehen, das sagt sich so einfach. Aber …« Doch Frau Xu fiel ihr rasch ins Wort: »Wenn Sechstes Fräulein möchte, werde ich sie einladen. Ich habe versprochen, ihr zu helfen, also möchte ich die Sache zu Ende bringen.«

Die Umstehenden sahen sich ungläubig an. Selbst Liusu war verblüfft. Sie hatte angenommen, Frau Xus freiwilliges Ansinnen, ihre Heirat zu vermitteln, entspringe wohlmeinendem, aufrichtigem Mitgefühl für ihre Lage. Nach einem geeigneten Mann Ausschau zu halten oder ein Bankett für diesen Herrn Jiang auszurichten, das waren übliche Freundschaftsdienste, wie man sie erwarten durfte. Eine Passage nach Hongkong dagegen kostete ihren Preis. Weshalb sollte Frau Xu grundlos eine solche Summe ausgeben? Freilich, es gab gute Menschen auf dieser Welt, aber nur wenige waren so dumm, ihren Geldbeutel zu strapazieren. Jemand musste hinter Frau Xu stehen. Sollte das wieder ein Trick dieses Fan Liuyuan sein? Frau Xu hatte einmal erwähnt, ihr Mann habe enge Geschäftskontakte zu ihm;

vielleicht wollte das Ehepaar sich ihm gefällig erweisen. Nicht auszuschließen, dass sie eine arme, einsame Verwandte opferten, um sich bei ihm einzuschmeicheln.

Während Liusus Gedanken sich überschlugen, meldete sich die alte Dame zu Wort: »Aber das ist unmöglich, wir können Sie nicht …«

Doch Frau Xu ignorierte lachend ihren Einwand: »Kein Problem. Eine derartige Kleinigkeit werde ich wohl übernehmen können! Außerdem hatte ich gehofft, dass Sechstes Fräulein mir behilflich sein könnte. Ich muss ja die beiden Kinder mitnehmen, und mit meinem hohen Blutdruck darf ich mich keinesfalls überanstrengen. Da könnte sie mir unterwegs manches abnehmen. Keine Sorge, ich werde nicht förmlich sein, sie wird kräftig zupacken müssen!«

Daraufhin brach Madam Bai, stellvertretend für Liusu, in höfliche Dankesworte aus. Frau Xu aber wandte sich direkt an Liusu und sagte: »Sechstes Fräulein, Sie müssen unbedingt mit uns kommen! Und wenn nur der Besichtigung wegen, das allein lohnte sich schon.«

Liusu senkte den Kopf und sagte lächelnd: »Sie sind zu gut zu mir.«

Rasch überdachte sie ihre Lage. Die Sache mit diesem Jiang war gelaufen, und selbst wenn man weitere Versuche unternähme, eine Ehe anzubahnen, könnte sie allenfalls auf einen wie ihn hoffen oder müsste sich gar mit Schlechterem zufriedengeben. Ihr Vater war ein bekannter Spieler gewesen, der Haus und Vermögen verspielt und die Familie in den Ruin getrieben hatte.

Zwar hätte Liusu selbst nie Dominosteine oder Würfel angerührt, doch auch in ihr steckte die Spielleidenschaft. Sie hatte sich entschlossen, die eigene Zukunft als Wettkapital einzusetzen. Sollte sie verlieren, so wäre ihr Ruf ruiniert und sie würde nicht einmal mehr zur Stiefmutter von fünf Kindern taugen. Wäre ihr das Glück aber gewogen, so könnte sie den begehrten Fan Liuyuan für sich gewinnen – jene Beute, die schon so viele hungrige Tiger umlauert hatten –, und damit endlich ihrem aufgestauten Zorn Luft machen.

Also hatte sie Frau Xu zugesagt, in einer Woche würden sie abreisen. Liusu stürzte sich in die Reisevorbereitungen. Obwohl es kaum etwas zu packen gab, beschäftigte sie das mehrere Tage lang. Sie verkaufte ein paar Kleinigkeiten und ließ sich von dem Geld Kleidungsstücke nähen. Frau Xu, die selbst sehr beschäftigt war, fand sogar noch die Zeit, Liusu Ratschläge zu geben. Als die Familie Bai sah, wie sie Liusu umsorgte, erwachte plötzlich ein neues Interesse an ihr. Man blieb zwar misstrauisch, doch gab diese Entwicklung zu denken. Flüsternd beratschlagten die anderen sich hinter ihrem Rücken, niemand wagte mehr, sie offen zu beschimpfen. Allenthalben hörte man jetzt ›Sechste Schwester‹, ›Sechste Tante‹, ›Sechstes Fräulein‹ rufen; schließlich konnte man nie wissen, ob sie in Hongkong nicht vielleicht doch einen reichen Mann finden und als große Dame nach Hause zurückkehren würde. Dann musste man ihr in die Augen schauen können. Es wäre also unklug, sie gegen sich aufzubringen.

Das Ehepaar Xu holte sie samt Kindern mit dem Wagen ab, und man ging an Bord. Sie reisten erster Klasse auf einem holländischen Schiff. Da das Schiff klein war und heftig schlingerte, wurde das Ehepaar gleich nach dem Ablegen seekrank. Mit den speienden Eltern und den zankenden, weinenden Kindern hatte Liusu in den nächsten Tagen alle Hände voll zu tun.

Endlich erreichten sie ihren Bestimmungshafen, und Liusu hatte Gelegenheit, an Deck zu gehen und aufs Meer zu schauen. Es war ein glühend heißer Nachmittag. Als Erstes stachen ihr die großen Werbetafeln ins Auge, die am Pier aufgereiht waren: Rot, Orange, Rosa; alles spiegelte sich im öligen Grün des Meerwassers. Unterhalb der Oberfläche waren die Farben in hektischer Bewegung, grelle Farbflächen hoben und senkten sich, als kämpften sie miteinander. Liusu ertappte sich bei dem Gedanken, dass man in dieser Stadt der Extreme sehr viel tiefer fallen könnte als anderswo. Unruhe beschlich sie.

Da merkte sie, wie jemand angelaufen kam und ihre Beine von hinten umschlang. Sie erschrak so sehr, dass sie beinahe hingefallen wäre. Dann sah sie, dass es eines der Xu-Kinder war, und sie fasste sich wieder. Rasch ging sie zu Frau Xu zurück und kümmerte sich um alles. Die zehn Gepäckstücke und zwei Kinder wollten einfach nicht beisammen bleiben; kaum war das Gepäck vollständig, da fehlte wieder eines der Kinder. Am Ende war Liusu so erschöpft, dass sie keine Augen mehr für ihre Umgebung hatte.

Vom Hafen nahmen sie zwei Taxis zum Repulse Bay Hotel. Sie hatten die geschäftige Stadt bald hinter sich gelassen und fuhren längere Zeit durch bergiges Gelände. Neben der Straße ragten gelbe und rötliche Klippen auf, dazwischen öffnete sich der Ausblick auf üppig bewaldete Schluchten oder das blaugrüne Meer. Auch in der Bucht, in die sie nun kamen, gab es Felsen und Wald, aber hier war alles heller und freundlicher. Heimkehrende Ausflügler kamen ihnen in Autos voller Blumen entgegen, und der Wind trug ihre lachenden Stimmen herüber.

Vom Eingang war das eigentliche Hotelgebäude nicht zu sehen. Sie stiegen aus, gingen die breiten Steinstufen hinauf, und erst als sie eine mit Bäumen und Blumen bepflanzte Terrasse erreichten, kamen weiter oben zwei gelbe Gebäude in Sicht. Herr Xu hatte die Zimmer im Voraus bestellt, und ein Boy führte sie einen kleinen Kiesweg entlang, durch das mattgelbe Licht des Speisesaals und einen ebenso mattgelben Korridor bis hinauf in den ersten Stock. Dann bogen sie um die Ecke, und hinter einer Tür öffnete sich ein mit Glyzinien überwachsener Balkon, auf dessen eine Hälfte schräg die Nachmittagssonne fiel.

Zwei Menschen standen dort und unterhielten sich. Nur die Frau, die mit dem Rücken zu ihnen stand, war ganz zu sehen. Ihr lackschwarzes Haar reichte ihr bis zu den Knöcheln, um die sie verschlungene Goldkettchen trug. Ihre Füße waren nackt; ob sie Sandalen anhatte, war nicht zu erkennen. Darüber trug sie eine schmal geschnittene indische Hose. Plötzlich rief der von ihr verdeckte Mann: »Ach, Frau Xu!« Er kam auf sie zu, begrüßte Herrn und Frau Xu und nickte Liusu verhalten lächelnd zu. Liusu erkannte Fan Liuyuan sofort, und wenn sie auch nicht überrascht war, so machte ihr Herz doch einen Sprung. Die Frau auf dem Balkon war verschwunden.

Liuyuan begleitete sie nach oben, und unterwegs brachten alle ihr Erstaunen und ihre Freude darüber zum Ausdruck, dass man fern der Heimat zufällig einen vertrauten Freund getroffen habe.

Fan Liuyuan war kein wirklich gut aussehender Mann, verfügte aber über einen lässigen Charme. Während das Ehepaar Xu den Boys Anweisungen wegen des Gepäcks gab, gingen Liuyuan und Liusu voraus. »Sie sind nicht nach Singapur gefahren, Herr Fan?«, fragte Liusu ihn mit der Andeutung eines Lächelns.

»Nein, ich habe hier auf dich gewartet«, flüsterte Liuyuan ihr zu.

Auf solche Direktheit nicht vorbereitet, fragte Liusu lieber nicht weiter. Sonst wäre womöglich herausgekommen, dass nicht Frau Xu, sondern er sie nach Hongkong eingeladen hatte, und darauf hätte sie nichts zu erwidern gewusst. Also tat sie so, als habe er nur gescherzt, und lächelte ihm zu.

Liuyuan wusste bereits, dass sie in Zimmer 130 einquartiert war, und blieb vor der Tür stehen. »Hier ist es.« Nachdem der Boy das Zimmer aufgeschlossen hatte, trat Liusu ein und ging unwillkürlich sofort zum

Fenster. Der ganze Raum erschien ihr wie ein dunkler Bilderrahmen, der das Fenster wie ein Gemälde umschloss. Man hätte meinen können, die tosenden Wellen brandeten gegen den Vorhang und färbten dessen Ränder bläulich ein.

»Stell den Koffer vor den Schrank«, wies Liuyuan den Boy an.

Seine Stimme so unmittelbar an ihrem Ohr ließ Liusu hochfahren. Als sie sich umdrehte, bemerkte sie, dass der Boy bereits gegangen war. Die Tür hatte er offen gelassen. Liuyuan stand auf das Sims gelehnt, den einen Arm am Fensterrahmen, und versperrte ihr die Aussicht. Er lächelte sie an, worauf sie den Kopf senkte.

Er lachte: »Weißt du eigentlich, dass du besonders reizend aussiehst, wenn du den Kopf senkst?«

Liusu blickte auf. »Was meinst du damit?«

»Manche Menschen können gut reden, andere bestechen durch ihr Lachen, die Stärke anderer liegt im Haushalten, und du kannst eben besonders reizvoll den Kopf senken.«

»Ich kann überhaupt nichts«, sagte Liusu. »Ich bin eine vollkommen nutzlose Person.«

»Die nutzlosen Frauen sind die raffiniertesten«, meinte Liuyuan und lachte.

Liusu wandte sich zum Gehen und sagte, nun ebenfalls lachend: »Lassen wir das. Gehen wir nach nebenan und sehen uns ein wenig um.«

»Nach nebenan? In mein Zimmer oder in das von Frau Xu?«

Wieder erschrak Liusu. »Du wohnst neben mir?«

Liuyuan hielt ihr bereits die Tür auf: »Ja, aber mein Zimmer ist so unordentlich, dass ich niemanden empfangen kann.«

Er klopfte an die Tür von Nummer 131. Frau Xu öffnete und bat sie herein: »Trinken wir doch hier zusammen Tee, wir haben ein Wohnzimmer.« Sie klingelte nach dem Boy und bestellte Tee und ein wenig Gebäck.

Herr Xu kam aus dem Schlafzimmer und verkündete: »Eben habe ich mit meinem alten Freund Zhu telefoniert. Er möchte ein Begrüßungsessen für uns geben, heute Abend im Hongkong Hotel.« Und an Liuyuan gewandt: »Sie sind natürlich mit von der Partie.«

»Du hast ja Nerven!«, bemerkte Frau Xu. »Auf dem Schiff waren wir ständig seekrank. Sollten wir da nicht besser früh zu Bett gehen? Lass das lieber heute Abend.«

»Das Hongkong Hotel hat den altmodischsten Ballsaal, den ich je gesehen habe«, mischte sich Liuyuan ein. »Die Architektur, die Lampen, die Ausstattung, selbst das Orchester; alles altenglischer Stil, so wie es vor vierzig, fünfzig Jahren modern war. Heutzutage lockt das keinen mehr. Es gibt dort nichts zu sehen, allenfalls die albernen Kellner. Selbst beim heißesten Wetter tragen sie die Hosen aus dem Norden, die unten zugebunden sind.«

»Wieso denn das?«, fragte Liusu.

»Chinesisches Flair.«

Herr Xu lachte. »Wo wir schon hier sind, sollten wir uns das ansehen. Sie müssen uns wohl oder übel begleiten!«

»Ich kann nichts versprechen. Warten Sie nicht auf mich«, war alles, was Liuyuan erwiderte.

Liusu konnte sehen, dass er keine Lust hatte, wohingegen Herr Xu, der sonst kein Besucher von Tanzlokalen war, ganz versessen darauf schien, ihr seine Freunde vorzustellen. Wieder befielen sie Zweifel.

Die Gruppe, die sich abends im Hongkong Hotel zu ihrer Begrüßung zusammenfand, bestand fast ausschließlich aus älteren Ehepaaren, und die wenigen Junggesellen waren kaum älter als zwanzig. Liusu war gerade auf der Tanzfläche, als Liuyuan plötzlich auftauchte und sie ihrem Tanzpartner entführte. In dem litschiroten Licht konnte sie seine dunklen Züge nicht genau erkennen, ihr fiel nur auf, dass er ungewöhnlich schweigsam war.

»Warum sagst du denn nichts?«, fragte Liusu ihn lächelnd.

»Was ich vor Zeugen sagen kann, ist bereits gesagt.«

Liusu lachte: »Und was ist so geheimnisvoll, dass du es nur hinter dem Rücken der anderen sagen kannst?«

»Es gibt da ein paar törichte Dinge, die man andere besser nicht hören lässt, am besten nicht mal sich selbst, sonst sind sie einem am Ende noch peinlich. Sätze wie: ›Ich liebe dich‹ oder ›Ich werde dich ein Leben lang lieben‹.«

Liusu wandte sich ab und meinte vorwurfsvoll: »So ein Unsinn!«

»Wenn ich nichts sage, beschwerst du dich, dass ich schweigsam bin, und wenn ich rede, ist es dir auch nicht recht.«

»Sag mir lieber«, fragte Liusu, »warum du mich nicht auf die Tanzfläche lassen willst?«

»Die meisten Männer wollen Frauen auf Abwege bringen, um sie dann zum Guten bekehren zu können. Ich ziehe es vor, mir diesen Umweg zu sparen. Eine gute Frau sollte gleich anständig bleiben.«

Liusu musterte ihn von der Seite und sagte: »Du glaubst, du bist anders als die anderen? In meinen Augen bist du genauso egoistisch.«

»Inwiefern egoistisch?«, fragte er lachend zurück.

Liusu dachte im Stillen: Deine Traumfrau soll kalt und rein wie Jade sein, aber zugleich soll sie flirten; Reinheit und Kälte reserviert sie für die anderen, aber flirten soll sie mit dir. Wenn ich eine so durch und durch gute Frau wäre, hättest du mich doch überhaupt nicht beachtet!

Sie neigte den Kopf und sagte lächelnd: »Anderen gegenüber soll ich gut sein, aber für dich am liebsten schlecht.«

Nach einigem Nachdenken sagte Liuyuan: »Das verstehe ich nicht.«

»Du willst, dass ich schlecht zu anderen bin, aber gut allein zu dir«, erklärte sie noch einmal.

»Wieso plötzlich anders herum? Jetzt hast du mich

völlig verwirrt«, lachte er, und nach kurzem Schweigen fuhr er fort: »Außerdem stimmt nicht, was du da sagst.«

»Du hast mich sehr wohl verstanden.«

»Egal ob gut oder schlecht, auf jeden Fall musst du bleiben, wie du bist. Es ist schwer, eine so echte Chinesin wie dich zu finden.«

»Ich bin nur ein wenig altmodisch, das ist alles«, sagte Liusu seufzend.

»Von Grund auf chinesische Frauen sind die Schönsten auf der Welt. Die kommen nicht aus der Mode.«

»Aber für einen modernen Menschen wie dich …«

»Du sagst modern, aber was du meinst, ist westlich. Mich kann man wahrlich nicht als echten Chinesen bezeichnen. Erst in den letzten Jahren bin ich ein wenig chinesisch geworden. Aber wenn Ausländer chinesisch werden, dann sind sie ganz besonders altmodisch und borniert, schlimmer noch als jeder alte Bücherwurm.«

»Du bist altmodisch, ich bin altmodisch, und wie du sagtest, ist der Ballsaal des Hongkong Hotels der alleraltmodischste …«

Sie lachten zusammen, und da war der Tanz auch schon zu Ende. Liuyuan nahm sie am Arm, führte sie an ihren Platz zurück und meinte, an alle gewandt: »Fräulein Bai hat Kopfschmerzen. Ich werde sie zurück ins Hotel bringen.«

Das kam so unerwartet, dass Liusu keine Zeit zum Überlegen blieb. Sie wollte ihn nicht kränken, und um öffentlich zu streiten, kannten sie sich zu wenig. Also ließ sie sich von ihm in den Mantel helfen, entschuldigte sich ringsum und verließ mit ihm den Saal.

Beim Hinausgehen kam ihnen eine Schar westlicher Männer entgegen, die um eine Frau kreisten wie Trabanten um ein Gestirn. Als Erstes fiel Liusu das lackschwarze Haar der Frau auf, das zu zwei dicken Zöpfen geflochten und hoch auf dem Kopf zusammengesteckt war. Obwohl die Inderin jetzt westlich gekleidet war, hatte sie eine eindeutig orientalische Ausstrahlung. Unter einem leichten schwarzen Seidenumhang trug sie ein langes, eng anliegendes Kleid in Goldfischgelb; die langen schlanken Ärmel reichten ihr bis über die Hände, sodass nur die glänzenden Nägel hervorsahen. Der schmale, tiefe V-Ausschnitt ihres Kleides reichte bis zur Taille und folgte der neuesten Pariser Mode, die sich »Blick ins Paradies« nannte. Sie sah aus wie eine in Blattgold gewandete Göttin der Barmherzigkeit, doch hinter ihren riesigen, dunkel umschatteten Augen lauerte ein Dämon. Ihre Nase war von klassischer Geradheit, aber um ein weniges zu spitz und zu dünn. Der kleine Mund mit den dicken rosafarbenen Lippen wirkte wie geschwollen.

Liuyuan blieb stehen und verneigte sich leicht in ihre Richtung. Liusu sah die Frau an, und diese erwiderte den Blick mit einer Erhabenheit, die tausend Meilen zwischen sie beide zu legen schien.

»Fräulein Bai, Prinzessin Saheiyini«, stellte Liuyuan vor.

Unwillkürlich empfand Liusu eine gewisse Ehrfurcht.

Die Prinzessin streckte die Hand aus, berührte die von Liusu aber nur leicht mit den Fingerspitzen und fragte: »Kommt dieses Fräulein Bai auch aus Shanghai?«

Liuyuan nickte, worauf sie lachend bemerkte: »Sie sieht aber nicht aus wie eine Shanghaierin.«

Nun lachte auch Liuyuan und fragte: »Wie sieht sie denn aus?«

Nachdenklich legte Saheiyini einen Zeigefinger an die Wange und streckte dann ratlos alle zehn Finger empor, so als fände sie keinen passenden Vergleich. Schließlich zuckte sie lächelnd die Schultern und ging an ihnen vorbei in den Ballsaal.

Liuyuan fasste Liusu am Arm, und sie setzten ihren Weg nach draußen fort. Liusu verstand zwar kaum Englisch, hatte aber in den Mienen der beiden gelesen und meinte nun lächelnd: »Ich komme tatsächlich vom Land.«

»Wie ich gerade sagte. Du bist eben eine echte Chinesin und daher anders als die Shanghaierinnen, die sie meint.«

Als sie ins Taxi stiegen, sagte Liuyuan: »Kümmere dich nicht um ihre Hochnäsigkeit. Sie macht sich wichtig, indem sie herumerzählt, sie sei die leibliche Tochter des Prinzen Krishna Kolampa. Ihre Mutter ist angeblich später bei ihm in Ungnade gefallen. Er hat dann ihren Selbstmord angeordnet und die Tochter verbannt. Seither kann sie nicht in ihre Heimat zurück und ist ständig unterwegs. Dass sie im Exil lebt, entspricht der Wahrheit, den Rest kann niemand beweisen.«

»Ist sie mal in Shanghai gewesen?«

»Sie war dort stadtbekannt. Später ist sie mit einem Engländer nach Hongkong gegangen. Hast du den älteren Herrn hinter ihr gesehen? Der hält sie momentan aus.«

»So seid ihr Männer«, lachte Liusu. »Schmeichelt ihr ins Gesicht, aber hinter ihrem Rücken redet ihr, als wäre sie nichts wert. Als Tochter eines armen Hofbeamten vergangener Dynastien stehe ich weit unter ihr. Ich möchte nicht wissen, was du hinter meinem Rücken über mich erzählst!«

»Wer würde es wagen, euer beider Namen in einem Atemzug zu nennen«, entgegnete er lachend.

Liusu verzog verächtlich den Mund. »Vermutlich weil ihr Name so lang ist. Da reicht ein Atemzug nicht.«

»Sei unbesorgt. Ich werde dich behandeln, wie es dir gebührt.«

Liusu lehnte sich scheinbar beruhigt gegen das Wagenfenster und flüsterte: »Wirklich?« Seine letzte Bemerkung hatte nicht sarkastisch geklungen. Ihr war aufgefallen, dass er sich, sobald sie allein waren, durchaus korrekt benahm, ganz der perfekte Gentleman. Sie konnte sich nicht erklären, warum er, sonst so beherrscht, vor anderen unbedingt den Eindruck eines Lebemannes erwecken wollte. War das eine Charakterschwäche oder bezweckte er etwas damit?

Als sie in Repulse Bay ankamen, half er ihr aus dem Wagen und deutete auf das üppige Wäldchen neben der Auffahrt. »Sieh mal, die Bäume. Die gibt es nur im Süden. Die Engländer nennen sie ›Flammenbaum‹.«

»Blühen sie rot?«

»Intensiv rot!«

In der Dunkelheit konnte Liusu dieses Rot zwar nicht sehen, fühlte aber, dass es röter nicht sein konnte, ein Rot, das alles übertraf. Dolden winziger Blüten nisteten in den himmelhohen Bäumen, wo sie knisternd loderten bis in die höchsten Wipfel, selbst der blauviolette Himmel war rot entflammt. Sie legte den Kopf in den Nacken und blickte hinauf.

»Bei den Kantonesen heißt er ›Schattenbaum‹«, erklärte Liuyuan. »Sieh dir mal die Blätter an.«

Sie glichen den Wedeln des Phönixschwanzgrases. Wenn leichter Wind die feinen dunklen Schattierungen flirren ließ, glaubte man, leise Töne zu hören, keine Melodie, eher der Klang von Windglöckchen an einem Dachvorsprung.

»Lass uns dort ein bisschen spazieren gehen«, schlug Liuyuan vor.

Liusu erwiderte nichts, doch sie folgte ihm langsam. Da es noch früh war und viele Leute sich auf der Promenade ergingen, würde es nichts ausmachen. Ein Stück hinter dem Repulse Bay Hotel spannte sich eine Brücke zum gegenüberliegenden Berghang, diesseits gehalten von einer Stützmauer aus grauem Backstein. Liuyuan lehnte sich an diese Mauer, und Liusu tat es ihm gleich. Die Mauer war so hoch, dass kein Ende abzusehen war. Der Stein fühlte sich kalt und rau an, er hatte die Farbe des Todes; der Gegensatz zu ihrem Gesicht hätte größer nicht sein können: rote Lippen, feucht glänzende Augen, ein Gesicht aus Fleisch und Blut, von lebhaften Gedanken beseelt.

»Ich weiß auch nicht«, sagte Liuyuan, den Blick auf sie geheftet, »warum mir beim Anblick dieser Mauer der Ausdruck ›für alle Ewigkeit‹ in den Sinn kommt ... Eines Tages, wenn unsere Zivilisation gänzlich zerstört sein und alles zu Ende sein wird – verbrannt, explodiert, zerfallen –, wird diese Mauer vielleicht noch stehen. Würden wir beide uns dann am Fuß dieser Mauer begegnen, Liusu, dann könntest du mir vielleicht aufrichtiger begegnen, und auch ich könnte dir gegenüber aufrichtiger sein.«

»Du hast ja selber zugegeben, dass du dich gern verstellst«, entgegnete Liusu in gespieltem Ärger. »Aber zieh mich da bitte nicht mit hinein! Wann hättest du mich je beim Lügen ertappt?«

»Stimmt«, lachte er. »Du bist ja sooo unschuldig.«

»Genug jetzt. Hör auf, mich zum Narren zu halten!«

Liuyuan schwieg lange und seufzte.

»Was bedrückt dich?«, fragte Liusu.

»Vieles.«

»Wenn schon jemand, der so frei und ungebunden ist wie du, mit seinem Schicksal hadert, kann ich mich ja gleich aufhängen.«

»Ich weiß, dass du nicht glücklich bist. Du hast genug Schlechtigkeit gesehen. Wenn du das jetzt alles zum ersten Mal sähest, könntest du dich nur schwer daran gewöhnen, es wäre dir noch unerträglicher. So ging es mir. Als ich nach China kam, war ich bereits vierundzwanzig. Von meiner Heimat hatte ich immer nur geträumt, und du kannst dir vorstellen, wie enttäuscht ich war. Der Schock war kaum zu ertragen, und so bin ich abgerutscht. Hättest du mich damals gekannt, könntest du mir vielleicht verzeihen, dass ich heute so bin, wie ich bin.«

Liusu, die sich gerade vorzustellen suchte, wie es wäre, ihrer Vierten Schwägerin zum ersten Mal zu begegnen, rief spontan: »Das ist immer noch besser. Wenn du sie zum ersten Mal siehst, hast du zu Menschen oder Dingen – ganz gleich wie schlecht oder schmutzig sie sind – immerhin eine gewisse Distanz. Hast du aber schon so lange mit ihnen gelebt, kannst du kaum noch zwischen ihnen und dir selbst unterscheiden.«

Liuyuan schwieg lange. »Vielleicht hast du recht. Vielleicht suche ich nur nach Ausreden, um mich selbst zu betrügen.« Dann lachte er plötzlich auf. »Aber wozu Ausreden? Ich will mich amüsieren, ich habe das nötige Geld und die Zeit. Braucht es noch weitere Gründe?«

Er überlegte eine Weile und sagte dann erregt: »Ich verstehe mich selbst nicht, aber mir liegt daran, dass du mich verstehst. Ich möchte, dass du mich verstehst!« Doch noch während er das sagte, wusste er, dass es hoffnungslos war. Dennoch wiederholte er hartnäckig und flehentlich: »Ich will, dass du mich verstehst!«

Liusu wollte es ja gern versuchen und – in Maßen – alles dafür tun. Das Gesicht ihm zugewandt, flüsterte sie: »Aber ich verstehe, ich verstehe dich doch.« Während sie ihn so zu trösten suchte, stellte sie sich ihr eigenes vom Mondlicht beschienenes Gesicht vor. Das zarte, frische Profil, die Augen und Brauen – so unbegreiflich, so absurd in ihrer Schönheit. Dann ließ sie ganz langsam den Kopf sinken.

Liuyuan lächelte, sein Ton hatte sich verändert, als er sagte: »Ja, genau. Vergiss nicht, wie großartig du wirkst, wenn du den Kopf senkst. Manche behaupten allerdings, nur Teenager beherrschen das überzeugend. Was man gut kann, das tut man auch häufig. Aber wenn man jahrelang den Kopf senkt, kann man davon einen faltigen Hals bekommen.«

Liusu wurde rot und fasste sich unwillkürlich an den Hals.

»Keine Sorge«, lachte Liuyuan. »So weit ist es noch nicht. Wenn du nachher allein in deinem Schlafzimmer bist, kannst du deinen Kragen aufknöpfen und dich überzeugen.«

Schweigend wandte Liusu sich zum Gehen. Liuyuan folgte ihr schmunzelnd. »Ich kann dir auch sagen, warum du deine Schönheit behalten wirst. Saheiyini gestand mir neulich, dass sie nicht zu heiraten wage, weil Inderinnen, wenn sie erst einmal müßig zu Hause herumsitzen, unweigerlich zunehmen. Darauf habe ich ihr erklärt, dass Chinesinnen selbst vom Herumsitzen nicht dick werden, weil es nämlich auch dazu einer gewissen Energie bedarf. Du siehst, sogar die Faulheit hat ihre Vorzüge!«

Liusu ignorierte ihn. Er seinerseits gab sich nun besondere Mühe, kleinlaut und einschmeichelnd zu erscheinen; er lachte und redete den ganzen Weg über, und erst als sie am Hotel anlangten, entspannte sich ihr Gesicht wieder. Still zogen sie sich in ihre jeweiligen Zimmer zurück.

Liusu überdachte ihre Lage. Offenbar ging es Fan Liuyuan vor allem um geistige Liebe. Damit war sie durchaus einverstanden, denn deren letzte Erfüllung war die Eheschließung. Körperliche Liebe zielte meist nur auf einen Punkt, darüber hinaus bestand wenig Aussicht auf Heirat. Allerdings hatte diese geistige Liebe einen Nachteil: Der Mann redete ständig von Dingen, die die Frau nicht verstand. Aber im Grunde machte das nichts. Kam es erst einmal zur Heirat, dann musste ein Haus gesucht, eingerichtet und Personal eingestellt werden, alles Dinge, in denen Frauen wesentlich geschickter waren als Männer. Wenn sie das kleine Missverständnis des heutigen Abends unter diesem Blickwinkel betrachtete, gab es keinen Grund zur Sorge.

Am nächsten Morgen war aus dem Zimmer von Frau Xu kein Laut zu vernehmen, vermutlich wollte sie ausschlafen. Liusu erinnerte sich, von ihr gehört zu haben, dass Frühstück im Zimmer extra berechnet wurde, außerdem fiel noch das Trinkgeld an. Da sie den anderen diese zusätzlichen Ausgaben ersparen wollte, beschloss sie, in den Speisesaal zu gehen. Nachdem sie sich zurechtgemacht hatte und eben ihr Zimmer verlassen wollte, trat ein Boy, der offenbar nur auf ihr Erscheinen gewartet hatte, an Fan Liuyuans Tür und klopfte. Er kam sofort heraus und sagte lächelnd: »Gehen wir doch zusammen frühstücken.«

»Sind Herr und Frau Xu schon aufgestanden?«, erkundigte er sich, während sie nach unten gingen.

»Die haben sich wohl verausgabt gestern Abend«, lachte Liusu. »Ich habe sie gar nicht heimkommen hören. Muss schon nach Tagesanbruch gewesen sein.«

Sie wählten einen Tisch auf der Terrasse außerhalb des Speisesaals. Jenseits der Steinbalustrade standen hohe Palmen, deren gefiederte Blätter im Sonnenlicht zitterten wie ein glitzernder Springbrunnen. Unter den Palmen gab es auch einen Teich mit einer richtigen Fontäne, die war aber längst nicht so großartig.

»Was haben denn Frau Xu und die anderen heute vor?«, fragte Liuyuan.

»Soweit ich weiß, wollen sie sich Häuser ansehen«, antwortete Liusu.

»Das sollen sie nur tun – wir unternehmen etwas für uns. Möchtest du lieber an den Strand oder in die Stadt bummeln gehen?«

Liusu hatte am gestrigen Nachmittag bereits mit dem Fernglas den Strand inspiziert, wo sich illustre junge Männer und Frauen tummelten. Es herrschte lebhaftes Treiben, doch der lockere Umgang hatte ihre Bedenken geweckt und sie entschied sich lieber für die Stadt. Ein Shuttlebus des Hotels brachte sie ins Zentrum.

Liuyuan lud sie ins *Great China* zum Essen ein. Die Kellner dort sprachen Shanghai-Dialekt, und von überall drangen heimatliche Laute an Liusus Ohr. »Ist das ein Shanghai-Restaurant?«, erkundigte sie sich erstaunt.

»Hast du kein Heimweh?«, fragte Liuyuan lachend.

»Aber ... ist es denn nicht ein bisschen dumm, nach Hongkong zu reisen, um Shanghai-Küche zu essen?«

»Wenn ich mit dir zusammen bin, mache ich gern ein paar dumme Sachen. Etwa mit der Straßenbahn im Kreis fahren oder einen Film ansehen, den ich schon zweimal gesehen habe ...«

»Weil meine Dummheit dich angesteckt hat, nicht wahr?«

»Sieh das, wie du willst.«

Nachdem sie gegessen hatten, nahm Liuyuan sein Teeglas und trank, dann hob er es hoch und starrte hinein.

»Was gibt's da zu sehen? Lass mich auch mal.«

»Du musst es gegen das Licht halten. Das erinnert mich an den Urwald in Malaysia.«

Wenn man das Glas neigte und der restliche Tee auf eine Seite floss, klebten im Gegenlicht die grünen Teeblätter in wirrem Durcheinander am Glasrand und sahen wie eine Bananenstaude aus. Die am Boden des Glases aufgehäuften Blätter kauerten darunter wie kniehohe Gräser und Kräuter. Während Liusu den Inhalt des Glases betrachtete, hatte auch Liuyuan sich vorgebeugt und deutete auf die Blätter. Plötzlich bemerkte sie, wie er sie durch das dunkelgrüne Glas hindurch mit lachenden Augen ansah. Sie stellte das Glas auf den Tisch zurück und lachte ebenfalls.

»Ich werde dich nach Malaysia mitnehmen.«

»Was sollen wir da?«

»Zurück zur Natur!« Er überlegte und fuhr dann fort: »Allerdings kann ich mir schlecht vorstellen, wie du mit einem *qipao* im Urwald herumspazierst. Andererseits kann ich mir nicht vorstellen, dass du etwas anderes trägst.«

Ihre Miene verfinsterte sich. »Red keinen Unsinn.«

»Aber ich meine es ernst. Ich hab gleich beim ersten Mal bemerkt, dass dir diese modernen, ärmellosen *qipaos*, die wie lange Westen aussehen, nicht stehen. Du solltest auch keine westliche Kleidung tragen. Der klassisch mandschurische *qipao* steht dir am besten, nur dürfen die Linien nicht zu streng sein.«

»Eine hässliche Person kleidet eben nichts.«

»Versteh doch nicht wieder alles falsch«, entgegnete er lachend. »Ich will damit sagen, dass du aussiehst wie jemand aus einer anderen Welt. All diese romantischen kleinen Gesten, die an eine chinesische Opernsängerin erinnern.«

Liusu zog die Augenbrauen hoch und erwiderte kühl: »Opernsängerin – also wirklich! Allein kann man keine Oper singen. Außerdem ist mir das alles viel zu gekünstelt. Man hat mir diese Rolle aufgedrängt, treibt sein Spiel mit mir, und wenn ich nicht mitspiele, bin ich die Dumme und werde schikaniert.«

Darauf reagierte Liuyuan ein wenig betreten. Er nahm das Glas, wollte trinken und stellte es wieder hin. Schließlich seufzte er: »Ja, es ist alles meine Schuld. Ich bin es gewohnt, mich zu verstellen. Weil sich die anderen mir gegenüber verstellen. Nur zu dir bin ich einige Male ganz ehrlich gewesen, und du hast es nicht einmal bemerkt.«

»Ich kann ja schlecht in dich hineinsehen.«

»Stimmt. Alles meine Schuld. Aber ich hab mir deinetwegen wirklich den Kopf zerbrochen. Als ich dich das erste Mal in Shanghai traf, dachte ich, eine Trennung von deiner Familie würde dich ungezwungener machen. Dann bist du endlich nach Hongkong gekommen, und jetzt ... jetzt möchte ich dich mit nach Malaysia nehmen, in den Urwald zu den Naturvölkern.« Er lachte über sich selbst, seine Stimme klang rau und verhalten, als er den Kellner um die Rechnung bat. Er gewann seine gute Laune erst wieder zurück, nachdem er bezahlt hatte und sie das Lokal verließen. Nun war er wieder sein ursprüngliches, tadellos höfliches und kultiviertes Selbst.

Täglich führte er sie nun aus, sie gingen ins Kino, in die Kantonesische Oper, zum Spielen ins Gloucester oder Cecil Hotel und ins Café Bluebird, sie besuchten indische Seidengeschäfte und Sichuan-Restaurants in Kowloon ... Abends gingen sie oft bis tief in die Nacht spazieren. Liusu konnte es kaum fassen, dass er dabei nie auch nur ihre Hand berührte. Sie war angespannt und ängstlich, befürchtete, er könne jederzeit seine Maske fallen lassen und einen Überraschungsangriff starten. Doch die Tage vergingen, und er blieb auch weiterhin der untadelige Gentleman; ihr war, als stünde sie einem bedrohlichen Feind gegenüber, der sich nicht von der Stelle rührte. Anfangs hatte sie das aus dem Gleichgewicht gebracht wie jemand, der beim Treppensteigen eine Stufe übersieht; sie war verunsichert gewesen, doch mit der Zeit gewöhnte sie sich daran.

Nur dieses eine Mal, am Strand. Sie kannte Liuyuan inzwischen etwas besser, hatte gemeint, ein Ausflug ans Meer wäre unbedenklich, und so verbrachten sie den Vormittag dort. Sie saßen nebeneinander im Sand, jeder blickte in eine andere Richtung. Plötzlich rief Liusu: »Moskitos!«

»Das sind keine Moskitos«, erklärte er, »das sind kleine Insekten, die man Sandfliegen nennt. Wenn sie beißen, bleibt ein winziger roter Fleck zurück wie ein zinnoberrotes Muttermal.«

»Die Sonne ist unerträglich«, jammerte Liusu weiter.

»Nur ein bisschen noch, dann gehen wir in den Schatten. Ich habe eine Strandhütte gemietet.«

Die durstige Sonne sog das Meerwasser auf, das beständig gurgelte und spuckte. Sie entzog den Leibern jegliche Feuchtigkeit, sodass sie als goldfarbene, dürre Blätter zurückblieben, schwerelos, als könnten sie sich in die Luft erheben. Eine sonderbar leichtfertige, benommene Fröhlichkeit bemächtigte sich ihrer, doch plötzlich schrie sie auf: »Ein Moskito hat mich gestochen!« Sie fuhr herum und schlug sich mit der Hand auf den nackten Rücken.

»Wie umständlich«, lachte Liuyuan. »Besser ich schlage für dich und du schlägst für mich.«

Nun passte Liusu genau auf und schlug pflichtschuldig zu, als sich ein Moskito auf seinem Arm niederließ.

»Oh, entwischt!«, rief sie.

Auch Liuyuan hielt Wache, und so schlugen sie sich lachend gegenseitig, bis Liusu ihm das plötzlich übel nahm. Unvermittelt stand sie auf und ging Richtung Hotel davon. Diesmal folgte er ihr nicht. Als sie den Schatten der Bäume und den Steinweg zwischen zwei Strandhütten aus Schilf erreicht hatte, blieb sie stehen, schüttelte ihren kurzen Rock aus und drehte sich noch einmal um. Liuyuan lag noch immer am selben Platz, die Hände hinter dem Kopf verschränkt, und schaute in den Himmel; er schien in der Sonne zu träumen, auf dem besten Weg, sich in ein goldenes Blatt zu verwandeln.

Zurück im Hotel, suchte Liusu von ihrem Fenster aus den Strand mit dem Fernglas ab. Eine Frau stand jetzt neben ihm, den Zopf hochgesteckt. Und wäre sie zu Asche verbrannt, Liusu hätte Saheiyini immer noch erkannt.

Von nun an verbrachte Liuyuan seine Zeit ausschließlich mit Saheiyini, offenbar entschlossen, Liusu die kalte Schulter zu zeigen. Und so hatte Liusu, die es gewohnt war, täglich auszugehen, auf einmal nichts mehr zu tun. Frau Xu gegenüber schützte sie eine Erkältung vor und blieb einige Tage auf ihrem Zimmer. Zum Glück meinte es der Himmel gut mit ihr und schickte einen trübsinnigen Nieselregen, ein Grund mehr, das Hotel nicht zu verlassen.

Eines Nachmittags ließ sie sich, nachdem sie mit dem Schirm ein wenig im Hotelgarten herumspaziert war, auf dem Balkon nieder, um auf Frau Xu und die anderen zu warten. Es dunkelte bereits, und sie würden vermutlich bald von ihrer Hausbesichtigung zurückkommen. Ihr grellfarbiger Schirm aus Ölpapier lag aufgespannt auf der Brüstung und verdeckte ihr Gesicht. Er hatte ein Muster aus malachitgrünen Lotosblättern auf rosafarbenem Hintergrund, und an den Bambusrippen rannen langsam Wassertropfen herab. Es regnete jetzt heftiger. Sie hörte einen durch Pfützen fahrenden Wagen, und gleich darauf kam eine Gruppe Männer und Frauen lachend und eng beieinander den Weg zum Hotel herauf. Fan Liuyuan führte die Gruppe an, er hielt Saheiyini am Arm, die mit ihren schlammbespritzten Beinen ziemlich derangiert wirkte. Als sie ihren großen Strohhut abnahm, stürzte das Wasser in Kaskaden zu Boden.

Liuyuan hatte Liusus Schirm sofort bemerkt. Er wechselte am Fuß der Treppe ein paar Worte mit Saheiyini, die daraufhin allein nach oben ging. Dann kam er herüber und wischte sich dabei mit einem Taschentuch das Regenwasser von Gesicht und Kleidern. Liusu musste ihn wohl oder übel begrüßen. Er setzte sich und sagte: »Ich habe gehört, dass es dir die letzten Tage nicht gut ging.«

»Nur eine Sommergrippe.«

»Das Wetter ist wirklich unerträglich schwül«, erwiderte er. »Wir sind mit der Yacht von Saheiyinis Engländer zur Insel Qing Yi hinausgefahren und haben dort ein Picknick gemacht.«

Liusu erkundigte sich gerade beiläufig nach der Landschaft auf dieser Insel, als Saheiyini die Treppe herunterkam. Sie trug nun wieder indische Kleidung und hatte eine lange hellgelbe Stola umgelegt, die bis zum Boden reichte. Beide Enden waren mit einer fünf Zentimeter breiten Blumenstickerei aus Silberfäden verziert. Sie setzte sich ebenfalls in Nähe der Brüstung an einen entfernten Tisch und ließ die Hand mit den silbern lackierten Fingernägeln lässig über die Stuhllehne baumeln.

»Willst du nicht hinübergehen?«, forderte Liusu ihn lächelnd auf.

Er lächelte zurück. »Sie hat schon ihren Herrn.«

»Du meinst, dieser alte Engländer könnte über sie herrschen?«

»Der nicht über sie, aber du über mich.«

»Oh«, lachte Liusu mit zusammengepressten Lippen. »Wenn ich der Gouverneur von Hongkong wäre oder der Stadtgott, könnte ich vielleicht über meine Untertanen herrschen, aber niemals über dich!«

Liuyuan erwiderte kopfschüttelnd: »Eine Frau, die kein bisschen eifersüchtig ist, kann doch nicht normal sein.«

Liusu lachte nur kurz auf. »Was siehst du mich so an?«, fragte sie nach einer Weile.

»Ich möchte wissen, ob du vorhast, mich künftig besser zu behandeln.«

»Was kümmert's dich, ob ich nett zu dir bin oder nicht?«

»Klingt schon besser«, sagte Liuyuan und klatschte in die Hände. »Hört sich immerhin säuerlich an.«

Liusu konnte ein Lachen nun doch nicht unterdrücken. »Ich habe wirklich noch keinen gesehen, der sich solche Mühe gab, andere eifersüchtig zu machen.«

Versöhnt aßen sie daraufhin zusammen zu Abend. Zwar verhielt sich Liusu jetzt nach außen hin freundlicher, eine gewisse Unruhe aber blieb. Dass er sie eifersüchtig machte, war womöglich nur eine Strategie, die sie anstacheln sollte, sich ihm an den Hals zu werfen. Sie hatte ihn nun so lange auf Abstand gehalten; wenn sie ausgerechnet in diesem Moment schwach würde, wäre alles umsonst gewesen. Er würde sich deswegen nicht etwa verpflichtet fühlen, sondern meinen, sie sei auf seinen Trick hereingefallen. Dann wäre der Traum von der Heirat ausgeträumt … Die Sache war klar: Er wollte sie, aber heiraten wollte er sie nicht. Ihre Familie, wenngleich verarmt, war angesehen, und da sie in denselben Kreisen verkehrten, würde er den Straftatbestand einer Verführung nicht auf sich nehmen. Er hatte sich stattdessen für eine offene und ehrliche Vorgehensweise entschieden. Sie wusste jetzt, dass er nur so unschuldig tat. Er versuchte sich der Verantwortung zu entziehen. Und wenn er sie dann später sitzen ließe, könnte sie sich bei niemandem beklagen.

Bei diesen Überlegungen biss sie unwillkürlich die Zähne zusammen und verfluchte sich selbst. Nach außen hin war ihr Umgang weiterhin freundlich. Frau Xu hatte ein Haus in Happy Valley gemietet und würde bald umziehen. Liusu hätte sich gern angeschlossen, doch sie war den Xus nun schon über einen Monat zur Last gefallen, dies noch länger zu tun, wäre wirklich peinlich. Sie saß in der Zwickmühle, denn so wie jetzt konnte es auch nicht weitergehen. Es gab kein Vor und kein Zurück, sie würde sich ihren nächsten Schritt gut überlegen müssen.

Eines Abends – es war schon spät und sie lag längst im Bett, wo sie sich schlaflos herumgewälzt hatte, bis sie schließlich eingedämmert war – klingelte auf ihrem Nachttisch plötzlich das Telefon. Sie hörte, wie Liuyuan zu ihr sagte: »Ich liebe dich«, dann legte er auf. Liusus Herz klopfte heftig. Stumm hielt sie eine Weile den Hörer in der Hand und legte ihn dann sanft auf die Gabel zurück. Noch im selben Moment begann es wieder laut zu läuten. Als sie erneut abnahm, hörte sie ihn am anderen Ende sagen: »Ich vergaß zu fragen, ob du mich auch lieb hast.« Liusu räusperte sich. Als sie antwortete, war ihr Hals noch immer trocken, und ihre Stimme klang belegt, als sie sagte: »Das muss dir doch klar sein. Warum wäre ich sonst nach Hongkong gekommen?«

»Ich weiß«, seufzte Liuyuan. »Trotzdem kann ich es nicht glauben, Liusu. Es ist eine Tatsache: Du liebst mich nicht.«

»Wie kannst du so etwas sagen?«

Liuyuan schwieg eine Weile und sagte dann: »Im ›Buch der Lieder‹ gibt es eine Strophe …«

»Davon verstehe ich nichts«, unterbrach Liusu ihn rasch.

»Ich weiß, dass du davon nichts verstehst. Wenn du es verstündest, müsste ich es dir ja nicht sagen«, entgegnete er ungeduldig. »Hör zu, ich lese sie dir vor:

Angesichts von Tod und Leben, Zusammensein und Trennung
Sind wir einander zugetan.
Ich nehme deine Hand
Möchte gemeinsam mit dir alt werden.

Mein Chinesisch ist nicht so gut. Ich weiß nicht, ob ich alles richtig verstehe, aber für mich ist das ein unendlich trauriges Gedicht. Es lehrt uns, dass Leben, Tod und Abschied große Dinge sind, auf die wir keinerlei Einfluss haben. Wie klein ist doch der Mensch, verglichen mit den Kräften der Außenwelt, wie winzig! Aber trotzdem bestehen wir darauf zu sagen: Ich werde für immer bei dir bleiben, wir werden uns niemals trennen – als wären wir tatsächlich unsere eigenen Herren.«

Liusu schwieg eine Weile, konnte ihren Ärger aber nicht unterdrücken und platzte schließlich heraus: »Sag doch gleich, dass du nicht heiraten willst. Wozu so weit ausholen und behaupten, man sei nicht sein eigener Herr? Selbst in traditionellen Familien wie der meinen heißt es: ›Bei der ersten Heirat muss man den Eltern folgen, bei der zweiten darf man selbst bestimmen!‹ Wenn jemand, der so frei und ungebunden ist wie du, nicht sein eigener Herr ist, wer sollte für ihn entscheiden?«

»Kannst du denn etwas dafür, dass du mich nicht liebst? Hast du das einfach so entschieden?«, fragte Liuyuan kalt.

»Würde dir das etwas ausmachen, wenn du mich wirklich liebtest?«

»Ich bin doch nicht so dumm, eine Ehe mit jemandem zu finanzieren, der nichts für mich empfindet und mich obendrein einschränken will. Das wäre nun wirklich nicht fair, auch dir gegenüber nicht. Dir mag das egal sein. Für dich ist die Ehe im Grunde nichts anderes als eine dauerhafte Prostitution …«

Liusu ließ ihn nicht ausreden, sie knallte den Hörer auf die Gabel. Ihr Gesicht war rot vor Zorn. Wie konnte er es wagen, so mit ihr zu reden? Wie konnte er nur! Heiße Dunkelheit hüllte sie ein wie eine weinrote Wolldecke. Ihr ganzer Körper schwitzte und juckte; ihr Haar, das an Rücken und Hals klebte, war ihr unerträglich. Sie presste beide Handflächen gegen die Wangen, sie waren eiskalt.

Wieder klingelte das Telefon. Diesmal nahm sie nicht ab, sondern ließ es läuten. »Trrr … trrr …« In diesem stillen Zimmer, in diesem stillen Hotel, inmitten der stillen Repulse Bay wirkte dieses Klingeln ohrenbetäubend. Plötzlich wurde ihr klar, dass sie nicht das gesamte Hotel aufwecken konnte, vor allem nicht Frau Xu unmittelbar nebenan. Ängstlich nahm sie den Hörer ab und legte ihn auf das Laken. Um sie her war es so still, dass sie selbst auf die Entfernung hören konnte, wie Liuyuan mit vollkommen ruhiger Stimme sagte: »Liusu, kannst du durch dein Fenster den Mond sehen?«

Ohne zu wissen warum, musste Liusu auf einmal schluchzen. Durch die Tränen sah sie den Mond, groß und verschwommen, sein Silberglanz hatte einen grünlichen Schimmer.

»Auf meiner Seite«, sagte Liuyuan, »hängt eine Ranke über das Fenster herab, die den Mond halb verdeckt. Vielleicht eine Kletterrose.« Dann blieb er still, legte aber nicht auf. Lange Zeit verging. Liusu meinte schon, er sei eingeschlafen, als sie endlich ein Klicken vernahm; der Hörer war vorsichtig aufgelegt worden. Mit zitternder Hand nahm auch sie ihren Hörer vom Bett und legte ihn auf die Gabel. Sie fürchtete, er könnte ein viertes Mal anrufen, was er aber nicht tat. Es war alles nur ein Traum gewesen – je länger sie darüber nachdachte, desto mehr kam ihr das Ganze wie ein Traum vor.

Am nächsten Morgen wagte sie nicht, ihn darauf anzusprechen. Bestimmt würde er sich über sie lustig machen – ›Träume verraten die geheimsten Wünsche‹, würde er sagen und behaupten, sie habe so intensiv an ihn gedacht, dass sie im Traum sogar einen Anruf von ihm erhielt, in dem er ihr seine Liebe erklärte. Auch er verhielt sich normal, und sie verbrachten wie gewöhnlich den Tag miteinander. Liusu fiel nun auf, wie viele Leute sie als Ehepaar betrachteten – die Boys, die Frauen und alten Damen, mit denen sie im Hotel ins Gespräch kam. Und sie konnte ihnen dieses Missverständnis schlecht verübeln. Sie wohnten ja Tür an Tür, und wenn sie ausgingen, taten sie es Schulter an Schulter, auch spazierten sie spät nachts noch am Strand entlang, völlig unbekümmert, was die Leute dachten. Ein Kindermädchen, das mit Kinderwagen vorbeikam, nickte Liusu zu und begrüßte sie als »Frau Fan«. Ihre Züge erstarrten. Unsicher, ob sie darüber lachen sollte oder nicht, blickte sie Liuyuan mit gerunzelter Stirn an und flüsterte: »Was denken die sich!«

»Die, die dich Frau Fan nennen, können uns egal sein. Sorgen wir uns lieber um die, die Fräulein Bai zu dir sagen!«, erwiderte Liuyuan lachend.

Liusu wurde rot. Liuyuan fuhr sich mit der Hand übers Kinn und sagte: »Du sollst diesen trügerischen Namen nicht zu Unrecht tragen!«

Erschrocken starrte sie ihn an, als ihr das Ausmaß seiner Bosheit bewusst geworden war. Absichtlich war er ihr in der Öffentlichkeit so gefühlvoll und intim begegnet. Nun würde sie nicht länger überzeugend behaupten können, es sei zwischen ihnen nichts vorgefallen. Jetzt ritt sie den Tiger, jetzt konnte sie nicht mehr absteigen. Ins Elternhaus konnte sie nicht zurück, seine Geliebte zu werden war nun ihr einziger Ausweg. Doch wenn sie jetzt nachgäbe, wäre alles, was sie vorher getan hatte, umsonst gewesen, und keine denkbare Zukunft versprach Rettung. Nein, das würde sie nicht tun! Selbst wenn sie zu Unrecht als Frau Fan angeredet wurde, könnte er keinen wirklichen Vorteil daraus ziehen. Er hatte sie ja noch gar nicht bekommen. Und weil das so war, würde er vielleicht eines Tages die Friedensverhandlungen wieder aufnehmen, zu besseren Konditionen.

Sie fasste einen Entschluss: Sie eröffnete ihm, dass sie nach Shanghai zurückkehren wolle. Liuyuan versuchte nicht, sie davon abzubringen, erbot sich sogar, sie zu begleiten.

»Nicht nötig«, entgegnete Liusu. »Wolltest du nicht nach Singapur?«

»Das hab ich so lange hinausgeschoben, dass es jetzt auch nicht mehr darauf ankommt. Ich habe auch einiges in Shanghai zu erledigen.«

Liusu war klar, dass er seine Strategie weiterverfolgte und nun befürchtete, die Leute könnten aufhören, über sie beide zu reden. Denn je mehr klare Beweise gegen Liusu ins Feld geführt werden konnten, desto weniger könnte sie alles ableugnen und in Shanghai Zuflucht finden. Es war zu erwarten, dass ihre Familie, auch wenn sie nicht gemeinsam zurückkehrten, bereits genug wusste. Also musste sie alles riskieren, sie würde seine Begleitung annehmen. Frau Xu, fest überzeugt, die beiden liebten sich leidenschaftlich, fiel aus allen Wolken, als sie von dem plötzlichen Aufbruch hörte. Sie befragte sowohl Liusu als auch Liuyuan, und als die beiden sich gegenseitig in Schutz nahmen, glaubte sie ihnen kein Wort.

Auf dem Schiff hatten sie ausreichend Gelegenheit, sich näherzukommen, doch wenn Liuyuan dem Mond in Repulse Bay widerstanden hatte, wieso sollte er nicht auch an Bord dem Mond widerstehen? Während der ganzen Fahrt äußerte er nicht einen handfesten Satz. Sein Benehmen blieb unverbindlich, aber Liusu spürte, dass seine Gelassenheit einer gewissen Selbstzufriedenheit entsprang – er war sich sicher, dass er sie fest in der Hand hatte.

Nach ihrer Ankunft in Shanghai brachte er sie im Taxi nach Hause, stieg aber nicht mit aus. Im Anwesen der Bais war man bereits bestens informiert und wusste auch, dass Sechstes Fräulein mit Fan Liuyuan zusammengelebt hatte. Sich einen Monat lang mit einem Mann zu amüsieren und dann zurückzukommen, als ob nichts wäre, das war nichts weniger als ein vorsätzlicher Angriff auf den guten Ruf der Familie.

Liusu hatte Fan Liuyuan natürlich nur um seines Geldes willen verführt. Doch wenn sie etwas erreicht hätte, wäre sie wohl kaum klammheimlich zurückgekehrt; ganz offensichtlich hatte sie nicht von ihm profitiert. Eine Frau, die in die Falle eines Mannes ging, war selber schuld, eine Frau, die dem Mann eine Falle stellen wollte, war schamlos; wenn nun aber eine Frau dem Mann diese Falle vergeblich stellte, nur um dann in seine Falle zu tappen, dann war das doppelt frivol. Eine solche Frau war das Messer nicht wert, mit dem man sie tötete.

Schon der geringste Fauxpas führte im Hause Bai zu heftigsten Ausbrüchen. Nun jedoch, mit einem so eklatanten Verrat konfrontiert, fehlten ihnen die Worte.

Hatte man sich zunächst noch auf die Strategie »häuslicher Streit soll nicht ausposaunt werden« geeinigt, so erzählte es nun ein jeder seinen Verwandten und Freunden – unter dem Siegel der Verschwiegenheit natürlich –, nur um dann bei anderen Verwandten und Freunden vorzufühlen, ob und inwieweit diese Bescheid wussten. Schließlich befanden alle, dass eine öffentliche Verlautbarung unvermeidlich sei. Man müsse offen reden und brauche dann künftig kein Blatt mehr vor den Mund zu nehmen, worauf man in allgemeines Seufzen und Wehklagen ausbrach. Dieses Taktieren nahm jedermann dermaßen in Anspruch, dass darüber der Herbst verging und man es versäumte, drastische Maßnahmen gegenüber Liusu zu ergreifen.

Liusu war von vornherein klar gewesen, dass eine Rückkehr unter solchen Umständen alles nur schlimmer machen würde. Sympathie oder Loyalität gegenüber ihrer Familie empfand sie längst nicht mehr. Sie hatte daran gedacht, sich eine kleine Beschäftigung zu suchen, um nicht in den Tag hineinzuleben. Alles wäre besser, als dem Zorn der Familie ausgesetzt zu sein. Doch wenn sie sich eine niedere Arbeit suchte, würde sie ihren Status als Frau aus gutem Hause verlieren. Dieser Status war einer Mahlzeit vergleichbar, die zwar nicht schmeckte, die zum Wegwerfen aber zu schade ist. Und jetzt allemal; sie hatte ihre Hoffnungen in Bezug auf Fan Liuyuan noch nicht völlig begraben und durfte sich nicht selbst herabsetzen, denn das würde ihn nur darin bestärken, ihr weiterhin die Heirat zu verweigern. Schon deshalb musste sie unbedingt noch eine Weile durchhalten.

Ihre Qual dauerte bis Ende November, als ein Telegramm von Fan Liuyuan aus Hongkong eintraf. Jedes Mitglied der Bai-Familie hatte es zur Kenntnis genommen, bevor die alte Dame endlich Liusu zu sich rief, um es ihr auszuhändigen. Es enthielt nur wenige knappe Worte: »Bitte nach Hongkong kommen. Passage bereits bei Th. Cook gebucht.«

Madam Bai sagte unter tiefem Seufzen: »Wo er dich nun schon kommen lässt, musst du wohl gehen!«

War sie denn so wenig wert? Sie brach in Tränen aus, und als sie erst einmal zu weinen begonnen hatte, war es vorbei mit all ihrer Selbstbeherrschung. Sie spürte, dass sie am Ende war. In diesem einen Herbst war sie um Jahre gealtert. Aber sie konnte es sich nicht erlauben, alt zu sein! Also verließ sie noch einmal ihre Familie, um nach Hongkong zu gehen. Das frohe, abenteuerliche Gefühl, das sie beim ersten Mal empfunden hatte, war natürlich längst dahin. Sie hatte versagt.

Im Grunde lässt sich jeder gern erobern – in bestimmten Grenzen, versteht sich. Hätte sie ausschließlich vor Fan Liuyuans elegantem Auftreten und seinem Charme kapituliert, es wäre in Ordnung gewesen. Doch dass familiärer Druck mit hineinspielte, gab ihrer Niederlage einen bitteren Beigeschmack.

Liuyuan holte sie im trüben Nieselregen am Hafen ab. Er sagte, ihr durchsichtiger grüner Regenmantel erinnere ihn an eine Flasche, und er fügte hinzu: »An eine Arzneiflasche.«

Sie dachte, er mache sich damit über ihre Schwäche und Abgezehrtheit lustig, doch dann hörte sie ihn dicht neben ihrem Ohr flüstern: »Du bist meine Arznei.« Errötend warf sie ihm einen flüchtigen Blick zu.

Er hatte für sie dasselbe Zimmer reserviert wie letztes Mal. Als sie dort ankam, war es bereits zwei Uhr nachts. Nachdem sie ihre abendliche Toilette gemacht hatte, löschte sie im Bad das Licht. Da erst fiel ihr ein, dass sich der Lichtschalter für das Zimmer am Kopfende des Bettes befand. Sie musste sich also im Dunklen vortasten. Plötzlich trat sie auf einen Schuh und wäre beinahe hingefallen. Sie ärgerte sich, dass sie so nachlässig war und ihre Schuhe nicht ordentlich hingestellt hatte, als vom Bett her eine lachende Stimme sagte: »Keine Angst. Das ist mein Schuh.«

Liusu blieb wie angewurzelt stehen. »Was machst du hier?«

»Ich wollte immer schon den Mond von deinem Zimmer aus betrachten. Von hier aus sieht man ihn viel besser.«

Also hatte er in jener Nacht tatsächlich angerufen – sie hatte nicht geträumt! Er liebte sie. Dieser grausame Mann liebte sie, und dennoch hatte er sie so behandelt! Unwillkürlich fröstelte sie tief in ihrem Innern. Sie wandte sich ab und ging zur Frisierkommode. Der schmale Mond des späten November, kaum mehr als ein weißer Haken, klebte wie eine Eisblume an der Fensterscheibe. Sein schwaches Licht spiegelte sich auf dem Meer, schien durchs Fenster und brachte den Spiegel fast unmerklich zum Glänzen. Liusu löste ganz langsam ihr Haarnetz, fuhr sich durchs Haar und wirbelte es durcheinander, dass die Nadeln klimpernd zu Boden fielen. Dann streifte sie das Netz wieder über und beugte sich, die Bänder mit dem Mund festhaltend, stirnrunzelnd hinab und sammelte die Nadeln eine nach der anderen wieder auf.

Liuyuan war barfuß hinter sie getreten. Er legte eine Hand auf ihren Kopf, bog ihn nach hinten und küsste sie auf die Lippen. Das Haarnetz glitt zu Boden. Es war das erste Mal, dass er sie küsste, und doch kam es beiden nicht wie das erste Mal vor. In ihrer Fantasie hatten sie das schon oft getan. Es hatte so viele Gelegenheiten gegeben – die passende Umgebung, die richtige Stimmung, er hatte mit dem Gedanken gespielt, sie hatte die Wahrscheinlichkeit erwogen. Aber schlau und berechnend, wie sie waren, hatten sie beide zu vieles in ihr Kalkül gezogen und nichts Unüberlegtes gewagt. Nun, wo es Wirklichkeit geworden war, waren beide verwirrt. Liusu kam es vor, als schließe sich ein Kreis; sie lehnte sich an den Spiegel, presste den Rücken gegen das eiskalte Glas. Seine Lippen verharrten auf den ihren. Er drückte Liusu fester gegen den Spiegel, sodass sie hineinzufallen, in eine schattenhafte Welt einzutauchen schien. Was kalt war, blieb kalt, was heiß war, blieb heiß, und die Blüten des Flammenbaums loderten auf ihren Körpern.

Am nächsten Tag eröffnete er ihr, dass er in der kommenden Woche nach England fahren müsse. Liusu bat ihn, sie mitzunehmen, aber er sagte, das sei nicht möglich. Er schlug vor, ein Haus zu mieten, wo sie bis zu seiner Rückkehr in etwa einem Jahr wohnen könne. Sollte sie in der Zwischenzeit lieber in Shanghai wohnen wollen, wäre ihm auch das recht. Aber natürlich wollte sie nicht nach Shanghai zurück. Je größer die Entfernung zwischen ihr und ihrer Familie war, desto besser. So allein in Hongkong würde sie zwar ein wenig einsam sein, aber das machte nichts. Die Frage war vielmehr, ob sich bei seiner Rückkehr etwas an der Situation geändert haben würde. Das wiederum lag ganz bei ihm. Konnte die Liebe einer Woche sein Herz so lange Zeit festhalten? Liuyuan war kein Mann von großer Ausdauer; wenn man so rasch aufeinander zuging und sich so rasch wieder trennte, konnte er ihrer wenigstens nicht überdrüssig werden; es war also letztlich von Vorteil für sie. Eine Woche blieb oft besser im Gedächtnis haften als ein ganzes Jahr … Aber wenn er dann mit der Erinnerung an diese heiße Liebe zu ihr zurückkehrte, hätte sie sich womöglich verändert! Eine Frau von fast dreißig konnte zarte Bande knüpfen, die unter Umständen aber rasch wieder zerrissen. Jedenfalls war es schwierig und schmerzhaft, einen Mann ohne Heiratsabsichten über einen längeren Zeitraum an sich zu binden, ein nahezu unmögliches Unterfangen. Man sollte das besser lassen! Zweifellos war Liuyuan liebenswert; er hatte sie auf eine wunderbare Weise erregt, aber ihr eigentliches Ziel war wirtschaftliche Sicherheit. Zumindest in diesem Punkt konnte sie sich auf ihn verlassen.

Sie fanden ein Haus in Hanglage an der Babington Road. Nachdem alles frisch gestrichen war, stellten sie ein kantonesisches Hausmädchen namens Ali ein. Vor Liuyuans Abreise konnten sie gerade noch das Nötigste an Möbeln besorgen, alles Weitere würde Liusu in aller Ruhe allein erledigen. An einem Winterabend brachte sie ihn zum Hafen. Da sie zu Hause noch nicht kochen konnten, aßen sie nur rasch ein Sandwich im Speisesaal des Schiffes. In ihrem Kummer nahm sie dazu einige Drinks. Der Seewind pustete sie kräftig durch, und als sie nach Hause kam, fühlte sie sich ein wenig betrunken.

In der Küche wärmte Ali gerade Wasser, um ihrem Kind die Füße zu waschen. Liusu schaute in alle Räume, machte überall Licht. Der grüne Lack an den Fenstern und Türen im Wohnzimmer war noch nicht ganz trocken; sie prüfte ihn mit der Spitze ihres Zeigefingers und presste die klebrige Fingerspitze anschließend an die weiße Wand, was grüne Abdrücke hinterließ. Warum auch nicht? Schließlich war das nicht verboten! Das hier war ihr Zuhause! Sie lachte. Und aus einer Laune heraus hinterließ sie einen deutlich erkennbaren grünen Handabdruck auf der Wand mit dem Löwenzahnmuster.

Schwankend ging sie ins Nebenzimmer, das leer war; ein leeres Zimmer reihte sich an das nächste – eine reine, leere Welt. Sie meinte, hinauf zur Zimmerdecke fliegen zu können. Über diese völlig leeren Fußböden zu gehen war, als spazierte man über eine saubere, staubfreie Zimmerdecke. Die Räume waren einfach zu leer, wenigstens mit Licht sollten sie erfüllt sein, doch die Lampen waren zu schwach. Morgen durfte sie nicht vergessen, die Glühbirnen gegen stärkere auszutauschen.

Sie ging ins obere Stockwerk. Die Leere tat ihr gut; was sie jetzt brauchte, war absolute Ruhe und Einsamkeit. Sie war so müde. Liuyuan bei Laune zu halten war ein mühsames Geschäft. Es machte seinem ohnehin eigenwilligen Charakter zu schaffen, dass er ihr wahre Gefühle entgegenbrachte. Er war so leicht zu verstimmen, da tat es gut, dass er weg war und sie ein wenig aufatmen konnte. Sie wollte einfach keine Menschen um sich haben, weder hassens- noch liebenswerte. Von klein auf war ihre Welt von zu vielen Leuten bevölkert gewesen; ständig wurde man geschoben, gedrückt, getreten, umklammert, herumgezerrt – überall Menschen, junge und alte. Eine Familie von über zwanzig Personen unter einem Dach. Selbst wenn man sich im eigenen Zimmer die Nägel schnitt, wurde man beobachtet. Es war nicht leicht gewesen, sich davon zu befreien und hierher zu gelangen, an diesen Ort, wo niemand war. Wäre sie tatsächlich Frau Fan, so hätte sie Pflichten und könnte den Menschen nicht einfach aus dem Weg gehen. So aber, als Fan Liuyuans Geliebte, musste sie die anderen meiden, und die anderen mieden sie.

Ruhe und Frieden, gut und schön. Nur leider hatte sie außer ihren Mitmenschen keine Interessen. Das wenige, was sie gelernt hatte, war dazu angetan, eine pflichtbewusste Schwiegertochter oder fürsorgliche Mutter aus ihr zu machen; nun kam sie sich vor wie ein Held, der seine Kampfkunst nicht unter Beweis stellen kann: einen Haushalt führen – hier gab es keinen Haushalt zu führen; sich um die Kinder kümmern – Liuyuan wollte keine Kinder; sparen und für die Zukunft sorgen – ums Geld brauchte sie sich keine Gedanken zu machen. Womit sollte sie also künftig ihre Monate und Jahre verbringen? Mit Frau Xu Mah-Jongg spielen? In die Oper gehen, um dann schließlich im Bett eines Opernsängers zu landen? Opium rauchen? Den unausweichlichen Weg einer Konkubine gehen? Mit einem Ruck richtete sie sich auf, nahm die Schultern zurück und verschränkte die Hände hinter dem Rücken fest ineinander. Dazu würde es nicht kommen! So tief würde sie nicht sinken, sie konnte sich beherrschen. Aber … wäre sie auch gegen den Wahnsinn gewappnet? Drei Räume im ersten Stock, drei Räume im Parterre, alle erfüllt von grellem Licht. Das frisch gebohnerte Parkett wie glänzender Schnee. Nicht der Schatten eines Menschen. Zimmer für Zimmer nichts als brüllende Leere … Liusu hatte sich aufs Bett gelegt. Eigentlich sollte sie nach unten gehen, die Lichter löschen, konnte sich aber nicht aufraffen. Später hörte sie Ali mit ihren Holzpantinen die Treppe heraufkommen und laut durch die Räume klappernd alle Lampen ausmachen. Da erst ließ ihre Anspannung allmählich nach.

Das war am 7. Dezember 1941 gewesen. Am 8. Dezember fielen die Bomben. Zwischen den Explosionen lichtete sich langsam der silbrige Nebel eines Wintermorgens, und auf den Hügeln, in den Tälern und auf den Inseln blickten die Leute aufs Meer hinaus und riefen: »Der Krieg hat begonnen, der Krieg hat begonnen!« Niemand konnte es glauben, aber der Krieg hatte tatsächlich begonnen. Liusu war allein in Babington Road und hatte keine Ahnung, was vor sich ging. Als Ali mit der Neuigkeit von den Nachbarn zurückkehrte und sie voller Angst weckte, waren draußen bereits schwere Kämpfe im Gange. Unweit ihres Hauses, ebenfalls in der Babington Road, befand sich ein Naturwissenschaftliches Forschungszentrum, auf dessen Dach Flakgeschütze postiert waren. Immer wieder flogen Irrläufer mit lang gezogenem Pfeifen vorbei und schlugen krachend ein. Ihr anhaltend schrilles Geheul zerfetzte die Luft, durchtrennte die Nerven. Es zerschnitt das hellblaue Himmelsgewölbe und ließ die Streifen im eisigen Wind flattern, zusammen mit unzähligen losen Nervenenden.

Liusus Zimmer waren leer, ihr Herz war leer, und weil es keine Lebensmittelvorräte gab, war auch ihr Bauch leer. Wo ein Loch ist, fährt der Wind hinein, und deshalb traf sie dieser Überraschungsangriff mit besonderer Wucht. Sie versuchte immer wieder, die Xus in Happy Valley anzurufen, kam aber nicht durch. Jeder in der Stadt, der einen Apparat besaß, hing am Telefon. Man versuchte herauszufinden, welche Viertel noch sicher waren, um dort Schutz zu suchen. Am Nachmittag kam die Verbindung endlich zustande, doch es klingelte unentwegt, ohne dass jemand abnahm. Vermutlich waren Herr und Frau Xu in aller Eile aufgebrochen und hatten sich in einer ruhigeren Gegend in Sicherheit gebracht.

Draußen nahm das Geschützfeuer stetig zu. Liusu war ratlos. Die nahen Flakgeschütze bildeten einen Hauptangriffspunkt für die Flugzeuge. Wie Fliegen kreisten sie surrend am Himmel, kamen zurück, kreisten erneut; ihr Geräusch, schmerzhaft wie ein Zahnarztbohrer, grub sich einem tief in die Seele. Ali saß mit ihrem schreienden Kind im Arm auf der Schwelle zum Wohnzimmer. Wie in Trance schaukelte sie vor und zurück, sang Unverständliches vor sich hin und suchte das Kind durch Tätscheln zu beruhigen. Wieder heulte ein Bomber heran, wieder hörte man das Krachen des Einschlags, der diesmal ein Stück vom Hausdach abriss. Mörtel und Steine prasselten herab. Ali schrie auf vor Schreck, schnellte hoch und rannte, das Kind umklammernd, nach draußen. Am Tor holte Liusu sie ein und packte ihre Hand. »Wo willst du hin?«

»Hier können wir nicht bleiben. Ich versteck es in der Kanalisation!«

»Bist du verrückt? Du rennst in den Tod!«

»Lass mich! Mein Kind ... das Einzige, was ich hab ... darf nicht sterben ... muss es in der Kanalisation verstecken ...«

Liusu versuchte mit aller Kraft, sie zurückzuhalten,

doch Ali stieß sie so heftig von sich, dass Liusu hinfiel. Dann rannte sie hinaus. In diesem Moment erschütterte ein Knall Himmel und Erde, die Welt wurde so dunkel, als wäre der schwere Deckel einer riesigen Kiste zugeschlagen, in der nun die unermessliche Trauer und das Leid der Frauen eingeschlossen waren.

Zunächst glaubte Liusu, sie sei tot, doch sie lebte. Als sie die Augen aufschlug, war der Boden um sie herum mit Scherben und Sonnenflecken übersät. Sie rappelte sich hoch und suchte nach Ali. Die Dienerin kauerte mit hängendem Kopf im Torweg, die Stirn gegen die Zementmauer gepresst, und hielt noch immer ihr Kind umklammert. Sie war völlig benommen von der Erschütterung. Während Liusu sie ins Haus zerrte, hörte sie draußen Leute rufen, im Nachbarhaus habe eine Bombe eingeschlagen und der Garten sei ein einziger Krater.

Nicht mal jetzt, wo der Deckel mit lautem Knall zugeklappt war, hatte man seine Ruhe! Das Klopfen wollte einfach nicht aufhören, es war, als schlüge jemand mit einem Hammer unermüdlich Nägel in den Deckel der Kiste, und dieses Hämmern währte vom Morgengrauen bis zur Dämmerung und von der Dämmerung bis zum Morgengrauen.

Liusu dachte auch an Liuyuan. Sie fragte sich, ob sein Schiff wohl hatte auslaufen können, ob es beschossen oder gar versenkt worden war. Aber das alles blieb fern und undeutlich wie aus einem früheren Leben. Der jetzige Abschnitt der Gegenwart schien keinerlei Verbindung zur Vergangenheit zu haben – ein Lied, das im Radio kommt, aber nach der Hälfte vom Pfeifen atmosphärischer Störungen unterbrochen wird. Im Radio wird es vermutlich weitergespielt, doch wenn die Störung vorbei ist, hört man nichts mehr; das Lied ist ungehört verklungen.

Am nächsten Tag teilte Liusu die letzten Kekse aus der Dose mit Ali und dem Kind. Ihre Lebenskraft wurde schwächer. Jeder kreischende Bombensplitter traf sie wie eine Ohrfeige. Auf der Straße fuhr rumpelnd ein Militärlaster heran und hielt wider Erwarten vor ihrem Haus. Als Liusu auf das Klingeln hin selbst öffnete, erkannte sie Liuyuan. Sie packte seine Hand und umklammerte seinen Arm so fest wie Ali ihr Kind. Dann kippte sie nach vorn und schlug mit dem Kopf gegen die Zementmauer des Torwegs.

Liuyuan stützte mit der freien Hand ihren Kopf. »Hast du dich sehr erschreckt? Jetzt ist alles gut. Alles ist gut. Pack rasch das Nötigste zusammen. Wir fahren nach Repulse Bay. Schnell!«

Mit schwankenden Schritten eilte sie ins Haus. »Ist es da sicher?«

»Alle sagen, dort können sie nicht landen«, erwiderte er. »Außerdem gibt es im Hotel noch Lebensmittel. Die haben große Vorräte angelegt.«

»Aber dein Schiff …«

»Nicht ausgelaufen. Sie haben die Passagiere der ersten Klasse ins Repulse Bay Hotel gebracht. Ich wollte dich schon gestern holen, konnte aber keinen Wagen bekommen. Der Bus war total überfüllt. Heute habe ich dann endlich diesen Laster organisiert.«

Liusu, die sich kaum aufs Packen konzentrieren konnte, raffte nur schnell ein kleines Bündel zusammen. Liuyuan gab Ali zwei Monatslöhne, damit sie auf das Haus aufpasste. Dann stiegen die beiden auf die Ladefläche des Militärlasters, wo sie sich bäuchlings nebeneinanderlegen mussten, nur von einer gelbgrünen Plane bedeckt. Unterwegs rumpelte und holperte der Laster so sehr, dass sie sich die Haut an Ellbogen und Knien aufschürften.

Liuyuan seufzte: »Diese Bombardierung hat vielen Geschichten das Ende weggesprengt.«

Liusu wurde von tiefer Traurigkeit erfasst. »Wenn du tödlich getroffen worden wärst«, sagte sie mit leiser Stimme, »dann wäre auch meine Geschichte zu Ende gewesen. Wenn es dagegen mich getroffen hätte, wäre deine noch lange nicht zu Ende.«

»Hattest du wirklich vor, meinetwegen ein Leben lang keusch zu bleiben?«

Mit den Nerven am Ende begannen beide grundlos zu lachen und konnten nicht mehr aufhören, bis ihr ganzer Körper vor Lachen bebte.

Im Heulen des Geschützfeuers erreichten sie Repulse Bay. Das Untergeschoss des Hotels war für die Armee reserviert, und sie beide bewohnten wieder die alten Zimmer in Oberstock. Erst nachdem sie sich dort eingerichtet hatten, wurde ihnen klar, dass die Lebensmittelvorräte des Hotels ausschließlich den Soldaten vorbehalten waren. Für sie gab es Kondensmilch, Rind- und Hammelfleisch in Dosen, Obstkonserven und Säcke mit Weißbrot und Vollkornbrot, während an die anderen Gäste pro Mahlzeit nur zwei Sodakekse oder zwei Stückchen Würfelzucker verteilt wurden. Alle waren kurz vor dem Verhungern.

Die ersten Tage in Repulse Bay verliefen einigermaßen ruhig, doch dann spitzte sich die Lage unversehens zu. Im oberen Stockwerk gab es keine Schutzräume, wo die Gäste hätten Zuflucht nehmen können, und so mussten sie alle nach unten in den Speisesaal. Die Glastüren waren geöffnet und mit Sandsäcken verbarrikadiert worden; dahinter hatten englische Soldaten mit ihren Kanonen Stellung bezogen und schossen nach draußen. Die Kriegsschiffe in der Bucht hatten den Standort der Geschütze rasch lokalisiert und erwiderten das Feuer. Über Palmen und Springbrunnen hinweg sausten Geschosse hin und her. Liuyuan und Liusu standen wie alle mit dem Rücken zur Wand des großen Speisesaals. Vor dem dunklen Hintergrund hätte man sie für eingewebte Figuren in einer alten Tapisserie halten können: der Edelmann, die Prinzessin, der Gelehrte und die Schöne. Dieser Wandteppich hing über einer Bambusstange und wurde so sehr vom Wind gepeitscht, dass der Staub aufflog; heftig trieb es den Teppich und die hilflosen Menschlein hin und her. Feuerten die Kanonen in die eine Richtung, brachten sich die Menschen auf der anderen Seite in Sicherheit; feuerten die Kanonen auf diese Seite, flohen sie in entgegengesetzter Richtung. Das ging so lange, bis Hunderte von Löchern die Wände des Speisesaals perforierten und eine von ihnen schließlich einstürzte. Nun gab es kein Entrinnen mehr, sie konnten sich nur noch auf den Boden kauern und sich in ihr Schicksal ergeben.

Liusu bedauerte jetzt, Liuyuan an ihrer Seite zu haben; auf diese Weise hatte der Mensch plötzlich zwei Leben, und damit doppelt so viel Angst. Eine Kugel, die sie verschonte, konnte immer noch ihn treffen, und wenn er erschossen oder verkrüppelt wäre, würde das ihre Lage noch unvorstellbarer machen. Würde sie aber verletzt, so konnte sie sich, um ihm nicht zur Last zu werden, nur für den Tod entscheiden. Doch selbst der Tod wäre dann keine so saubere und einfache Sache, wie wenn man allein stürbe. Sie vermutete, dass Liuyuan ähnlich empfand, denn in diesem Moment hatte sie nur ihn, und er hatte nur sie.

Sobald die Waffen schwiegen, machten sich die in Repulse Bay eingeschlossenen Männer und Frauen langsam auf den Weg in die Stadt. Sie kamen an gelben Klippen vorbei, an roten und noch mehr roten, dann wieder an gelben, sodass sie schon glaubten, sich verlaufen zu haben und im Kreis gegangen zu sein. Aber nein, auf der Straße hatte es zuvor nur keine Bombenkrater voller Schutt und Steine gegeben.

Liuyuang und Liusu sprachen kaum miteinander. Wenn sie früher zusammen im Auto fuhren, hatten sie sich immer viel zu erzählen, doch auf diesem kilometerlangen Fußmarsch gab es so gut wie nichts zu sagen.

Hub einer von ihnen an, so wusste der andere gleich, wie es weiterging; keiner brauchte seinen Satz zu beenden.

»Sieh mal dort, am Strand«, sagte Liuyuan.

»Ja«, antwortete Liusu.

Kreuz und quer über den Strand verstreut lag zerrissener Maschendraht. Jenseits davon schluckte und spuckte das grellweiße Meerwasser gurgelnd den hellgelben Sand. Der klare Winterhimmel war von unbestimmtem Blau. Die Blütezeit der Flammenbäume war vorüber.

»Diese Mauer …«, begann Liusu.

»Schade, dass wir nicht nachgesehen haben«, erwiderte Liuyuan.

»Ach, lass nur«, seufzte Liusu.

Liuyuan war es vom Gehen warm geworden; er zog seinen Mantel aus und nahm ihn über den Arm. Doch selbst an den Armen schwitzte er.

»Du bist die Hitze nicht gewöhnt«, bemerkte Liusu. »Ich trage ihn dir.«

Früher hätte Liuyuan das nie zugelassen, jetzt war er nicht mehr so ritterlich und reichte ihr den Mantel.

Sie gingen weiter, das Gelände stieg immer mehr an. Ob es an dem Wind lag, der über die Bäume fuhr, oder an einem vorbeiziehenden Wolkenschatten, jedenfalls nahm der gelbgrüne Berghang allmählich eine immer dunklere Färbung an. Bei genauem Hinsehen bemerkten sie, dass es weder Wind noch Wolken waren, sondern die Sonne, die sorglos und gelassen über den

Bergkamm glitt und die eine Hälfte des Abhangs unter einem riesigen blauen Schatten begrub. Dort oben stieg Rauch aus brennenden Häusern, der auf der dunklen Seite des Berges weiß und auf der besonnten Seite schwarz erschien. Die Sonne aber zog weiter sorglos und gelassen über den Kamm hinweg.

Als sie ihr Haus erreichten und die angelehnte Tür aufstießen, flatterte ein Schwarm Tauben auf und flog heraus. Der Korridor war voller Staub und Taubenkot. Liusu, die zur Treppe gegangen war, konnte einen Aufschrei nicht unterdrücken. Im Oberstock standen die neu angeschafften Koffer mit klaffenden Mäulern durcheinander; zwei davon waren ein Stück weit die Stufen hinuntergezerrt worden und ergossen ihren Inhalt an Seiden- und Satinstoffen wie einen mächtigen Strom bis zum Fuß der Treppe. Liusu bückte sich und hob einen honigfarbenen *qipao* mit Wollfutter auf. Dieses Kleid gehörte ihr nicht; es war verschwitzt, hatte Brandlöcher und roch nach billigem Parfüm. Überall entdeckte sie jetzt etwas, das fremden Frauen gehört hatte: zerrissene Illustrierte, eine geöffnete Konservendose mit Litschi, aus der Saft tropfte und in ihre Kleider rann. Waren in ihrem Haus Truppen einquartiert gewesen? Englische Soldaten mit ihren Frauen, die es dann in aller Eile wieder verlassen hatten? Einheimische Plünderer konnten es nicht gewesen sein, dann wäre nicht so viel zurückgeblieben.

Als sie zusammen mit Liuyuan laut nach Ali rief, schwirrte eine letzte Taube mit grauem Rücken durchs

Fenster hinaus und flog durchs gelbe Sonnenlicht des Torwegs davon.

Ali blieb spurlos verschwunden, also mussten die Hausbesitzer nun ohne sie auskommen. Zum Aufräumen blieb keine Zeit. Erst einmal mussten sie sich um Nahrungsmittel kümmern. Nach einigem Hin und Her erstanden sie für viel Geld einen Sack Reis. Zum Glück war die Gasversorgung nicht unterbrochen, aber fließendes Wasser gab es nicht mehr. Also musste Liuyuan, bevor sie Reis kochen konnten, mit einem Blecheimer Quellwasser vom Berg holen. In den folgenden Tagen waren sie ausschließlich damit beschäftigt, Essen und Trinken herbeizuschaffen und die Räume zu säubern. Liuyuan übernahm alle möglichen Hausarbeiten – er fegte, wischte die Böden und half Liusu beim Auswringen der schweren Bettlaken. Obgleich Liusu zum ersten Mal am Herd stand, schmeckten ihre Gerichte fast ein wenig heimatlich. Und da Liuyuan seine malaiischen Lieblingsgerichte nicht missen wollte, lernte sie sogar, wie man Saté und Curryfisch macht. Beide hatten ein ungeahntes Interesse am Essen entwickelt, mussten aber sehr sparsam haushalten. Da Liuyuan kaum Hongkong-Dollar bei sich hatte, wollten sie versuchen, mit dem nächsten Schiff nach Shanghai zu kommen.

Nach dieser Katastrophe in Hongkong zu leben wäre auf Dauer keine Lösung. Tagsüber waren sie damit beschäftigt, sich notdürftig zu versorgen, doch abends gab es in dieser toten Stadt weder Licht noch Menschenstimmen, nur die ewig gleichen, kalten Winde, die ohne Unterlass in drei verschiedenen Tonlagen heulten: »Oh … ho … wu.« Wenn der eine aufhörte, schwoll der andere an; sie glichen drei in Formation fliegenden grauen Drachen, deren Körper so lang waren, dass man die Schwanzspitzen nicht mehr erkennen konnte. »Oh … ho … wu«, jaulte es, bis schließlich auch die dunklen Drachen nicht mehr zu sehen waren und nur ein Luftstrom zurückblieb, eine Brücke aus Leere, die ins Dunkel führte, ins absolute Nichts. Hier war alles zu Ende. Geblieben waren geborstenes Mauerwerk, eingestürzte Wände und zivilisierte Wesen ohne Erinnerungsvermögen, die tastend durch die Abenddämmerung taumelten auf der Suche nach etwas, das es längst nicht mehr gab.

Liusu saß in ihre Steppdecke gehüllt und lauschte dem trübsinnigen Wind. Nur die graue Ziegelmauer in Repulse Bay, da war sie sich sicher, hatte standgehalten. Dort hatte der Wind sich gelegt, die drei grauen Drachen ruhten auf der Mauerkrone und ihre silbernen Schuppen glitzerten im Mondlicht. Wie im Traum kehrte sie zum Fuß der Mauer zurück, Liuyuan kam auf sie zu, und endlich, endlich hatte sie ihn wieder …

In dieser turbulenten Welt war auf nichts mehr Verlass; Geld, Grundbesitz und andere Dinge hatten ihre fragwürdige Sicherheit eingebüßt. Das einzig Verlässliche war der Atem in ihrem Körper und der Mann, der neben ihr schlief. Sie kroch zu ihm hinüber und umarmte ihn mitsamt der Bettdecke. Er streckte eine

Hand unter der Decke hervor und ergriff die ihre. Sie blickten einander an und sahen sich auf einmal mit gläserner Klarheit. Es war ein kurzer Augenblick tiefen Einverständnisses, doch er würde ausreichen für ein harmonisches Zusammenleben in der nächsten Dekade. Er war nur ein egoistischer Mann, sie nur eine egoistische Frau, aber in diesen Kriegswirren war kein Platz für Individualisten; ein ganz gewöhnliches Ehepaar würde immer ein Notquartier finden.

Eines Tages, als sie an der Straße Lebensmittel kauften, begegnete ihnen Prinzessin Saheiyini. Sie war nicht geschminkt und hatte den zerzausten Zopf nachlässig zu einem Knoten geschlungen. Sie trug ein langes, wattiertes Kleid aus dunkelblauer Baumwolle, das sie irgendwo geliehen zu haben schien, nur an den Füßen hatte sie noch immer die reich mit Glitzersteinen und Blumenmustern bestickten indischen Lederpantöffelchen. Herzlich schüttelte sie den beiden die Hand. Sie erkundigte sich, wo sie jetzt wohnten, und wollte sie unbedingt bald in ihrem neuen Haus besuchen kommen. Als sie in Liusus Einkaufskorb geschälte Austern entdeckte, äußerte sie den Wunsch, von ihr zu lernen, wie man klare, gedämpfte Austernsuppe kocht. Daraufhin fragte Liuyuan beiläufig, ob sie mitessen wolle. Saheiyini nahm die Einladung erfreut an und begleitete sie nach Hause. Ihr Engländer war in einem Internierungslager, und sie wohnte jetzt bei der Familie eines indischen Polizisten, Leute, die sie von früher kannte und die kleine Arbeiten für sie zu erledigen pflegten.

Schon seit langem hatte sie sich nicht mehr satt gegessen.

Saheiyini redete Liusu nach wie vor mit »Fräulein Bai« an, doch Liuyuan entgegnete lachend: »Das ist meine Frau. Sie müssen mir gratulieren.«

»Ach, wirklich?«, fragte sie. »Wann haben Sie denn geheiratet?«

Liuyuan zuckte mit den Schultern. »Wir haben nur eine Anzeige in die chinesische Zeitung setzen lassen. Sie wissen doch, Kriegshochzeiten sind immer etwas überstürzt.«

Liusu hatte der Unterhaltung nicht folgen können. Saheiyini küsste zuerst ihn, dann sie. Das Mahl war recht ärmlich, und Liuyuan betonte, dass sie sich so etwas nur selten leisten könnten. Saheiyini besuchte sie daraufhin nie wieder.

Sie hatten ihren Gast hinausbegleitet, und Liusu stand noch auf der Türschwelle, Liuyuan hinter ihr. Er hatte seine Handfläche auf die ihre gelegt und fragte lachend: »Sag, wann sollen wir denn nun heiraten?«

Liusu antwortete nicht. Sie senkte den Kopf und ließ ihren Tränen freien Lauf.

»Aber, aber …« Liuyuan ergriff fest ihre Hand. »Lass uns jetzt gleich zur Zeitung gehen und eine Anzeige aufgeben. Oder möchtest du lieber warten, bis wir zurück in Shanghai sind? Dann feiern wir mit allem Drum und Dran und laden deine ganze Verwandtschaft ein.«

»Pah«, schnaubte sie, »das haben die nicht verdient!«

Doch dann musste sie lachen. Sie schmiegte sich an ihn. Liuyuan streichelte ihr Gesicht. »Mal weinst du, mal lachst du.«

Zusammen gingen sie in die Stadt. Dort, wo die Straße den Berg in scharfer Biegung umrundete, war der Untergrund weggerutscht, und vor ihnen breitete sich Leere aus – nur hellgrauer, regennasser Himmel. An einem kleinen schmiedeeisernen Tor hing ein Emailleschild mit der Aufschrift: ›Zhao Xiangqing, Zahnarzt‹. Der Wind ließ das Schild in den eisernen Angeln quietschen, dahinter war nichts als leerer Himmel.

Liuyuan blieb stehen und sah sich um. Das Grauen, das aus dieser Eintönigkeit sprach, ließ ihn erzittern. »Jetzt musst du es mir glauben: *Angesichts von Tod und Leben, Zusammensein und Trennung* … Wie können wir darauf Einfluss nehmen? Wenn es während der Bombardierung nur ein klein wenig anders gelaufen wäre …«

»Willst du noch immer behaupten, du könntest keine Entscheidungen treffen?«, sagte Liusu schnippisch.

»Keine Angst, ich werde nicht zum Rückzug blasen«, erwiderte Liuyuan lächelnd. »Ich dachte bloß …« Doch als er ihren Gesichtsausdruck sah, unterbrach er sich und lachte: »Ach, lassen wir's, lassen wir's.«

Sie gingen weiter, und Liuyuan sagte: »Jetzt haben wir uns mit der Hilfe höherer Mächte doch noch ineinander verliebt!«

»Aber du hast mir doch längst gesagt, dass du mich liebst.«

»Das zählt nicht. Damals waren wir zu beschäftigt, uns verliebte Dinge zu sagen, als dass wir uns tatsächlich hätten verlieben können.«

Kaum war die Heiratsanzeige in der Zeitung erschienen, eilten Herr und Frau Xu herbei und gratulierten. Liusu hatte ihnen übel genommen, dass sie sich damals während der Belagerung an einen sicheren Ort abgesetzt hatten, ohne sich um sie zu kümmern. Dennoch musste sie das Ehepaar mit einem Lächeln begrüßen. Liuyuan lud die Freunde nachträglich zum Essen ein.

Bald darauf wurde der Schiffsverkehr zwischen Hongkong und Shanghai wieder aufgenommen und sie kehrten nach Shanghai zurück. Nur ein einziges Mal besuchte Liusu das Anwesen der Bais. Sie fürchtete, dass das Gerede der vielen Familienmitglieder nur wieder Unstimmigkeiten heraufbeschwor. Und tatsächlich war der Ärger unausweichlich. Vierte Herrin hatte beschlossen, sich von Viertem Herrn scheiden zu lassen, und alle gaben daran insgeheim Liusu die Schuld. Schließlich hatte sie sich scheiden lassen und mit erstaunlichem Erfolg wieder verheiratet. Kein Wunder, dass man ihrem Beispiel folgte. Liusu kauerte sich in den Schatten der Lampe, um die Räucherspirale gegen die Moskitos anzuzünden. Unwillkürlich musste sie lächeln, wenn sie an Vierte Herrin dachte.

Liuyuan war ihr gegenüber jetzt zurückhaltender mit seinem Geplänkel und sparte sich seine scherzhaften Reden für andere Frauen. Das war ein gutes Zeichen, denn es bedeutete, dass er sie als enges Familienmitglied betrachtete – sie war jetzt mit Fug und Recht seine Frau. Dennoch empfand Liusu ein gewisses Bedauern.

Es war der Fall Hongkongs gewesen, der sie ihrem Ziel nähergebracht hatte. Doch wer konnte in dieser unfasslichen Welt Ursache und Wirkung schon genau trennen? Hatte erst eine große Stadt fallen müssen, um dies zu ermöglichen? Abertausende waren gestorben, Abertausende mussten leiden, und in der Folge würde es Umwälzungen geben, die Himmel und Erde erschütterten … Liusu überschätzte ihre Rolle in dieser historischen Entwicklung keineswegs. Lächelnd stand sie auf und schob die Schale mit der Räucherspirale unter den Tisch. Auch in den wundersamen Begebenheiten der Legende waren es oft schöne Frauen, die einem Staat oder einer Stadt zum Verhängnis wurden.

Solche wundersamen Begebenheiten gibt es überall, aber nicht immer nehmen sie ein so glückliches Ende.

Wenn in der Nacht der zehntausend Lampions die Schoßgeige schluchzt, der Bogen hin und her streicht und seine unendlich trostlose Geschichte erzählt – ach, frage nicht!

Nachwort

Mit dieser Auswahl aus dem schmalen Erzählwerk Zhang Ailings (Eileen Chang, 1920/21–1995) wird die Shanghaier Autorin erstmals einem breiteren deutschen Lesepublikum vorgestellt. Während die sinologische Forschung ihr Werk längst als herausragend und stilbildend erkannt hat, ließ ihre literarische Wiederentdeckung im Westen – befördert durch Ang Lees preisgekrönte Verfilmung »Gefahr und Begierde« (*Se, jie*) und die neu erwachte Faszination an der illustren Vergangenheit der Metropole Shanghai – allzu lange auf sich warten. Während das Chinabild dieser Zeit lange von romantisierenden Autorinnen wie Han Suyin oder Pearl S. Buck geprägt wurde, tritt uns in Zhangs Texten eine dezidiert weibliche Stimme entgegen, deren stilistische Eigenständigkeit und schonungsloser Blick auf zwischenmenschliche, insbesondere zwischengeschlechtliche Beziehungen ausgesprochen modern anmutet.

Die fünf hier versammelten Erzählungen stammen aus Zhangs produktivster Schaffensphase zwischen 1944 und 1950 und führen uns an die beiden prägenden Schauplätze ihres Lebens, in das von den Japanern besetzte Shanghai und die ab Dezember 1941 ebenfalls unter japanische Besatzung gefallene Kronkolonie Hongkong.

Zhang Ailing wurde am 30. 9. 1920 oder 1921 – hier schwanken die Angaben – in eine traditionsreiche Familie hineingeboren. Ihr Urgroßvater war der bedeutende General, Staatsbeamte und Reformer der ausgehenden Kaiserzeit, Li Hongzhang (1823–1901). Ailings Vater war ein Produkt der »alten« Gesellschaft, geprägt von deren Tugenden und Lastern: literarische Bildung und Kunstsinnigkeit auf der einen, Opiumsucht und Konkubinen auf der anderen Seite. Ganz anders seine selbstbewusste, junge Frau, die bald aus den Fesseln der von den Eltern arrangierten Ehe ausbrach und zum Studium nach England ging. Ihre Tochter war zu diesem Zeitpunkt vier Jahre alt und lebte fortan mit ihrem Bruder beim Vater und seinen Konkubinen. Ein Versöhnungsversuch scheiterte, die Ehe wurde geschieden, und die Mutter der inzwischen Achtjährigen ging erneut ins Ausland. Eine zweite Heirat des Vaters machte die Situation für das aufgeweckte, hochsensible Mädchen nicht besser. Den häuslichen Streitereien entfloh sie durch fleißiges Lernen, sowohl in der westlich geführten Missionsschule wie auch beim Chinesischunterricht durch einen Privatlehrer. Früh erprobte sie ihr literarisches Talent und ihre zeichnerische Begabung. Zur Krise kam es, als sie nach der Rückkehr der Mutter immer mehr Zeit bei ihr verbrachte und der Vater seine Tochter in einem Eifersuchtsanfall züchtigte, wochenlang einsperrte und ihr während einer Erkrankung keinerlei ärztliche Hilfe gewährte, bis ihr schließlich die Flucht zu ihrer Mutter gelang.

Zweifellos haben diese frühen traumatischen Erfahrungen ihren Blick für die Abgründe in den Beziehungen zwischen den Geschlechtern geschärft und ihr Weltbild düster eingefärbt. Nach dem Schulabschluss bestand sie die Aufnahmeprüfung für die University of London, konnte ihr dortiges Stipendium aber wegen des Kriegsausbruchs nicht annehmen. Stattdessen ging sie zum Studium nach Hongkong, wo sie am 8. Dezember 1941 den Überfall der Japaner miterlebte. 1942 kehrte sie ohne Studienabschluss in das besetzte Shanghai zurück, um dort ein Leben als freie Schriftstellerin zu beginnen.

In der von der Außenwelt abgeriegelten Stadt hatte sich eine Literatur ganz eigener Art entwickelt (*haipai*), kommerzialisierte, apolitische Unterhaltung, in der es meist um Liebe ging. Zhang Ailing, die aufgrund ihrer ersten, in Zeitschriften erschienenen Erzählungen schlagartig zum Stadtgespräch wurde, konterkarierte diese »Romanzen« – so der Titel des 1944 erschienenen ersten Sammelbandes (*chuanqi*; eine tangzeitliche Erzählform, die von wundersamen Begebenheiten zwischen Mann und Frau berichtet) – ganz bewusst. Auch wenn in den Titeln der Erzählungen häufig das Wort Liebe auftaucht, so handeln sie meist vom Scheitern oder von den Problemen bei der Realisierung dieses hehren Gefühls in den Niederungen des Alltags, wo sich die Liebenden eingeschlossen sehen von überkommenen gesellschaftlichen Konventionen; nicht Liebe, sondern der Geschlechterkampf ist ihr Thema. Bei dieser emotionalen »Kriegsberichterstattung« evoziert sie zugleich die Atmosphäre der dekadenten, halbkolonialen, zwischen Ost und West, Alt und Neu oszillierenden Metropole Shanghai der 1940er Jahre.

In die Zeit ihres ersten literarischen Ruhmes fällt auch die Ehe mit dem Journalisten und Herausgeber Hu Lancheng, in dessen Literaturzeitschrift sie veröffentlichte. Hu gehörte zum Umkreis der Regierung Wang Jingwei. Wang zählte zunächst zum japanfreundlichen Flügel der Nationalistenpartei (*guomindang*) mit Sitz in Chongqing, bekannte sich später aber offen zur Kollaboration mit den Japanern und wurde Präsident der 1940 von den Japanern eingesetzten Marionettenregierung. Obwohl die Ehe wegen der notorischen Untreue Lans bald wieder geschieden wurde, haftete Zhang Ailing fürderhin der Makel an, mit einem Kollaborateur liiert gewesen zu sein und in von Japanern kontrollierten Verlagen und Publikationen veröffentlicht zu haben.

Nach der Machtübernahme der Kommunisten 1949 war das literarische Klima in Shanghai zunehmend von Kontrolle und Überwachung geprägt. Den neuen Machthabern galt Zhang als politisch unzuverlässig und aufgrund ihrer Thematik und Schreibweise als bürgerlich und dekadent. Sie sah für sich keinen Platz in diesem neuen Staat und reiste 1952 heimlich nach Hongkong aus. Die drei dort verbrachten Jahre waren für die praktisch zweisprachige Autorin ebenfalls produktiv. Hier entstanden die Romane *Naked Earth* und *The Ricesproutsong*, die sie auf Englisch und noch einmal auf Chinesisch schrieb. Sie wurden in der Folge wegen Zhangs Verbindung zur CIA oft als antikommunistische Propaganda abgetan; inzwischen ist *The Ricesproutsong* als herausragender Klassiker der chinesischen Romanliteratur erkannt und anerkannt. Er wurde erstmals 1956 in deutscher Übersetzung vorgelegt. Eine Neuübersetzung ist in Arbeit.

1955 wanderte Zhang Ailing für immer in die USA aus. Dort heiratete sie ein zweites Mal – den deutschstämmigen Schriftsteller und Dramatiker Ferdinand Reyer (1891–1967) – und lebte nach dessen Tod ein sehr zurückgezogenes Leben. Bis zu ihrem einsamen Tod 1995 war sie als Übersetzerin tätig, schrieb literarische Studien und Drehbücher und überarbeitete eigene Werke.

Ein gutes Beispiel dafür ist die 1950 geschriebene, aber erst 1979 erstmals in der taiwanesischen *China Times* (*Zhongguo shibao*) veröffentlichte Erzählung »Gefahr und Begierde«. Dass sie diesen Text immer wieder polierte und umschrieb, liegt sicher auch daran, dass der hier beschriebene Konflikt zwischen patriotischer Verpflichtung und der Liebe zu einem Mann, der mit dem Feind zusammenarbeitete, der Autorin besonders naheging und zweifellos autobiographische Züge trägt. Zhang Ailing hat dazu den realen Stoff eines misslungenen Attentatsversuchs aufgegriffen. Doch ihre Wang Jiazhi ist keine heroische Mata Hari, die im Dienste ihres Landes einen Bösewicht verführt. Das Bild vom Jäger und seinem Wild, das Zhang mehrfach verwendet, um die Beziehung zwischen Herrn Yi und Wang Jiazhi zu charakterisieren, erlaubt bei ihr keine eindeutige Zuordnung, die Rollen sind austauschbar. Noch unerhörter ist der Grund für ihren Verrat an der Gruppe, worauf die taiwanesische Kritikerin Long Yingtai in einem Interview mit Ang Lee hingewiesen hat (*Zhongguo shibao* vom 25. 9. 2007). Nicht um romantischer Liebe willen begeht sie diesen Verrat, sondern die Faszination der körperlichen Liebe ist es, die ihre Zuneigung zu diesem Mann erst weckt und sie abtrünnig werden lässt. Das ist unverzeihlich.

Der Reiz und die Schwierigkeit der Erzählung liegen in dem, was Zhang Ailing zur damaligen Zeit nicht schreiben konnte oder nicht schreiben wollte, in dem, was sie dem Text im vielfachen Prozess der Überarbeitung zwischen die Zeilen geschrieben hat. Regisseur Ang Lee hat diese subtilen Hinweise aufgegriffen und die komplexen Gefühlslagen zu seiner eigenen visuellen Lesart vereindeutigt. Übersetzer dürfen das nicht, sie müssen die Knappheit und Vieldeutigkeit des Textes erhalten, auf dass der Leser sich seinen eigenen Weg durch die Erzählung bahne.

Wolfgang Kubin bemerkt in seiner »Geschichte der chinesischen Literatur« (Bd. 7, 2005, S. 243): »Zhang Ailing pflegt im Chinesischen einen nur sehr schwer in eine Fremdsprache zu übersetzenden Stil.« Wie recht er doch hat! Vieles geht beim Übertragungsprozess zwangsläufig verloren. Allein der Titel, in dem die Autorin die beiden Begriffe bewusst durch ein Komma getrennt hat, eröffnet einen ganzen Bedeutungskosmos. Beide Begriffe stammen aus dem Buddhismus und wären daher besser mit »Begehren, Wachsamkeit« zu übersetzen, aber auch dabei geht die Zweitbedeutung von *jie* »Ring« verloren, die auf die in der Erzählung leitmotivisch auftauchenden Ringe verweist. Ähnliches gilt für »Liebe in einer gefallenen Stadt« (*Qingcheng zhi lian*). Hier verweist der Titel auf den chinesischen Topos von der schönen Frau, um derentwillen Reiche oder Städte zugrunde gehen. Zhang Ailing verkehrt dies ironisch in sein Gegenteil, indem in ihrer Erzählung erst die Stadt Hongkong fallen muss, bevor Liusu und Liuyuan endlich zusammenfinden.

Auch Zhangs bildreicher, suggestiver Stil, in dem der oft synästhetische Gebrauch von Farben, Gerüchen und Klängen eine besondere Rolle spielt, ist schwer zu übertragen. Ihr souveränes Spiel mit dem klassischen Erbe, dem sie in neuen Kontexten neue Bedeutungsebenen abgewinnt, kann man nur im Original wirklich goutieren.

Neben ihrem Erzähltalent und der psychologischen Tiefenschärfe ihrer Texte war es dieser unnachahmliche Stil, der sie schlagartig berühmt machte. Aus dem isolierten Shanghai verbreitete sich ihr Ruhm allerdings zunächst kaum über die Metropole hinaus. Während ihr Werk in der Volksrepublik totgeschwiegen wurde, hat man es in Taiwan seit den 1960er Jahren gefeiert und editorisch gepflegt. Erst die Öffnung und politische Lockerung Chinas in den 1990er Jahren schuf die Voraussetzungen für eine breite Rezeption, die alsbald zu einem regelrechten »Zhang-Ailing-Fieber« geführt hat. Inzwischen ist Zhang Ailing, die der Sinologe und Literaturwissenschaftler C. T. Hsia bereits 1961 neben Katherine Mansfield, Katherine Anne Porter, Eudora Welty und Carson McCullers stellte, auf beiden Seiten der Taiwanstraße als eine Klassikerin der Moderne anerkannt. Für viele zeitgenössische chinesische Autoren und vor allem Autorinnen ist sie zum prägenden Vorbild geworden.

Susanne Hornfeck

Wassili Grossman
Leben und Schicksal

Roman

ISBN 978-3-548-60847-1

Wassili Grossmans Gesellschaftsepos über die Schlacht um Stalingrad ist wie Tolstois *Krieg und Frieden* eines der wichtigsten Werke der russischen Literatur – ein Meisterwerk von enormer erzählerischer Kraft, von tiefer Einfühlung in die Leiden der Opfer und einer umfassenden Erkenntnis über die Mechanismen hinter der Tragödie des 20. Jahrhunderts.

»Dass der Roman nun in einer neuen Ausgabe vorliegt, ist ein großes Ereignis, das seine Wirkung über die Literatur hinaus haben wird.« *Die Welt*

»Ein atemberaubendes literarisches Werk« *NZZ*

List Taschenbuch

L347

Joan Didion
Das Jahr magischen Denkens

www.list-taschenbuch.de
ISBN 978-3-548-60770-2

Die große amerikanische Schriftstellerin Joan Didion schreibt über die Trauer nach dem Tod ihres Ehemannes und über ihren Versuch, das Unfassbare begreiflich zu machen. Ein sehr offenes, sehr persönliches Buch, das zugleich von beeindruckender Allgemeingültigkeit ist. Joan Didion wurde dafür in den USA mit dem National Book Award ausgezeichnet.

»Es bricht uns das Herz.« *Frankfurter Allgemeine Zeitung*

»Eine Reflexion über Liebe und Ehe, Schicksal und Sinn, Glück und Verlust – und die Frage, wie wir Menschen mit der Tatsache fertigwerden, dass das Leben irgendwann aufhört.« *Der Spiegel*

»Jeder ihrer Sätze ist kostbar.« *Die Welt*

List Taschenbuch

L299

Steve Tesich
Ein letzter Sommer

Roman. www.list-taschenbuch.de
ISBN 978-3-548-60678-1

Ein letzter Kleinstadt-Sommer vor dem Erwachsenwerden: Daniel Price ist achtzehn und hat mit seinen beiden besten Freunden gerade die Highschool abgeschlossen. Er lenkt sich mit Ringkämpfen ab von der Verbitterung seines krebskranken Vaters und der bröckelnden Ehe der Eltern. Als Danny die schöne, unergründliche Rachel kennenlernt, seine erste große Liebe, wird die Welt auf einmal schrecklich und wunderbar weit.

»Ich möchte, dass dieses Buch richtig berühmt wird.«
Elke Heidenreich

List Taschenbuch

L322